U0082502

暴虎之牙

柚月裕子 著
王蘊潔 譯

目錄

書中主要角色關係圖

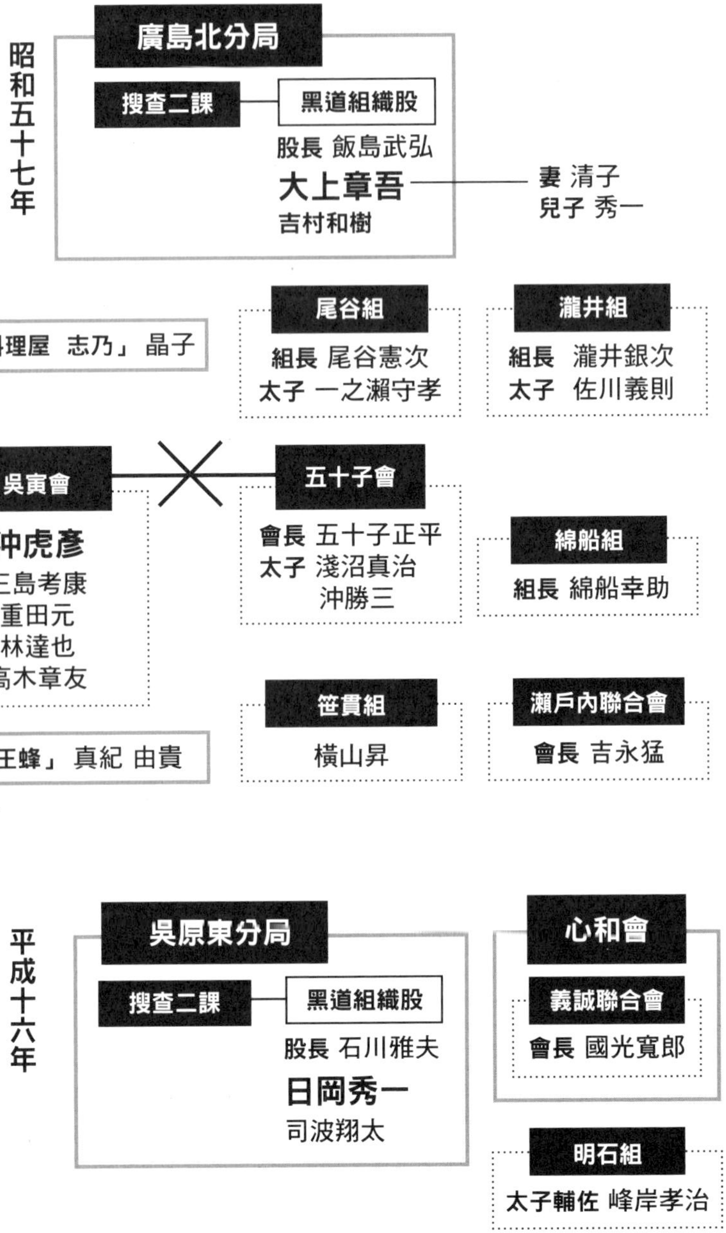

昭和五十七年

廣島北分局

搜查二課——黑道組織股

股長 飯島武弘

大上章吾——妻 清子 / 兒子 秀一

吉村和樹

「小料理屋　志乃」晶子

尾谷組

組長 尾谷憲次

太子 一之瀨守孝

瀧井組

組長　瀧井銀次

太子　佐川義則

吳寅會 ✕ **五十子會**

吳寅會：

沖虎彥

三島考康

重田元

林達也

高木章友

五十子會：

會長 五十子正平

太子 淺沼真治

沖勝三

綿船組

組長 綿船幸助

笹貫組

橫山昇

瀨戶內聯合會

會長 吉永猛

「女王蜂」真紀 由貴

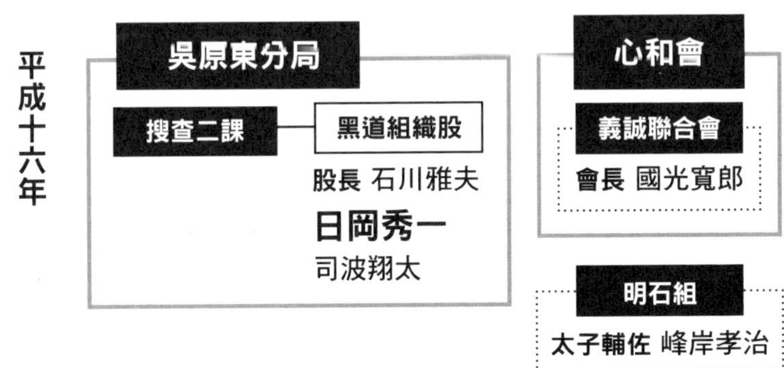

序章

天空下著雨。

雨勢很大，雨水像冰一樣冷。

天空中空無一物，只有伸手不見五指的漆黑。

少年踩著滿是被雨淋濕落葉的山路走上山，戰戰兢兢地問：

「這裡差不多可以了吧？」

不知道是因為在寒冷的天氣中，他只穿了一件藍襯衫的關係，還是因為淋了雨，抑或是因為害怕，他的聲音發著抖。

身旁的少年也同意藍襯衫的意見。

「對啊，應該不會有人來這種地方。」

說話的少年穿了一件夾克，背上有一條龍。

「欸，你覺得呢？」

龍大聲問走在前面的少年。

這三個年紀相仿的少年中，走在最前面的少年個子最高，幾乎可以說已經是大人的身軀。

聽到龍的問話，他停下了腳步，把戴在頭上的棒球帽帽簷轉向後方，用拿在手上的手電筒照亮了四周。

圓形燈光下，滴落在地面的雨滴閃著光。

遠離村莊的山上，密集的樹木鬱鬱蒼蒼。樹木唯我獨尊地向四方伸展枝葉，這裡看不到有人出沒的痕跡，而且也遠離河流，狩獵者應該也不會來這種地方。

棒球帽轉頭對身後的兩個人說：

「好，那就這裡吧。」

藍襯衫和龍都露出鬆了一口氣的表情。

三個人喘著氣，肩膀起伏著，看著自己搬運到這裡的東西。

他們圍著一輛生鏽的二輪拖車。載貨台上蓋著草蓆，沾滿了泥土、汙垢和烏黑的汙漬。

他們推著這輛拖車一路上山。棒球帽在前面拉著把手，藍襯衫和龍在後面推。

爬上沒有路的山坡原本就很吃力，更何況今晚下著雨。地面泥濘，拖車的輪子不時陷入泥土中，他們每次都得用帶來的鐵鏟把輪胎挖出來，才能繼續前進。

棒球帽把手上的手電筒放在腳下，拿起放在載貨台角落的鐵鏟。

「就這裡吧。」

棒球帽用鐵鏟的前端指著手電筒照亮的地面。

藍襯衫和龍互看著對方的臉，似乎在確認彼此的意見。

棒球帽把手上的鐵鏟用力向後一拉，然後猛然鏟向地面。

聽到鐵鏟插進泥土的聲音，藍襯衫和龍的身體都抖了一下。

棒球帽在挖泥土的同時發號施令：

「你們在幹嘛？趕快動手幫忙啊。再繼續磨蹭下去，天都快亮了。」

另外兩個人聽了，慌忙拿起自己的鐵鏟，在相同的位置挖了起來。

挖了三十多分鐘後，棒球帽停下了手。

「呼，差不多了。」

他伸直了原本彎著的身體，用手背擦著額頭上分不清是汗水還是雨水的水滴。

藍襯衫和龍也停下了手，三個人都上氣不接下氣。

棒球帽拿起放在地上的手電筒照向挖好的坑洞。坑洞挖得相當深。

藍襯衫探頭向坑洞內張望。

「挖得很深啊。」

龍看了看仍然不停下著雨的天空，和地上的坑洞。

「如果不趕快，很快就會淹掉。」

坑洞底部漸漸積起了泥水。

「拿著。」

棒球帽把手上的手電筒交給龍，走向拖車。

他站在載貨台旁，低頭打量著。

當棒球帽把手伸向草蓆時，雨聲中傳來了呻吟。草蓆下方傳出痛苦的呻吟。

藍襯衫發出像女人般的尖叫聲，雙腳癱軟。

棒球帽露出不悅的表情。

「剛才修理得那麼慘，竟然還活著嗎？」

棒球帽掀開草蓆。

掀開一半的草蓆下，躺著一個男人。

男人滿臉是血，腫得看不清楚原來的長相，黑色襯衫下應該也一樣。

男人紫色的嘴唇發出了氣若游絲的聲音。

龍瞥了棒球帽一眼。

棒球帽不發一語，從長褲口袋中拿出香菸後，用便宜貨的Zippo打火機點了火。雨打在香菸的火上，發出滋滋的聲音。他面不改色。

龍將視線移回男人身上，然後把鐵鏟舉到頭上。

「如果你有什麼話要說，就去那個世界對閻羅王說吧。」

龍淡淡地說完這句話，用力揮下鐵鏟。

鐵鏟的邊緣陷進了男人的肩膀。

呻吟變成了慘叫。

「喔！」龍嘟噥著，「竟然還有發出這麼大聲音的力氣，人家說瘦死的駱駝比馬大，黑道真的是打不死的蟑螂，趕快去死一死啦。」

龍再度用鐵鏟毆打男人。

每次揮下鐵鏟，鮮血就濺到龍的身上。

藍襯衫仍然癱坐在地上，一臉快哭出來的表情看著龍。

龍喘著粗氣，拿著鐵鏟的手臂無力地垂了下來，對著地面吐著口水。

「趕快去死啦，我從昨天就沒好好睡覺，想趕快回家睡覺了啦。」

呻吟停止了，男人閉起的眼瞼和嘴唇微微顫抖。

棒球帽用手指把因為雨水熄了火的香菸彈了出去，從後方抓住龍的肩膀。

「讓開。」

他把龍推向後方，自己站在前面。

棒球帽把幾乎可以擰出水的襯衫掀了起來，他的褲頭插了一把手槍。他拿出手槍，把槍口對準了男人。

龍驚訝地問：

「這哪來的？」

棒球帽沒有回答。

癱坐在地上的藍襯衫嚇得臉色蒼白。

棒球帽張開雙腳，雙手舉起手槍，扣下了扳機。

「你這個混蛋，趕快去死吧！」

下雨的山中響起了槍聲。

一聲、兩聲、三聲——

槍聲每次響起，男人的身體就彈了起來。

藍襯衫抱著腦袋，蹲在地上。

第四聲槍聲消失在夜晚的空氣中，周圍恢復了寧靜。

龍探頭看向男人的臉觀察情況。男人已經斷了氣。他轉頭看向棒球帽，點了點頭。

棒球帽用力吐了一口氣，拿著手槍的手無力地垂了下來。

「死到臨頭還這麼難纏。」

龍把臉湊到手槍前問：

「這是誰的？」

棒球帽把手槍舉到臉前，對著男人揚了揚下巴說：

「是他帶在身上的，現在變成我老爸的遺物了。」

棒球帽把手槍插回褲腰，走到藍襯衫旁，從背後抓住他的衣領說：

「喂，事情還沒搞定，趕快埋起來，要下山了。」

藍襯衫抽抽噎噎地看著棒球帽。

龍把斷了氣的男人從拖車載貨台上拉了下來，棒球帽拎著右腳，龍拎著左腳，把男人拖到坑洞旁。

把屍體丟進坑洞後，又拿起鐵鏟，把泥土蓋了回去。

坐在地上的藍襯衫也站了起來，跟著其他兩個人一起鏟土。

三個人默默把泥土填回坑洞。

黑暗中，有什麼東西拍著翅膀飛了過去。

第一章

——昭和五十七年（一九八二年）六月。

沖虎彥吐出了憋著的氣。

戴在臉上的口罩下一股菸味。

他躲在組合屋後門已經一個小時，身體渴望尼古丁，他很想抽菸，但拚命克制著。因為在黑暗中香菸的火光，可能會讓對方發現自己躲在這裡。

躲在沖身旁的三島考康比沖更沉不住氣，他粗暴地拉下口罩，從身上那件有龍圖案的夾克裡拿出了香菸。

沖抓住了正準備用火柴點火的三島的手，小聲叮嚀說：

「阿三，忍耐一下。」

可能是因為身體缺乏尼古丁所以有點煩躁，平時向來不會反抗的三島難得回嘴說：

「小沖，你不是也想抽嗎？到底要在這裡等到什麼時候？」

沖蹲在地上，看著手錶。那是純金的瑞士手錶。一個月前，他在小巷內恐嚇錢莊的老闆，從老闆手上搶過來的。他不知道是真貨還是假貨，但看起來很氣派，所以他一直戴在手上。

進入新的一天即將三十分鐘。

三島身旁的重田元插嘴說：

「差不多了吧？」

元原本說話就很小聲，經常聽不清楚，戴了口罩之後，就更聽不到他的聲音了。

平時沖並不會為這種事生氣，但現在聽到元無力的說話聲很火大。他也和三島一樣，因為無法抽菸感到心浮氣躁。

沖用手上的鐵管指著元說：

「我說元啊，我們等一下就要去砍人，你不要發出這種意興闌珊、沒出息的聲音。你這傢伙從以前就這副德性。」

三個人躲藏的那棟平房，是以廣島為根據地的黑道幫派組織綿船組開的賭場，每個月第二、第四個星期天都會開賭，尤其今天是第四個星期天，會有一個月份的收入在賭場內流動。

綿船組是最早在廣島開設賭場的黑道幫派，總共有超過兩百名成員，在廣島市內有好幾個賭場，沖等人今天晚上打算襲擊這個位在那可川旁的最大賭場，出入這個賭場的都是錢莊和當舖老闆，流動的金額當然也非常可觀。光是莊家準備的頭錢就超過一條——也就是一千萬。他們三個人打算搶劫賭場的錢。

元一臉快哭出來的表情笑了笑說：

「有這麼多錢，要花在什麼地方呢？」

元很瘦，而且氣色很差，看起來像是病人，旁人會以為他沒有欲望，但其實他在三個人中最貪心。沖每次看到元，就覺得人不可貌相。

三島抖著腳，用力握住了手上的球棍。

「差不多了吧，而且好像快下雨了。」

沖抬頭看著天空，烏雲低垂，完全看不到星星，帶著濕氣的風越來越大。

沖又看了一次手錶。

深夜一點。

他直起膝蓋，從地上站了起來，看了看三島，又看向元。

「你們應該知道房間在哪裡吧？從這裡進去，穿越廚房後，就是那個房間。」

他們事先向出入這個賭場的錢莊小開打聽了平房的格局。

「不是只要直走就行了嗎？」

元問話的方式好像幼稚園小朋友。

沖和三島今年二十歲，元比他們小一歲，但他並不是因為小一歲的關係才這麼幼稚，他從小就笨笨的。

三島代替沖回答說：

「沒錯，你小心不要衝過頭，衝到房子外面去了。」

元聽了三島的調侃，瞪著三島說：

「阿三，你每次都把我當傻瓜，我從來沒有出過糗啊。」

元把手上那把有三十公分長的殺魚刀對著空中甩了一下。

沖重新戴上口罩，把鐵管扛在肩上。

他轉了一下脖子說：

「走了。」

三島聽到沖一聲令下，揮起了棒球棍。

「衝啊！」

他在吼叫的同時，把球棍揮向玄關口。

比夾板稍微厚一點的老舊拉門一下子就打破了。

三島踹開了門，衝了進去。

元緊追了上去，沖跟在他們身後。

監控賭場的年輕人衝了過來，試圖阻止三島。他應該是綿船組內的嘍囉。

三島用棒球棍揮向男人的側腹。

三島用盡渾身力氣揮了一棒——那個男人飛了出去，後背撞到牆上昏了過去。

賭場內的其他人發現出事了，吼叫著從裡面衝了出來。

「你們要幹嘛？混哪裡的？你們知道這裡是什麼地方嗎？」

一個身穿無領寬大襯衫的男人捲著舌頭大叫著。他的聲音聽起來中氣十足，顯然不是嘍囉，應該是大哥。

殿後的沖從腹底發出聲音說：

「正因為知道是什麼地方，所以才會來這裡。」

「死小鬼，你說什麼！」

寬襯衫話音剛落，就把手伸進了腹帶。

他要掏槍。

寬襯衫的手還沒有從腹帶中抽出來，元就已經用殺魚刀砍了過去。

寬襯衫的上手臂被砍傷了，鮮血噴了出來。

寬襯衫發出慘叫聲，拿出了手槍。

沖用鐵管打向他的手。

寬襯衫膝蓋一軟，跪了下來。

沖立刻撿起了掉在地上的手槍。

三個人推開臉色大變撲過來的幾個男人，衝了進去。

穿越只有一個流理台的廚房，來到鋪著木板的房間。

那裡有差不多二十個看起來不像是黑道分子的男人，每個人面對突如其來發生的事，都驚愕地愣在那裡。

看起來像是賭場莊家的男人剛好面對他們，包括他兩側的幾個男人在內，一眼就可以看出他們是黑道分子。

那幾個男人圍著的地方蓋著白布，白布上方放著花牌，和十張一萬圓綑成一疊疊的鈔票。

莊家兩側的男人站了起來。

「你們是誰？」

沖不發一語，掄起手上的鐵管，就朝向旁邊的暗樁腦袋打了下去。

鮮血濺到白布上，那個男人直挺挺地向側面倒了下來，然後就不動了。

其他人看到沖毫不猶豫地打破了男人的腦袋，個個都嚇呆了。

他對著天花板開了一槍。

「只要你們乖乖不要動，我就不會要你們的命！」

一個身穿西裝的男人試圖從懷裡拿武器。

沖不加思索地朝他的肚子開了一槍。

男人穿著白襯衫，腹部被鮮血染紅，整個人倒在地上。

那幾個黑道分子紛紛後退。

沖根本不把黑道分子放在眼裡，那些人全都是膽小鬼。正因為他們很軟弱，所以才會欺負更弱的人。只要拿下幫派的徽章，他們個個都是窩囊廢。沖的父親以前也混黑道，所以他太了解了。

「不想死的人趕快離開！我會把留下來的人全都殺光！」

聽到沖的叫喊聲，那些不是黑道的老闆全都爭先恐後逃了出去。

沖把手槍交給三島，大聲地說：

「你好好盯著，只要有人敢動一下，就一槍斃了他。」

黑道分子都僵在那裡，一動也不動。

沖跑向房間角落的小金庫。

蓋子打開的金庫內放滿了一疊疊的萬圓大鈔，粗估一下，至少有一千萬圓。

沖用力蓋上蓋子，把金庫扛在肩上。

「喂，閃人了！」

沖跑回元和三島身旁，用手槍恐嚇黑道分子。

被小弟包圍的莊家，對著沖大叫：

「你這個小鬼！難道你以為做這種事，會放過你嗎？」

沖抱著金庫惡狠狠地說：

「如果不放過我，又能拿我怎麼樣呢？」

他完全不認為自己會輸。即使綿船組所有的人都衝進來，他也有自信可以打贏他們。

對方可能感受到他的氣勢，被他嚇得愣了一下。

沖把握了這個機會大叫說：

「快跑！」

他們三個人轉身全速衝了出去。

他們坐上停在組合屋旁的車子。

三島坐上駕駛座，發動引擎後，踩下了油門。

輪胎發出尖叫聲，車子駛了出去。

砰砰。後方傳來清脆的槍聲。

尾門上的玻璃裂開了。

坐在後座的元和沖彎下了身體。

三島並沒有放慢速度。他低下頭，繼續一路狂飆。

他在第三個路口向右轉，然後又立刻左轉。

不一會兒，周圍終於安靜下來。

黑暗中，只聽到一路狂飆的汽車引擎聲。

店內的背景音樂變成了〈溫柔（Tenderly）〉這首曲子。

這是爵士的標準曲目。

「藍色」咖啡店的背景音樂都是爵士電台的音樂，據說這家咖啡店的老闆以前曾經是樂團的成員。雖然老闆隻字未提過這件事，但聽別人說，老闆以前是很出色的小號手。

咖啡店的牆上到處貼滿了爵士現場音樂會的海報。

他把在眼前攤開的報紙稍微向下拉了一些，隔著墨鏡，定睛看著不遠處的那張桌子。

六個男人坐在桌子旁。

背對著他坐的三個人是綿船組旗下笹貫組的成員，坐在中間的是幹部橫山昇，坐在左側的是他的小弟田島和樹。

坐在橫山右側的人比橫山和田島年紀大了一截，橫山和田島並不瘦小，肩膀很寬，算是體格頗壯碩的人，但因為身旁那個男人滿身贅肉，所以顯得很瘦小。

另外三個男人坐在橫山他們的對面。

那三個男人比橫山更年輕，應該都只有二十歲左右，以他們的年紀，也許稱他們為年輕人更適合，只不過這三個人身上完全沒有年輕人這三個字令人聯想到的清新爽朗。

戴著雷朋墨鏡，傲慢地靠在椅子上的應該是大哥，這傢伙的態度最驕橫。坐在右側，上半身很長的男人穿了一件胸前繡了龍的飛行夾克。左側是比他們兩個人都矮一截的瘦小男人，穿著已經褪色的牛仔襯衫。

今天他來這裡吃完這家店的招牌拿坡里義大利麵，正在享受午餐後的咖啡時，這幾個男人走進店裡。

來這家店時，他都會坐在店內最深處的桌子旁——面對門的那張椅子上。因為坐在這個座位，可以看清楚走進這家店的每一個人。

三十分鐘前，那三個年輕人先走進店裡。

他記得所有黑道幫派從上一代組長到嘍囉的長相，三個年輕人的打扮和說話方式一看就是小混混，但以前從來沒有見過。

在三個年輕人坐下十五分鐘後，橫山等人走了進來。

他認識橫山和田島，但不認識和他們一起走進來的肥豬。看起來不像是黑道，似乎和橫山、田島很熟，所以猜想應該和黑道並不是完全沒有關係。

橫山等人在三個年輕人對面坐了下來。

圍在桌子旁的六個男人都殺氣騰騰，顯然將發生什麼事。

來得早不如來得巧，剛好撞見了有趣的場面——他這麼想著，繼續觀察著。

六個人面前都有一杯咖啡時，龍迫不及待地開了口，對著肥豬揚了揚下巴說：

「森岡先生，我們有事找你，這兩個傢伙是怎麼回事？」

名叫森岡的男人虛張聲勢地說：

「你們也不是一個人來，有什麼資格說我？」

龍不以為然地冷笑一聲：

「算了，我們只要拿到錢，其他的事不重要。」

「我不知道你在說什麼。」

森岡反駁說。

龍收起了臉上的笑容。

「你應該認識閃亮亮的櫻桃吧，這一陣子不是在當她的火山孝子嗎？」

閃亮亮是流大道上一家很大的酒店，櫻桃應該是那裡的坐檯小姐。

坐在雷朋旁的牛仔襯衫威嚇說：

「你不是欠了那個叫櫻桃的小姐十萬圓的酒帳還沒付清嗎？她託我們來收這筆帳款。」

他豎起耳朵聽著牛仔襯衫說的話。

流大道是很久以前就在廣島成立的綿船組的地盤。

他終於猜到了笹貫組參與這件事的原因了。

森岡也盛氣凌人地說：

「你們在說什麼啊，她根本是敲竹槓。我約她去摩鐵好幾次，她都不理我。有什麼理由要付錢給那種臭女人！而且既然要說這件事，那我就告訴你，哪有十萬這麼多！最多只有兩、三萬而已。」

森岡一口氣說道。

龍看著牛仔襯衫說：

「你把那張拿出來。」

牛仔襯衫從胸前口袋拿出一張紙放在桌上。

森岡粗暴地抓起紙放在臉前。即使在遠處，也可以看到森岡垂頭喪氣的樣子。

龍把手臂放在張開的雙腿上，斜眼瞪著森岡。

「森岡先生，我相信你應該知道這是什麼，這是債權回收的委任狀。」

龍從夾克懷裡拿出香菸，抽出一根菸，用香菸前端指著委任狀說：

「你仔細看清楚，上面不是寫著十萬圓嗎？」

龍用咖啡店的火柴點了菸，甩了甩火柴滅了火，丟進了菸灰缸。

「我們可不是小孩子跑腿，少一分錢都不行。」

森岡把委任狀丟在桌上，抱著雙臂，把頭轉到一旁。

「明明就是小鬼，還說不是小孩子跑腿，簡直笑死人了。」

「你說什麼！」

牛仔襯衫大吼道。

「如果我們是小鬼，那你又是什麼！不就是在女人屁股後面打轉的豬哥嗎？」

那三個人雖然年輕，卻很懂得吵架的方法。

大哥很有威嚴地不發一語，由小弟說出事由當砲灰。這不是一朝一夕練就出來的本領。

坐在森岡旁邊的田島站了起來。

「喂，你們不要看我不說話就得寸進尺！死小鬼，你們給我識相一點！你們以為我是吃素的嗎？」

田島挽起了黑色襯衫的袖子。

田島手臂上有一朵盛開的牡丹。

牛仔襯衫並沒有感到害怕。他猛然站了起來，把臉湊到田島面前說：

「黑道靠驚死人就可以混飯吃嗎？」

驚死人是吳原地方的方言，代表可怕的意思。牛仔襯衫應該是吳原一帶的人。

「既然你這麼說，那——」

田島不知道從懷裡拿出什麼東西。

只聽到啪答一聲，田島手上的東西一亮。是蝴蝶刀。

田島把刀子插在桌上。

「要不要我讓你沒辦法吃飯！」

牛仔襯衫看到武器似乎嚇到了，身體往後一縮。

咖啡店內一片寂靜。

橫山打破了沉默。

「好了，不要衝動。」

橫山清了清嗓子，歪頭看著雷朋。

「聽我說，這位森岡先生是我們組長的同學，你們找他的麻煩，就等於找我們笹貫組的麻煩。雖然不知道你們是什麼來頭，趁還沒有受傷，趕快摸摸鼻子回去吧。」

橫山伸手拿起委任狀說：

「至於這張委任狀，就由我們來處理，這次的事就不跟你們計較了，趕快滾吧。」

橫山正準備撕掉委任狀時，剛才始終不發一語的雷朋開了口。

「我問你。」

五個人的眼睛都集中在雷朋的身上。

「這是真的嗎？」

雷朋看著橫山的手腕。

「你在說什麼？」

橫山反問，可能不知道雷朋在問什麼。

雷朋用下巴指向橫山的手腕說：

「你手上戴的不是羅力士嗎？那是真的嗎？」

橫山低頭看著自己的手錶。他從橫山的背後，可以看到那隻純金的勞力士，錶面上的鑽石閃著光。

橫山很受不了地糾正他說：

「不是羅力士，是勞力士。這隻錶怎麼了？」

「可以借給我嗎？」

「你說什麼？」

橫山發出驚叫聲。

雷朋隔著桌子，抓住了橫山戴著勞力士的手臂。

雷朋的力氣可能很大，橫山發出了慘叫聲。

「好痛好痛好痛！」

田島慌忙抓住雷朋的手。

「你想幹嘛？放開大哥的手！」

雷朋的手一動也不動，抓著橫山，把手腕拉到自己面前。

「果然是很好的錶，我第一眼看到就很喜歡。這個錶送我吧，沒問題吧？」

雷朋說話的語氣好像小孩子在央求玩具。

橫山可能覺得遭到了羞辱，掀起上衣，把手伸進皮帶後方。

「你想羞辱我，也不掂掂自己的份量！」

他似乎打算掏槍。

「昇！」

六個男人同時看了過來。

他拿下戴著的墨鏡，瞪著橫山。

「到此為止，如果不聽勸阻，我就以違反刀槍法把你抓起來。」

橫山一臉茫然叫著他的名字：

「上哥……」

大上章吾把手上的報紙放在桌上後站了起來。

他走到橫山的背後，探頭看著橫山的臉。

「我剛才就在一旁觀察，你們好像在聊很有趣的事。」

橫山驚訝地張著嘴，瞪大了眼睛，但立刻低下了頭，一臉不悅地看著自己的鞋尖，似乎在說遇到了麻煩人物。田島也撇著嘴，低下了頭。沒有混黑道的森岡似乎並不知道大上是廣島北分局二課——黑道組織股的刑警，目不轉睛地打量著突然打斷他們的男人。

大上從後方用肩膀擠進橫山和田島中間，環顧著桌旁的所有人。

「你們剛才吵個不停，到底在吵什麼呢？」

橫山抬起雙眼，好像在鬧脾氣似地說：

「沒事啊，只是稍微聊一下工作上的事。」

橫山冷冷地說，似乎希望大上趕快離開。

橫山和田島是笹貫組的成員，森岡是組長笹貫的同學，大上知道這三個人的身分。

問題在於那幾個年輕人是何方神聖。

大上打量著坐在對面的三個年輕人。

尤其坐在中間的雷朋。他年紀輕輕就天不怕，地不怕，敢和黑道平起平坐談判的膽識，引起了大上的興趣。

雷朋雙手插在長褲口袋裡，墨鏡後方的雙眼看著大上，一動也不動，似乎在等大上出招。

大上決定套他的話。

「我看你們似乎遇到了麻煩，我可以協助你們居中協調。」

雷朋緩緩拿下了墨鏡。

他仰頭看著大上。

他的雙眼陰鬱、冷酷，眼睛深處隱藏著蒼白的火焰，似乎一旦惹到他，後果不堪設想。

大上微微揚起嘴角。

他繞到前方，用身體把田島擠到一旁，在椅子上坐了下來。座位被搶走的田島只好站在桌子旁。

大上對著吧檯內側大聲說：

「老闆，再給我一杯咖啡。」

龍對這個男人突然出現，掌握了主導權感到怒不可遏，噴著口水叫囂：

「大叔，你是誰啊？臉皮真厚啊，我們正在忙，你閃一邊去。」

田島噘著嘴，小聲嘟噥說：

「別鬧了，他不是你們可以用這種態度說話的對象。」

龍的眼中露出了困惑的眼神，看向雷朋。

雷朋仍然靠在椅背上，靜靜地問：

「大叔，你是誰？」

大上噘著嘴，露出了笑容。

「我嗎？我只是路人。」

雷朋把臉湊了過來：

「既然是路人，可不可以請你閃開？」

雖然雷朋的聲音並不大，卻很有威嚴。

「別有眼不識泰山。」

橫山很受不了地抬頭看著天花板說：「他是二課的刑警。」

坐在雷朋旁邊的牛仔襯衫瞪大了眼睛，他好像發現了新玩具般，興奮地看著兩個同夥說：

「喂，他是黑道股的刑警欸。之前就聽說黑道股的刑警比黑道更像黑道，沒想到真有這回事。」

大上從橫山放在桌上的菸盒中抽出一根菸，叼在嘴上。田島立刻從懷裡拿出打火機，為他點了火。

「你們沒有戴徽章，是哪一個幫派的？」

「我們嗎？」

雷朋的嘴角露出微笑，即使聽到大上是黑道股的刑警，他也不為所動。

「我們也是路人。」

坐在雷朋兩側的龍和牛仔襯衫從鼻腔發出笑聲。

大上不理會雷朋的挑釁，把菸灰彈在菸灰缸裡。

「你們看來不像是廣島的人，是吳原的混混嗎？」

雷朋靠回椅背，冷笑一聲說：

「我們是哪裡人不重要，只是目前正在談生意，你不要來攪局。」

老闆一如往常，面無表情地把咖啡放在桌上。大上加了砂糖，喝了一口。

他把菸抽到底，用力吐了一口煙，慢條斯理地在菸灰缸中捺熄了菸蒂，然後抬起頭，露出不懷好意的笑，用鼻子吐出一口氣。

「哼哼，談生意啊……」

「沒錯，在談生意。」

牛仔襯衫語帶不屑地重複了一次。

大上露出嚴肅的表情，大喝一聲：

「你們這些混混找真正的黑道麻煩，難道以為這樣就沒事了嗎？」

店內的空氣瞬間凍結。

雷朋瞇起眼睛瞪著大上，兩個人的視線相對。

大上降低了說話的音量，語帶規勸地說：

「這裡是綿船的地盤，做事不懂得分寸，小心會變成太田川上的浮屍，沒必要為了討債送上性命。」

雷朋面無表情地叼著菸，好像在問，那又怎麼樣？牛仔襯衫立刻拿出登喜路打火機為他點了火。

雷朋吐著煙說：

「你不是黑道股的警察嗎？你的工作不是抓黑道嗎？」

「這幾個傢伙——」

他用下巴指著橫山和田島說：

「他們有刀子和手槍，如果要賺績效分數，可是大好機會。」

眼前這幾個傢伙比普通的黑道分子更加能言善道，如果不是笨到極點，就是膽識過人。

大上再度看著雷朋。

雷朋傲慢的態度讓他看起來不可一世，但他年紀還很輕，睡覺時的臉應該還帶著稚氣。

大上看著森岡說：

「你是森岡先生吧？你欠那個叫櫻桃的小姐錢嗎？」

森岡聽到大上突然問自己，一時說不出話。

「不，這只是這幾個傢伙在亂說，我並沒有……」

大上伸手制止，打斷了他的話。

「廢話就不必說了，你只要回答有沒有欠錢就好。」

大上用力瞪著他。

森岡噘著嘴說：

「如果說有一些酒錢沒結清，倒是有可能。」

「既然這樣，該付的錢就付啊。」

森岡嘆著氣，從上衣口袋裡拿出長皮夾，從裡面拿出兩張一萬圓的紙鈔放在桌上。

「這樣就行了吧。」

森岡準備把皮夾收好，龍瞪著他說：

「你仔細看清楚委任狀，上面寫了十萬圓。」

森岡漲紅了臉大叫著：

「我不是說了嗎？最多只有兩、三萬而已。」

大上搶過了森岡準備收好的皮夾。

森岡瞪大了眼睛，驚叫起來：

「你、你要幹什麼？」

大上不理會他，打量著皮夾內。裡面有十幾張一萬圓的紙鈔。大上從皮夾裡拿出八萬圓，把三萬圓丟在桌上，剩下的放進了自己胸前的口袋。

「雙方各退一步，那就五萬圓，這件事就這樣解決。」

森岡臉色大變，指著大上胸前的口袋說：

「喂！你剛才放進口袋裡的是什麼？你為什麼要拿這麼多錢？」

大上拍了拍胸前的口袋，露齒一笑說：

「這是仲裁費，不是很便宜嗎？如果你們發生糾紛找律師，可不止這點錢。」

大上看著雷朋說：

「我勸你見好就收，五萬圓撿回一條命，你該慶幸自己運氣很好。」

雷朋盯著大上良久，重重吐了一口氣，抓起桌上的錢，塞進長褲的口袋。

橫山從椅子上站了起來，發出很大的聲響。

「喂，走了。」

森岡和田島雖然一臉不服氣的表情，但還是聽從了橫山的指示。

橫山拿起桌上的帳單，用力放在大上的面前說：

「這一攤就讓你請客。我們給了你面子，不請這一攤說不過去。」

橫山等人粗暴地推開門，走了出去。

咖啡店內安靜下來。

大上喝著冷掉的咖啡問雷朋：

「對了，你剛才還沒有回答。你們到底從哪來的？」

雷朋不發一語站了起來。

龍抬頭望著雷朋問：

「小沖，要走了嗎？」

沖？——大上皺起了眉頭。

雷朋剛才拿下墨鏡時，大上就覺得他的臉似曾相識。聽到龍叫他的名字，才終於想起來。

沖勝三。那是吳原市的黑道幫派五十子會的成員，大上之前曾經因為他涉嫌持有安非他命逮捕過他，雷朋很像沖勝三年輕的時候。

勝三在七年前突然消失，至今仍然下落不明。道上紛紛傳言，他被和五十子會敵對的尾谷組的人幹掉了，但始終無法證實這個消息。

如果大上沒有記錯，勝三當時差不多四十出頭，有一個還在讀初中的兒子，和讀小學高年級的女兒。

假設雷朋是沖勝三的兒子，年齡也相符，最重要的是，兩片薄唇、堅挺的鼻子和目露凶光的眼睛簡直就像是一個模子裡刻出來的。

大上對著雷朋的後背厲聲問道：

「你該不會是沖勝三的兒子？」

雷朋停下腳步，回頭瞪著大上，充滿敵意的雙眼似乎在回答「沒錯」。

大上放鬆了臉上的表情，轉動脖子說：

「只要向吳原的轄區分局照會一下，馬上就知道了。」

雷朋不發一語轉過頭，伸手去抓門的把手。

「等一下。」

大上叫住了他們三個人。

雷朋沒有回頭，跟在他身後的龍和牛仔襯衫看著大上。

大上靠在椅子上試探著問：

「一年前，綿船組的賭場被搶了。」

龍和牛仔襯衫互看了一眼。

「聽說當時是三個年輕人，你們知道這件事嗎？」

大上發現他們兩個人的臉頰微微抽搐。

雷朋頭也不回地回答說：

「不知道。」

說完，他打開了門。

「你們的咖啡錢，」大上大聲說道，「今天我請你們，但下次不能吃霸王餐。」

雷朋不理會他，走了出去，另外兩個人也跟了出去。

大上拿起眼前的帳單。

——今天遇到了有趣的傢伙。

他忍不住露出了笑容。

大上立刻去結了帳，走出了咖啡店。

第二章

大上回到轄區分局後，坐在自己的座位上。

二課有二十張偵查員的辦公桌，午休時間已經結束，大部分人都坐在自己的座位上。

大上脫下鞋子，把一隻腳翹在桌上，脫下了襪子。

腳趾甲將近一個月沒剪，長得像鬼爪。

他從抽屜裡拿出指甲刀，放在大拇趾上，把刀刃小心翼翼地伸進腳趾和趾甲之間，拿著指甲刀的手指用力，發出了「啪七」的清脆聲音。

飯島武弘聽到了聲音後有了反應。飯島是二課黑道組織股的股長，也是大上的直屬上司。坐在辦公區上座的飯島露出不悅的眼神看著大上。

大上不理會他，繼續剪腳趾甲。

雖然飯島平時就經常板著臉，此刻的臉色更難看了，但他什麼也沒說，繼續低頭看手上的資料。

大上在內心冷笑著。

二課內，只有課長鹽原正夫會當面數落大上。大上透過黑道的關係，掌握了和他警階相同，但比他資深的巡查部長，以及那幾位副警部上司的醜聞。一年前，飯島和聲色場所的女人發生糾紛時，也是大上出面為他擺平。

大上剪完兩隻腳的趾甲後，穿上了襪子和鞋子，把桌上的電話拿到面前。他拿起聽筒，撥打了已經背下來的號碼。那是瀧井組的電話。

瀧井組是在廣島市設立事務所的黑道幫派，有超過八十名成員。大上和瀧井組的組長瀧井銀次從學生時代就認識，廣島所有的黑道分子中，大上和他最知心。

電話只響了一聲，就聽到了很有精神的聲音。

『喂！這裡是瀧井組！』

大上聽到這個過度響亮的聲音，想起了認識的嘍囉的臉。大上記得他理著平頭，但不記得他的名字。

「是我，大上，仔銀在嗎？」

大上從學生時代開始，就叫瀧井「仔銀」這個綽號。

接電話的嘍囉似乎慌張起來，收起了前一刻氣勢洶洶的語氣。

『是，是，老大在裡面。』

廣島所有的黑道分子都認識大上。

電話中傳來等候音樂的聲音，不一會兒，就聽到瀧井粗獷的聲音。

『阿章，好久不見，最近還好嗎？』

十天前，大上才和瀧井見過面。他們只要一個星期沒見面，就會聽到這句話。

「你呢？還沒有去吃牢飯啊。」

大上揶揄道，電話中傳來帶著鼻音的笑聲。

『是啊。』

兩個人用平常的方式完打完招呼後，大上小聲說了自己打這通電話的目的。

「你可不可以幫我詳細調查一下一年前搶劫賭場的事？」

瀧井也跟著大上壓低了聲音問：

『你人在哪裡？』

「我在公司。」

警察口中的公司就是指自己任職的地方。

『是嗎？那你等一下過來一趟。』

大上看向牆上的掛鐘。目前是三點半。

「那我六點左右過去。」

說完這句話，他掛上了電話。

白天班的上班時間是八點半到五點半，但大上每天中午左右才來分局，如果沒有特別的事，五點半就離開了。黑道分子白天不會活動，和黑道打交道的刑警的工作都要從傍晚之後才開始。

「上哥，今天有什麼事嗎？」

坐在旁邊的吉村和樹忍著呵欠聲問道。吉村是巡查長，是大上的下屬，被分到廣島分局才一年，目前住在單身宿舍。

吉村昨天和大上一起喝到快凌晨三點，前天和大上一起監視混黑道的毒蟲住家到兩點。他連續兩天都睡眠不足。

吉村和大上不同，每天早上都準時到分局上班，難怪會忍不住打呵欠。

大上把電話推向桌子後方回答說：

「今天嗎？今天沒事，你可以準時下班。」

吉村雙眼發亮地說：

「真的嗎？謝謝。」

大上從懷裡拿出香菸，叼在嘴上。吉村立刻用火柴點了火。

二課的規矩和黑道一樣，必須絕對遵守上司的命令。只要上司抽菸，下屬就要馬上準備點火和菸灰缸。因為二課的人幾乎都有練柔道和劍道，運動社團的長幼有序倫理已經滲進了骨子裡。

刑警通常都是兩個人一起行動，但大上經常單獨行動。在二課沒有人敢動他，不光是因為他掌握了上司的醜聞，更因為他身為黑道組織股刑警出色的成績，讓他能夠維持目前的地位。

他手上掌握的線民人數也無人能出其右。全縣和黑道打交道的刑警中，應該沒有人像他手上有那麼多線民，無論是黑道或是普通老百姓，都有他的消息來源。

線民也稱為S，S就是Spy的第一個字母，指在團體內部提供消息的人。和黑道打交道的刑警和公安刑警，大部分都養了自己的線民，而且通常不會讓同事知道誰是自己的線民。尤其是大上，在商工會議所內有實力的人物，或是幫派幹部層級的人物都是他的線民，所以必須格外小心謹慎。

大上再度把電話拉到自己面前，拿起了聽筒，準備打電話給吳原東分局的多賀恆。多賀以前曾經是他的下屬，和黑道打交道已經有五年的經驗。

多賀的專線電話接通了，電話中傳來熟悉的刺耳聲音。

『這裡是吳原東分局二課。』

「嗨，我是大上。好久不見啊。」

多賀高亢的聲音變得更尖了。

『上哥，你最近還好嗎？我在這裡也聽說你經常亂來的傳聞。』

這句話不知道是褒還是貶。大上苦笑著說出了自己打電話的目的。

「我想請你幫忙查一件事。」

『什麼事？』

嗯——大上說完，用手捂住了聽筒，以免被周圍人聽到。

「之前五十子會不是有一個人姓沖嗎？他在七年前下落不明，我想知道他兒子的近況。我記得他兒子的年紀應該是二十歲左右。」

多賀驚訝地問：

『出了什麼事嗎？』

「沒有啦，只是想了解一下。」

多賀在電話的彼端沉默片刻，並沒有繼續追問。

『這樣啊……既然是上哥交代的事，我調查之後，會打電話給你。』

「是嗎？不好意思啊。」

掛上電話後，他再度叼起了菸，吉村好像隨時做好準備似地立刻為他點了火。

大上掛了電話兩個小時後，接到了多賀的聯絡。

大上在自己的座位上接起電話，草草道謝後，立刻問了調查結果。

「情況怎麼樣？」

多賀得意地回答說：

『我向公所調查了沖的戶籍，他的確有一個兒子，名叫沖虎彥，今年二十一歲，是個小惡棍。十六歲時因為恐嚇和傷害進了少年輔育所。』

多賀可能看著便條紙回答，不時聽到翻紙的聲音。

『戶籍上的地址是吳原市安住町，虎彥的母親和妹妹目前住在那裡，但他並沒有回家。在少年輔育院關了兩年之後，就沒有再回家。』

「所以目前居無定所嗎？」

『對。』多賀回答後，繼續說了下去，『這傢伙是個狠角色——上哥，你有沒有聽過吳寅會這個名字？』

大上第一次聽到這個名字。

他起初以為是新成立的黑道幫派名字，但隨即打消了這個念頭。如果有新的幫派成立，他不可能沒聽說。

「不，我不知道。」

多賀向他說明。

『那是兩年前，吳原一些不良少年組成的不良幫派，也就是所謂的愚連隊。最初成立時的人數一隻手也數得完，但據說目前超過二十人。你在找的那個沖虎彥就是那個愚連隊的頭頭。』

多賀說，沖並非自稱為會長，而是那些跟隨他的不良少年這麼叫他。

『就像我剛才說的，那傢伙不知道是魯莽還是無所畏懼，簡直無法無天——』

沖為所欲為，簡直就像在嘲笑情義或是仁義之類的事，也完全不把黑道或是幫派放在眼裡。

『雖然不知道是真是假，聽說好幾個曾經和他起過衝突的黑道分子都消失了，而且有人說，那幾個人都被埋去扇山了。』

扇山是專門埋黑道分子屍體的地方——這個傳聞在吳原甚囂塵上。

那個傢伙完全幹得出來。

大上這麼認為。

這十年期間，曾經發現三具無法判斷是遭到謀殺、發生意外還是自殺的屍體，都無法查出身分，成為孤魂埋葬在吳原市區的寺院內。

多賀重重嘆了一口氣。

『因為有這樣的傳聞，所以這一帶的黑道分子也不敢輕易對他出手，而且有越來越多人投靠他。這傢伙向來不按牌理出牌，不知道他會幹出什麼勾當，搞不好比黑道更難纏。』

大上想起沖在咖啡店時的態度，完全能夠理解多賀說的話。他面對黑道或是刑警毫無懼色，反而故意挑釁的膽識，讓人聞風喪膽的同時，也能夠強烈吸引那些不良少年。

果然——大上輕輕笑了笑。

「果然是有趣的傢伙。」

多賀不悅地說：

『你不要說得好像事不關己，一副看好戲的態度。我們就像是抱了一顆不知道什麼時候會爆炸的未爆彈。』

「他們的收入來源是什麼？總不可能什麼也不做就可以過日子吧？」

『販賣安非他命和買賣贓物。』

雖然並不是掛牌的黑道幫派，但做的事和黑道完全沒有差別。

『在調查沖的兒子時發現，最近五十子怒火沖天，似乎和他有關。』

「五十子？」

五十子會是根據地在吳原的老字號黑道幫派，會長五十子正平非比尋常，老奸巨猾。五十子會有超過一百名成員，是吳原最大的幫派。

「沖虎惹到五十子了嗎？」

『對。』多賀回答。

在吳寅會成立時，沖和他的手下就開始買賣安非他命。

當時只是巧妙地偷偷買賣，並不會堂而皇之地對黑道的地盤侵門踏戶。不知道是不是生意越來越順，膽子變大了，還是想要賺更多錢，最近目中無人地在五十子會的地盤上做生意。即使同樣是黑道，也不會輕易挑戰吳原最大的幫派，如果允許平民老百姓在自己的地盤上搗亂，五十子會就會顏面盡失。

大上想起了禿頭五十子正平像煮熟的章魚般的臉。

大上問多賀：

「五十子採取了什麼行動？當然不可能坐視別人砸他們幫派的招牌吧？」

多賀輕輕嘆了一口氣說：

『五十子也很沒面子，聽說卯足了全力在找人……但那些傢伙並沒有事務所，所以找不到沖的下落……說起來我們也一樣，所以傷透了腦筋。』

大上終於搞清楚狀況，自言自語地嘟噥著：

「原來是這樣，所以他們逃到廣島來了。」

『啊？你說什麼？我沒有聽清楚。』

「沒事，」大上否認後，在椅子上坐直了身體，「給你添麻煩了，你來這裡時記得通知我，我請你去流大道喝酒。」

流大道是廣島最大的鬧區，多賀中意的酒店也在那裡。

大上掛上電話後，看著牆上的掛鐘。

已經過了五點半。

瀧井組的事務所位在廣島市西區高級住宅區的角落，如果沒有遇上塞車，開車只要十五分鐘就到了。

大上拿起掛在椅背上的上衣站了起來。

「辛苦了。」

吉村微微鞠了一躬。他的聲音難掩興奮。大上前腳走出辦公室，他應該馬上就會回家。

「嗯，今天好好休息。」

大上舉起一隻手揮了揮，走出了二課。

沖虎彥在離流大道有一段距離的小巷內，從襯衫胸前口袋裡拿出五張萬圓紙鈔。就是剛才向森岡討回來的錢。

他把錢遞給眼前的女人。她就是閃亮亮酒店的坐檯小姐櫻桃。

櫻桃穿了一件鮮紅色的迷你裙──裙子非常短，只要稍微彎一下腰，就可以看到內褲。T恤的領口開得很低，露出了很深的乳溝。

櫻桃還帶著稚氣的臉上化了很濃的妝，一接過錢，立刻雙眼發亮。

「你真的幫我要到了，太厲害了。」

沖伸手抓了抓脖頸說：

「原本打算向他要委任狀上寫的全額，但森岡那個死王八蛋手頭不寬裕，就只能要回來這些。」

「沒關係。」

櫻桃露出了諂媚的笑容，抱著沖的脖子，豐滿的乳房壓著沖的胸口。

「我原本就不抱希望，有這些錢就足夠了，反正我沒損失。」

穿著繡了龍夾克的三島考康在一旁插嘴問：

「這只有原來金額的一半，怎麼可能沒損失？」

櫻桃吐了吐舌頭說：

「因為那個爛人整天花言巧語，卻不肯付錢，所以我就在他的帳單上灌了水。反正每次結帳時他都喝得神志不清了，根本不可能知道。」

「妳還真奸詐啊。」

重田元不懷好意地笑著，用藍襯衫的袖子擦了擦人中。

櫻桃從五萬圓中抽出一張遞給沖說：

「給你的零用錢。」

櫻桃比沖大一歲，明明只差一歲，卻把他當小孩子。沖有點火大，但對女人發脾氣很丟臉。他輕輕點了點頭，不發一語收下了。

元看到沖把錢收進襯衫內，重重地嘆了一口氣。

「這樣更覺得被那個刑警拿走的五萬圓很痛，那些錢原本可以完全進我們的口袋。」

「那個刑警是誰？」

櫻桃探頭看著垂頭喪氣的元問。

三島代替元回答說：

「有黑道在罩森岡，那兩個黑道叫那個刑警上哥，好像是黑道組織股的刑警。」

「上哥應該是北分局的大上先生吧！」

櫻桃興奮地叫了起來，三島皺起眉頭說：

「這個叫上哥的傢伙是什麼來頭？妳認識他？」

「當然認識啊，在這一帶，如果不認識上哥，根本別混了。」

沖從喉嚨深處發出了笑聲。

他們從吳原來到廣島還不到一個月，剛搞清楚黑道幫派的名字，但完全不認識任何刑警的長相。

這一個月來的行動都格外小心謹慎，以免身分曝光——就好像潛入了地下。從這個角度來說，的確處境艱難。

櫻桃完全不了解他們，以為他們只是最近經常在這裡出沒的混混。雖然櫻桃並非故意，但完全說中了自己目前的處境，沖忍不住苦笑起來。

櫻桃露出興奮的眼神說：

「我也好想見到上哥，雖然他對黑道毫不手軟，但對我們這些小姐都很好。而且上哥不是看起來有點可愛嗎？會刺激女人的母性本能，只要上哥追求，大部分女人應該都無力招架。如果是我——」

她在說話時，撥了撥頭，搔首弄姿。

「願意為他服務很多事。」

「服務什麼事？」

三島露出下流的眼神看著櫻桃。

櫻桃拋了一個媚眼，用手背輕輕拍著考康的臉頰說：

「很多事就是很多事。」

沖看著他們打情罵俏，內心突然產生了不安。

他的耳邊響起了大上的聲音。

——你該不會是沖勝三的兒子？

他不悅地吐了一口口水，想要甩開這個聲音。

「總之，如果下次有什麼事，可以再找我。那件事就拜託了。」

沖對櫻桃說，有事可以找他們，但如果從黑道那裡聽到有任何有辦法賺錢的消息，就要馬上告訴他們。

櫻桃東張西望，確定四下無人後，用力點了點頭。

三個人向櫻桃道別後，走進了「麗林」。那是離流大道更遠，靠近碼頭的一家拉麵店。

狹小的店內只有一張可以容納五個人的吧檯和一張小桌子，一個禿頭的老頭在吧檯內汗如雨下。他是這家拉麵店的老闆。

老闆看到他們三個人，用木杓在冒著大量熱氣的深型高鍋內攪動著，向他們打招呼：

「喔，原來是笨蛋三人組，怎麼今天又是你們這三張老面孔，偶爾也帶漂亮的小姐來一下啊。」

三島在店內深處的桌子旁坐下後吼道：

「禿頭海怪，你少囉嗦！剛才打完手槍，現在來填飽肚子啦！」

他們點了三瓶啤酒、大份餃子和炒飯，和三碗拉麵。

啤酒送上來後，他們各自為自己的酒杯倒了啤酒，一口氣喝乾了。

元大聲打了一個嗝。

「做完一件事之後吃的飯最好吃。」

三島呼嚕呼嚕吃著送上來的拉麵，皺著眉頭。

「如果那些錢沒有被那個刑警拿走的話，我們就不會吃得這麼寒酸，可以吃更豐盛的大餐了。」

「但是……」低頭吃拉麵的三島一臉嚴肅的表情抬起了頭，「小沖，那個刑警好像認識你爸爸。」

沖停下了手。

元也抬起了頭。

三島用筷子指著沖說：

「那個叫上哥的傢伙剛才不是說，要去哪裡照會嗎？該不會已經查到了我們的身分？」

元臉色大變。

「到時候就會知道我們做的所有事嗎？小沖爸爸的事、搶賭場的事，還有扇山的事都會被他們知道嗎？」

「你給我閉嘴！」

三島一把抓住元後腦杓的頭髮，把他的臉壓在拉麵的碗公裡。

「我們完全不知道這些事，夢話等到睡覺的時候再說。」

滿臉是湯汁的元哭喪著臉點著頭。

沖向禿頭海怪再點了一碗拉麵。

「雖然這裡的拉麵很便宜，但也不要浪費食物。」

禿頭海怪把追加的拉麵放在桌上後，走回吧檯內。

三島把臉湊到沖的面前。

「小沖，話說回來，我能理解元的擔心，一旦那個刑警去照會，我們會不會有危險？我們之前做的事一旦曝光，少說也要蹲三十年的苦窯。即使可以躲過坐牢，如果被那些黑道知道扇山的事，我們就會被丟進海裡餵魚。」

考康說的扇山的事，就是他們之前綁架五十子會成員的事。

三年前的夏天，沖等三個人在路上綁架了五十子會的太子淺沼真治的小弟竹內博，然後帶去扇山。

扇山是位在吳原市西邊的一座標高兩百公尺的山林。在需要木炭的時代，山上到處都是燒炭小屋，每到冬天，到處可以看到小屋冒起的煙。之後木炭的需求量減少，扇山上沒有野菜或是竹筍等山珍，而且山路的坡度太陡，並不適合爬山健行，所以目前很少有人出入，只有鬱鬱蒼蒼的樹木茂密生長。

沖和其他兩個人綁架了竹內後，把他帶到扇山最深處的燒炭小屋。很久沒有使用的燒炭小屋內積滿了灰塵，到處都是小動物的糞便，已經變成了無人造訪的廢棄屋。

山坡太陡峭，車子無法行駛。

他們三個人把沙包裡的沙子丟棄後，把竹內塞了進去，放在汽車的後車廂，載到了山麓。把沙包從後車廂拿出來時，沙包裡的人還在掙扎，於是就朝著他的腰窩揮了一拳，竹內就不動了。

三個人輪流扛著沙包上山，來到那棟廢棄屋時，把沙包丟在幾乎快塌陷的地上，小屋內立刻飄滿了厚實的灰塵，沙包內發出了分不清是咳嗽還是呻吟的聲音。

「喔，醒了嗎？」

沖低頭看著沙包，輕輕踢了一腳。

「我來看看他的臉變成什麼樣子了。」

三島蹲在地上，打開了沙包綁住的地方。元握著袋底，用力一拉。

一個被粗繩綁住全身的男人出現在他們面前，他滿臉是血，門牙被打斷了。眼瞼腫了一倍，應該看不清周圍的情況。

男人被反手綁住的身體像菜蟲一樣扭動。

「救、救命……」

三島對著他的心窩連續踢了好幾腳。竹內那張已經看不出原本俊俏的臉痛苦地扭曲起來。

「我說竹內啊，你就乖乖說出來吧。沒必要為了對淺沼的義氣，送上自己的性命。」

沖冷靜地對他說。

竹內在淺沼的手下賣安非他命，也就是俗稱的安公子。

竹內從腫起的眼瞼縫隙中瞪著沖，他似乎豁出去了，費力地擠出聲音說：

「你以為你做這種事，我大哥會放過你嗎？」

沖很想笑，但努力克制著，拔出了插在腰上的手槍。那是他父親唯一的遺物。

「我當然沒這麼想，但只要你死了，誰會去告密呢？」

竹內對著沖吐了一口帶著鮮血的口水。

他咬牙切齒地大吼：

「好啊，有種你就試試！如果敢殺了我，我會在地獄把你們打個半死——」

他的話還沒有說完，三島就用力踢向他的腰窩。

竹內痛得在地上打滾，吐出了帶著鮮血的嘔吐物。他用力喘著氣，喉嚨發出的聲音就像是從門縫吹進來的風聲。

沖蹲在氣若游絲的竹內旁說：

「下個星期不是有一筆安公子的買賣嗎？而且是大生意。」

元打聽到安公子買賣的消息。

赤石路的住商大樓內，有一家名叫「愛」、以吧檯座位為主的小酒吧。元的女人貴山寬子在那家酒吧上班。寬子比元大一歲，但寬子長相很成熟，和娃娃臉的元站在一起，看起來至少相差五歲。

竹內迷上了和寬子在同一家酒吧上班的美香。

一個星期前，寬子協助美香一起坐竹內的檯時，聽到竹內得意洋洋地說，即將要做一筆大交易。

寬子在那家酒吧工作了一年，在這段期間，他從竹內和其他客人口中得知，竹內是五十子會的成員，主要靠販賣安非他命賺錢。

沖虎彥帶領的吳寅會成立至今半年，差不多有十名成員。這些人都並非沖招募而來，而是他們仰慕沖，自然而然聚集的成員。

吳寅會不同於黑道幫派，沒有大哥、小弟的關係，沒有縱向的束縛，重視橫向的團結，所有的手下都是兄弟，幾乎所有人都是沖的小弟。

三島考康是例外，他和沖是不分上下的兄弟，重田元又是地位比他們稍微低一點的兄弟。只有和沖從小一起長大的這兩個人，可以平起平坐和沖說話。

吳寅會的收入來源就是從黑道手中搶奪金錢和貴重物品。

元要求寬子隨時注意黑道分子的動向，寬子從來酒吧的黑道分子口中得知安公子的買賣消息後，再通知元。元再把消息告訴沖，沖確認消息的正確性之後，就會研擬搶奪計畫。黑道遭搶也不會向警方報案。順利的話，就可以不勞而獲，大撈一票。

他們用搶匪頭套遮住臉，襲擊黑道買賣的現場。幸運的話，金錢和安公子可以同時得手。如果無法同時得手，就只搶其中一方。他們十之八九都會搶安公子。經由半島運來的安公子通常都在海上交易，如果在碼頭、小巷或是冷靜的鄉下道路交易，有可能毒財兩得，只不過很少有這麼理想的事。

每次襲擊都賭上性命，但是，不吃別人，就會被人吃掉——這就是非法世界的生存法則。如果害怕黑道，就無法在廣島闖出自己的天地。

為此，他們準備了向地下武器行買的機關槍，在沒有人煙的地方襲擊汽車，用機關槍打破輪胎。只要車子無法動彈，那些黑道分子就投降了。沒有黑道會為了保護毒品送命，比起仁義或是義理這些東西，黑道分子更重視自己的生命。只要為了私利私欲，可以滿不在乎地出賣他人，甚至出賣家人。黑道都是貪婪的人渣——沖從自己的父親身上學到了這一切，而且也有切身的體會。

沖在元的公寓得知了這次買賣的事。正確地說，那裡是寬子的租屋處，元住進去後就賴著不走了。

寬子為他們端上茶後，坐在元的身旁，把聽到的消息告訴了沖。

沖抽著菸聽寬子說話，把菸抽到底後在菸灰缸內捺熄，將視線移到寬子身上。

「妳剛才說的消息是真的嗎？」

寬子一臉興奮地頻頻點頭。

「是真的，我親耳聽到的。他一邊摸著美香的奶，一邊說下個星期有一筆大買賣，等錢進來之後，就可以買美香想要的ＬＶ包包了。」

「他摸美香奶這種事可以不必說。」

元生氣地輕輕戳著寬子的頭。

寬子雖然嘟著嘴，但很快恢復了原來的表情，挪到沖身邊說：

「竹內那個混混真是壞透了，每次勾引女人之後，就要那些女人養他。如果女人不聽他的話，他就會動手打人，最後讓她們吸毒，她們只能被迫去賣身。雖然美香現在被竹內捧在手心，但我很擔心她不久之後，也會淪落到像其他女生那樣的下場。」

寬子低下了頭，元摟住了她的肩膀說：

「所以妳看看自己的運氣有多好，遇到像我這麼溫柔的男人。」

寬子瞪了元一眼，推開了他放在自己肩膀上的手。

「你不是也整天使喚我？上次我在睡覺，你還把我叫醒，我以為有什麼事，沒想到你竟然說肚子餓了，要我做飯給你吃，根本不管我喝了那麼多根本不想喝的酒，已經累得半死了，難道你不覺得自己很過分嗎？」

沖發現空氣中充滿火藥味，從榻榻米上站了起來。

「元，這筆生意可以賺大錢，寬子立了大功。我和阿三會安排接下來的事，你今天要好好疼愛寬子，犒賞她一下。」

元眉開眼笑地摸著寬子迷你裙下露出的大腿，寬子按住了他的手，但臉上露出了笑容。

沖穿上鞋子後，來到夜晚的街頭。

他在寬子的公寓附近物色腳踏車，要在這一帶尋找沒有上鎖的腳踏車並不是困難的事。

他騎上一輛適合的腳踏車，踩著腳踏車去三島的公寓。

騎腳踏車從寬子的公寓到三島的公寓只要三十分鐘，但像現在這樣的深夜，只要闖紅燈，二十分鐘就可以到了。

他穿越大馬路，騎在霓虹燈閃爍的巷子內，不出所料，二十分鐘左右就到了三島的公寓。

沖把腳踏車丟在路上，走上通往二樓的樓梯。

三島的房間位在走廊盡頭的二〇四室。燈光從門縫中洩了出來。

沖用手指咚咚敲著門。

「是我。」

門內傳來了有人走動的動靜，門打開了。三島睡眼惺忪地站在玄關。

「小沖，這麼晚了，有什麼事嗎？」

沖推開三島走了進去，在和室的角落坐了下來。三島的公寓只有這一個房間。

全速騎到這裡的沖滿頭大汗，三島看到他不同以往的樣子，慌忙鎖上了門，跪坐在沖面前。

「出什麼事了嗎？」

三島皺起眉頭，一臉擔心地看著沖的臉。沖露齒一笑。

三島立刻鬆開了眉頭。

「是好事？」

沖用力點頭。

「沒錯，是好事。」

沖簡短地向三島說明了從寬子口中聽說的安公子買賣的消息。

「進價三千萬，可以賣六千萬。」

三島的臉因為興奮而漲得通紅。

「這個消息可靠嗎？」

沖從襯衫口袋裡拿出香菸，三島立刻用火柴為他點了火。

沖對著天花板用力吐了一大口煙，看著三島說：

「這個消息可不可靠，直接問竹內不就解決了嗎？」

三島睡意全消，瞪大了眼睛。

「對喔，有道理。」

雖然房間內只有他們兩個人，但沖壓低聲音說：

「聽好了，從明天開始，你和元兩個人跟蹤竹內，趁他落單的時候，在適當時機綁架他。」

他們很快就掌握了可以綁架竹內的時間和地點。竹內除了美香以外，還迷上了另一個女人。那是一個十九歲的大奶妹，他每天晚上十點，都會去那個女人住的大廈公寓。

得知安公子買賣的一個星期後，沖等三個人在女人的公寓附近綁架了竹內，把他帶到扇山山上，以前是炭燒小屋的廢棄屋內。

沖把玩著轉輪手槍。

「我問你，安公子的交易地點在哪裡？」

竹內把頭轉到一旁。

「這是假消息吧，我什麼都沒聽說。」

元用力踩在竹內的左腳腳踝上。

竹內發出了模糊的叫聲。

沖蹲了下來，把槍口對著正發出呻吟的竹內太陽穴。

竹內用布滿血絲的眼角看著手槍。

沖輕輕笑了起來。

「即使你不說，我們也不會傷腦筋，只要問淺沼手下的其他人就知道了。」

沖緩緩扳開了擊錘。

隨著嘎叮的聲音，竹內閉上了眼睛，發出慘叫聲。

「等一下！請等一下！」

小屋外的鳥同時飛了起來。

等屋外安靜下來後，沖問竹內：

「你想怎麼樣？」

竹內滿臉是眼淚和鼻涕，用勉強能夠聽清楚的聲音說：

「好，好，我什麼都說，但別殺我。」

元蹲在地上，對事態的發展感到很有趣，拍著竹內的臉頰說：

「你早說的話，就不需要吃這麼多苦了。」

三島催促著竹內問：

「交易在哪裡進行。」

「在、在多島港的碼頭。」

「對方是誰？」

竹內開口招供後，就一口氣全招了。

「九州的福岡聯合會。」

「時間呢？」

「星期一深夜十一點半。」

今天是星期五，所以是三天後。

沖向他確認：

「確實無誤嗎？」

竹內拚命扭著躺在地上的身體，露出懇求的眼神看著沖。

「確實無誤！我沒有說謊，饒我一命！」

沖看著竹內的眼睛深處，他看起來不像在說謊。沖把嘴湊到竹內的耳朵旁，緩緩嘀咕說：

「如果你說謊，我會讓你覺得早知道不如死在這裡。」

竹內已經嚇破了膽，看著沖，連續點了好幾次頭。

沖靜靜地讓手槍的擊錘復位，站起身，把槍插在腰上。

「在我們搞定之前，你就先留在這裡。」

竹內發出了短促的叫聲。

「這裡沒水沒食物，在這裡等三天，我會沒命。」

「你放心。」

沖說完，向元揚了揚下巴。

「我們會為你準備麵包和水放在旁邊，即使三天不吃也不會死，但我們很貼心地為你準備了，你真是賺到了。」

元走了出去，拿著和裝了竹內的沙包一起帶來的幾個甜麵包，以及裝在舊水桶裡的水走了回來，放在竹內身旁後笑了笑說：

「真是太好了。雖然只能隨地大小便，但至少可以活命，你就忍耐一下。」

竹內可能口渴極了，整個人撲向水桶不放。三島用力把他拉到了小屋角落，鬆開了把他雙手反手綁住的粗繩，用手銬把他雙手銬在柱子上，把水桶放在竹內身旁，然後把麵包放在旁邊。

「只要伸長脖子就可以喝到。喝水時要小心，如果不小心打翻，你的小命就沒了。」

竹內正準備把腦袋伸進水桶，沖輕輕拍了拍他的肩膀說：

「那我們先走了。」

竹內大吃一驚，大聲問沖：

「如果是真的——如果交易是真的，你一定會回來這裡吧？會來放我一條生路吧？」

沖忍不住笑了起來。他收起嘴角的笑容，對竹內說：

「雖然你之前說謊不打草稿，我和你不一樣，我不會說謊。」

沖向三島和元使了一個眼色。

元打開拉門，讓沖先走出去。三個人都走出去後，三島鎖住了小屋的門。

沖走在路上時，身體忍不住抖了一下。連他自己也不知道是因為面對即將迎接的大場面感到興奮，還是因為不安而顫抖。

「小沖，這次的生意很大筆，等錢到手之後要怎麼花？」

沖仰望著天空，從胸前拿出香菸。

「不知道，等到手之後再來慢慢想。」

三島拍了一下手，就像即將走向打擊區的棒球選手般轉動著肩膀。

「接下來要忙了。」

沖對另外兩個人吆喝說：

「下山之後，立刻召集吳寅的所有人！」

「好！」

兩個人回答的聲音在山間產生了回音。

第三章

瀧井組的事務所在高地的寧靜住宅區內，也是位在角落的絕佳位置。

傍晚的時候，可以從這棟事務所和居住空間連在一起的房子看到向海面沉落的夕陽。太陽下山之後，可以眺望廣島市區的夜景。

眼前的景色讓偶爾造訪的人忍不住看得入神，但對住在這裡的人來說，早就習以為常了。除了大上以外，並沒有其他人看向窗外。無論是美酒佳餚，還是天下絕景，一旦變成了日常，就立刻褪了色。

瀧井和佐川義則坐在對面的皮沙發上。佐川是瀧井組的太子，是組長瀧井的得力助手。

大上喝著佐川倒的紅茶，洋子打開門走了進來。洋子是瀧井結婚多年的妻子，在大哥的女人中，性情也特別剛烈，就連以武鬥派打響名號的瀧井，對洋子也敬畏三分。

洋子甩著用金線繡了牡丹圖案的訪問著和服的袖子，走到大上身旁。

「上哥，好久不見了，不好意思，梳妝打扮花了點時間，這麼晚才來向你打招呼。」

大上露出了誇張的表情說：

「喔喔，這不是洋子嗎？今天太漂亮了，我一下子沒認出來，還以為是哪一個女明星走了進來，嚇了我一跳。」

大上一臉嚴肅地說著恭維話，瀧井露出無奈的表情。

洋子紅著臉，甩著手說：

「上哥，你的嘴巴真是太甜了。即使明知道只是說說而已，女人聽到稱讚還是會很高興。相較之下，我這麼精心打扮，我老公一句話都不說，簡直太不懂女人心了。」

瀧井可能不滿老婆在手下面前數落自己，瞇起眼睛，哼了一聲說：

「如果是年輕小姐，我也會說好話吹捧啊。」

「啊？」

洋子的眼神立刻變了。

她繞過茶几，站在坐在大上對面的瀧井身旁，抱著雙臂，低頭瞪著他說：

「老公，你剛才說什麼——嗯？你該不會好了瘡疤忘了痛，又在外面搞女人吧？」

瀧井移開了視線，把頭轉到一旁說：

「妳、妳在胡說什麼啊，怎麼可能有這種事……」

洋子繼續逼問，用好像在罵小孩子的聲音說：

「你沒忘記我上次說的話吧？如果你下次再敢在外面搞女人，就別想再活了。」

瀧井的眼神飄忽起來。

大上立刻為他解圍。

「對了，洋子，妳今天打扮得真漂亮，要去哪裡嗎？」

洋子雖然性情剛烈，但很單純，這是她可愛的地方。

她忘了前一刻還在追問老公在外面有沒有女人，雙眼發亮地說：

「等一下要去參加姊妹聯誼會，當然要好好打扮一下。如果大嫂一副窮酸相，大家都會感到不安，以為瀧井組最近景氣這麼差。」

和其他有一定規模的黑道幫派一樣，瀧井組成員的女人也會定期聚餐，促進幫派成員的太太或是女人之間的團結，尤其要特別關心那些正在坐牢成員的女人，這也是身為大嫂的重要工作之一。

「不愧是洋子，簡直就是太太們的榜樣。」

洋子得意地挺起胸膛。

大上乘勝追擊說：

「對了，聽說妳新開的店生意也很好，妳太能幹了。」

洋子調整著和服的領口，向大上輕輕鞠了一躬說：

「對啊，託你的福。你介紹的小姐表現很不錯，真的幫了我的大忙。她們第一次在酒店上班，沒有一些奇怪的習性，簡直求之不得。」

洋子在瀧井組的地盤內開了好幾家酒店。

上個月新開張的俱樂部豪華氣派的裝潢，在廣島可以擠進前五大。店內中央有一架平台鋼琴，璀璨耀眼的水晶燈下是豪華的布沙發。

店裡的坐檯小姐也都是一流水準。洋子說，她對小姐的素質絕不馬虎，在她的拜託之下，大上為她介紹了三名小姐。三個人都是大上從朋友的模特兒經紀公司挖角過來的對象，都是第一次在酒店上班。

滿面笑容的洋子將視線移向桌子時，突然臉色大變。

「佐川！」

「是、是！」

突然被叫到名字的佐川不知所措地回答。

「為什麼用這種便宜的杯子？上哥難得來這裡，當然要用最好的杯子！」

佐川終於知道自己挨罵的原因，慌忙向洋子鞠躬賠罪。

「對不起，大嫂，我馬上去換。」

佐川正準備站起來，大上伸手制止了他。

「沒關係，沒關係，又不會影響味道。」

「但是——」

洋子鼓起了臉頰，似乎還想說什麼。

瀧井似乎受不了洋子在那裡發脾氣，不耐煩地催促著她說：

「聚餐不是從七點開始嗎？妳再不出門，不是會遲到嗎？」

洋子看著戴在左手上的純金手錶。那是瀧井以前在外面偷吃被發現，為了安撫她的情緒，被迫花了六百萬圓給她的歐米茄手錶。

「啊喲，都這麼晚了，我的確該出門了。」

洋子彎下腰，湊到瀧井面前，板著臉小聲說：

「你不好好管教手下，結果讓我丟臉。」

瀧井垂頭喪氣。讓老大丟了臉的佐川也低下了頭。

洋子直起身體，好像切換了不同的開關似地滿面笑容看著大上。

「那我先出門了。上哥，你慢慢坐。」

大上苦笑著，舉起一隻手說：

「好啊，等一下我和仔銀一起去妳店裡。」

「好，到時候一定好好伺候你。」

盤著頭髮的洋子摸著後脖頸的髮際，走出了房間。

瀧井看到老婆離開後，身體靠在沙發的椅背上，語帶無奈地說：

「這個女人……真的受不了。」

大上把杯子舉到嘴邊，嘆著氣說：

「我才受不了吧。」

瀧井似乎很尷尬，打了佐川的頭說：

「都怪你，害我受這種氣，你爭氣點。」

佐川遭了池魚之殃，沮喪地低下了頭。

大上插嘴說：

「好了好了，別生氣了。話說——」

大上張開雙腿，探出身體問：

錢。

「那件事怎麼樣了？」

大上問的是一年前那起賭場搶劫的事。三個男人衝進綿船組掌管的賭場，搶走了一大筆錢。

「我在電話中也問了，你有沒有聽到什麼消息？」

瀧井移開了視線，看著牆壁。

「嗯，雖然聽到了消息，但這是內部的事，即使是你向我打聽，我也有沒辦法說的事。」

雖然是綿船組的賭場遭到搶劫，但由旗下的笹貫組直接掌管。笹貫組的笹貫和瀧井是同屬綿船組的兄弟，對經營賭場的人來說，賭場被搶簡直就像臉上被潑了糞，瀧井應該也覺得面子上掛不住。

大上從胸前口袋中拿出香菸，佐川立刻為他點了火。

大上吐著煙，靠在沙發上。

「我能夠理解你的處境，但我也有我的難處，所以要不要來做交易？」

「交易？」

瀧井用眼角看著大上。

「對，如果你不說，我可以把美代的事告訴洋子。」

美代是流大道上一家酒店的坐檯小姐，瀧井最近在她身上花了不少錢。

瀧井頓時漲紅了臉。

「阿章，你在威脅我？」

大上對著天花板吐了一大口煙說：

「什麼威脅？別說得這麼難聽，我只是說要和你做交易。」

他把臉湊到嘟著嘴，抱著雙臂的瀧井面前說：

「你什麼都不用說，只要活動一下脖子就好。」

「活動脖子？」

瀧井露出詫異的表情。

「對，」大上點了點頭，「我接下來會問一些問題，你只要點頭或搖頭就好。」

瀧井摸著下巴。

「原來是這樣。你從以前就有很多鬼點子。雖然不能說的事情就是不能說，但活動一下脖子倒是沒問題。」

大上開始發問：

「有沒有人受傷。」

瀧井點頭。

「有沒有人死亡？」

搖頭。如果有人死亡，就會成為刑事案件。大上原本就猜到了這種情況。

「聽說是三個人進賭場搶劫，果真是這樣嗎？」

瀧井點了點頭。

「是不是年輕男人？」

瀧井再次點頭。

「熟面孔嗎？」

搖頭。

這是理所當然的。如果是熟面孔，那幾個搶劫的人現在不是被丟進海裡餵魚，就是埋在山上了。

「果然不是這一帶的人。」

大上自言自語著。

瀧井點頭表示同意。

大上繼續發問。

「關於這三個人的長相和外形，是高還是矮？」

瀧井想了一下，點頭後又搖頭。

「所以是有高也有矮。」

瀧井明確地點了點頭。

大上想起了身穿龍外套的高個子，和穿藍襯衫的矮個子。

「笹貫他——」

大上說到這裡，瀧井瞇起眼睛，咬著嘴唇。

「他一定拚命在找那幾個人吧。」

大上再度向天花板吐了一大口煙，將視線移回瀧井身上。

「但是太不可議了，這麼驚天動地的事，就連十個黑道也未必能夠成功，那三個混混竟然就搞定了，而且對手不是普通老百姓，而是黑道。他們不是膽識過人，就是腦筋不清楚。」

瀧井小聲說：

「兩者都是吧。」

第四章

夜晚的多島港寂靜無聲。

多島港是吳原市內的一個小漁港，周圍沒有商店，也沒有民宅，從雲的縫隙中灑下來的月光是周圍唯一的亮光。白天會有船隻入港，也有人來釣魚，漁港很熱鬧，一到晚上就很冷清。

沖、三島和元三個人躲在碼頭的一排倉庫後方。

碼頭上總共有四個倉庫，他們躲在從海面上看過來最右端的倉庫後方，也是離碼頭入口最近的位置。

除了他們三個人以外，還有七名吳寅會成員也在這裡，分散躲在其他幾個倉庫後方。

三島心神不寧地看著手錶，壓低聲音，小聲地說：

「他們真的會來嗎？那個王八蛋該不會告訴我們假消息？」

三島口中的王八蛋，就是上次被他們打得很慘的竹內。

沖也看了自己的手錶。十一點二十分。竹內說交易的時間是十一點半。目前完全沒有任何人出現的跡象。

躲在三島旁的元氣勢洶洶地說：

「如果他敢唬弄我們，就把他剁成肉醬去餵魚。」

三島一臉很受不了的表情看著元說：

「何必這麼大費周章，挖個洞把他埋了不就行了嗎？」

元拍著自己的額頭。這是他露出害羞笑容時的習慣動作。

「聽你這麼一說，也覺得有道理，而且扇山還埋了他的朋友——我一時忘記了。」

三島發出冷笑對元說：

「你才不是忘記，只是這裡不靈光。」

三島在說「這裡」的時候，輕輕戳著自己的腦袋。

元似乎無法苟同，反駁說：

「今晚的消息是誰打聽到的？還不是我嗎？」

三島也不服輸地說：

「才不是你，明明是寬子。」

「你說什麼？」

兩個人說話的聲音都很小聲，以免被旁人聽到。

元動作誇張地舉起了白色刀鞘的日本刀。

「喔，要動手嗎？」

三島也把手上的托卡列夫手槍對準了元。這是透過地下管道買的中國製造的山寨槍，但殺傷力和正品一樣。

他們兩個人經常這樣嬉鬧打發無聊。沖忍不住苦笑起來。

他們躲在倉庫後方已經一個小時，沖是急性子，另外兩個人也一樣。他們等得有點不耐煩了。

大部分人冒著生命危險時，通常都會緊張，或者是脾氣暴躁，不然就是雙腳發抖，不會覺得無聊或是厭煩。但這也代表他們兩個人膽子夠大，所以才能夠和沖一起行動。

雖然沖能夠理解他們的心情，但絕對不能讓敵人知道有人躲藏在這裡。

沖正打算制止他們打鬧時，遠處出現了燈光。有兩個圓形的燈光。那是車頭燈，而且燈光越來越靠近。

三島和元也發現了車頭燈的燈光，立刻停止打鬧。

三島舉起手槍，元緊緊握著日本刀的刀柄。沖拿下原本掛在肩上的機關槍，夾在腋下。他拿出放在長褲口袋裡的搶匪頭套戴了起來，元和三島也都跟著戴了起來。在其他地方待命的吳寅會成員，應該也同樣做好了襲擊的準備。

車子在沖他們躲藏的倉庫前停了下來。那是一輛黑色豐田Land Cruiser——是這一陣子剛上市的最新款。

另一輛車也立刻從Land Cruiser剛才駛來的方向出現了。

那是一輛黑色豐田Century。車身在黑暗中發出好像高級漆器般的光澤，Century駛到Land Cruiser旁停了下來。

幾個男人從兩輛車上走了下來。每輛車分別走下三個男人，總共六個人站在車頭燈前。司機沒有下車，車子在怠速狀態下待命。等交易一完成，就可以馬上離開。

沖看到了從Land Cruiser走下來的一個男人。

他理著平頭，襯衫下露出的手腕上有佛珠的刺青。他是五十子會的成員高安，是五十子會的太子淺沼真治的小弟，在幫派內擔任幹部。

既然Land Cruiser是五十子會的車子，那就代表Century上是他們的交易對象福岡聯合會。

寧靜海港內只有海浪的聲音，他們說話的聲音也聽得格外清楚。

高安走到對方面前，對站在中間的男人說：

「真準時啊。」

一個身穿西裝，盛氣凌人的男人說：

「我們也是做生意，當然不可能遲到。」

他用平起平坐的態度和高安說話，顯然也是幹部。

穿西裝的幹部從頭到腳打量著高安，似乎在掂他的份量，然後向身旁的男人揚了揚下巴。

雖然不知道是他的小弟還是義弟，反正就是他的手下。

「喂。」

手下的男人默默點了點頭，把夾在腋下的黑色行李袋遞給高安。

高安也同時命令身旁的手下：

「把東西交給他們。」

「是。」

手下把公事包遞給西裝男。

高安和西裝男都看著對方接過了各自的東西後，分別打開了行李袋和公事包的蓋子。然後伸手把裡面的東西拿了出來。

西裝男逐一確認了綁著封條的現金。如果公事包內都是現金，金額相當可觀。

高安手上拿著塑膠袋，裡面裝了粉末。是安公子。

高安打開塑膠袋的結，把食指伸了進去，把手指沾到的粉末放在舌頭上，然後看著西裝男笑了起來。

「之前就聽說你們的安公子很棒，看來傳聞是真的，這批貨很純。」

西裝男也跟著揚起了嘴角。

「你們也很守信用，三千萬準確無誤。」

兩個男人把手上的行李袋和公事包分別交給自己的手下，看著對方的眼睛問：

「下次什麼時候可以再麻煩你們？」

高安問，西裝男回答說：

「兩個月後還會有貨進來，到時候再聯絡你。」

六個人準備走回各自的車上。

沖屏氣凝神地看著他們做完交易，對著三島和元大叫一聲：

「就是現在！衝！」

「好！」

三個人幾乎同時從黑暗中衝到倉庫前。躲在其他倉庫後方的吳寅會其他成員見狀，也同時跑了過來。

轉眼之間，吳寅會的人就包圍了車子。那幾個黑道分子看到這些戴著搶匪頭套的人突然出現，全都大吃一驚，大聲叫著：

「怎麼回事？你們是誰？」

沖拿著機關槍，對著站在車子旁的黑道分子頭上開槍。站在車子周圍的人影都慌忙趴了下來。

沖把裝了子彈的彈帶重新背在肩上，用周圍都可以聽到的聲音吼道：

「管我們是誰！如果還想活命，就乖乖把手上的東西交給我們！」

說完，他再度用機關槍對著那些人影的腳下掃射一通。黑道分子都躲去車子後方，然後逮住機會用手槍應戰，試圖趁亂上車。黑暗中響起雙方的槍聲。

沖大聲吼道：

「打輪胎！把輪胎打爆！我和阿三打Land Cruiser，其他人打Century！」

要把這些黑道分子全都殺光很簡單，但要處理八具屍體很費事，而且到時候除了黑道，警察也會插手，事情會變得很複雜，到時候就麻煩了。沖決定以搶貨為優先，所以首先必須讓他們無法逃走。

沖所在的位置距離五十子會的車子大約三十公尺。他把槍口對準了Land Cruiser的輪胎。

「聽好了，不能失敗！」

吳寅會的人除了沖和三島以外，還有其他兩個人手上有槍，都是小型手槍，和三島的槍幾乎是相同的型號。

沖在叫喊的同時，子彈同時打向兩輛車子的輪胎。

但是沖的機關槍子彈在緊要關頭打完了，其他人的子彈也遲遲沒有打中輪胎。沖這時才知道，在只有月光的夜晚，沒有受過像樣射擊訓練的人想要打中目標是多麼困難的事。

那幾個黑道分子利用他們攻擊的空檔，用手槍還擊，同時所有人都利用這個時間坐上了車子。

兩輛車以驚人的速度開了出去，與地面擦出了火花。

沖的手指離開了機關槍的扳機，忍不住咂著嘴。

他對原本以為事情可以更簡單搞定的自己感到生氣，不應該輕視對毒品交易這種危險行為已經習以為常的黑道分子。

Century消失在黑暗中，駛在後方的Land Cruiser也會馬上駛出碼頭。

「王八蛋！」

他看著Land Cruiser忍不住咒罵，發現紅色的車尾燈用力晃動。

接著，那輛車搖搖晃晃地蛇行，放慢了速度。

「怎麼回事？」

元用手掌遮在額頭前，注視著車子。

沖大叫著：

「爆胎了！子彈打中了！」

沖命令吳寅會的所有人：

「追上去！至少搞定五十子的車子！」

沖裝上了新的彈帶，舉起機關槍對著Land Cruiser掃射。

隨著一聲沉悶的聲音，後車窗裂開了。接著，車身一沉。子彈打中了原本沒有爆胎的輪胎。兩個後輪都爆了胎，車身的後方磨擦著地面停了下來。

沒有人從Land Cruiser走下來。不知道是以為一旦下車，身體就會被打成蜂窩，還是在車內舉著手槍，等待反擊的機會。

沖和其他人壓低姿勢，慢慢縮短和車子之間的距離。

手上有槍的人把槍口對準了車子，其他人舉著日本刀和短刀，小心翼翼地靠近。

三島打了頭陣。

他從停在那裡的車子背後向車內張望。

當他稍微抬起頭的同時，就聽到呯的一聲清脆聲音，原本出現裂痕的後車窗破了。

吳寅會所有成員都馬上趴在地上。

五十子的某個人在車上開了槍。

沖、三島和元三個人都是火爆性子，其中元的導火線最短。

「這個混蛋，竟然不把我們放在眼裡！」

元一臉凶神惡煞地大叫，用手上的日本刀刀柄打破了後車座的玻璃窗。

其他人也都跟了上去。

他們踹向車身，打破了所有的玻璃。不知道是否對沖手上的機關槍產生了警戒，車上的人並沒有反擊。

沖站上引擎蓋，把槍口對準了在車上嚇得半死的黑道分子。

「只要你們稍微動一下，我就要你們的命！」

那幾個黑道分子臉色蒼白，愣在那裡不敢動。

沖左右晃動著槍口說：

「你們在發什麼愣，趕快把武器交出來！」

黑道分子把手上的手槍從打破的車窗丟出車外，舉起了雙手。

蜷縮在後車座的高安也一臉很不甘願的表情做出了投降的姿勢。

沖對高安命令道：

「把那個東西交給我，我就繞你們一命。」

高安臉色大變，把行李袋拉到手邊，搖了搖頭說：

「這、這裡面是我的換洗衣服，你要這種東西根本沒……」

沖舉起槍口，機關槍打向黑暗的夜空。

周圍瀰漫著硝煙的味道。

沖把仍然冒著白煙的槍口對準了高安。

「你的臭內褲和臭汗衫值三千萬嗎？笑死人了，說謊也要說得像樣點。」

高安聽到具體的金額，知道沖了解行李袋裡裝的是什麼，他立刻變了臉，一臉凶相，但說話的聲音忍不住發抖。

「所以你們知道我們是誰，還敢對五十子會做這種事，以為——」

沖把身體探進打破的擋風玻璃，把槍口抵在高安的額頭上。

「我是不知道什麼五十子還是六十子，有很厲害嗎？」

高安可能覺得自己身為幹部的顏面失盡，用力皺著眉頭。

其他三個人額頭上滲出的汗在月光下發亮。車內有尿味。有人嚇得尿出來了。

車子周圍的人都把武器對準了車內，隨時可以火力支援。

沖得意地把手指放在扳機上，彎起了手指。

「想死嗎？喂，你想死嗎？那我現在馬上就斃了你！」

高安可能察覺到沖是認真的，他把右手伸向前，用幾乎是慘叫的聲音懇求道：

「等、等一下！好吧，好吧……」

他的語尾發著抖，慢慢遞上了抱在手上的行李袋。

沖仍然把槍口抵著高安的額頭，接過皮包後，丟給一旁的三島。

隨著拉開行李袋拉鍊的聲音，三島大聲地說：

「是真貨！」

沖仍然把槍口對著高安，從引擎蓋上跳了下來。

「沒錯吧？」

三島打開塑膠袋，舔了一下粉末，興奮地說：

「喔喔，這是如假包換的特級安公子！」

沖轉頭對著同夥叫了一聲：

「好，趕快閃人！」

隨著沖的一聲令下，所有人都拔腿跑了起來。

倉庫後方停了兩輛車，剛才所有人坐這兩輛車來這裡。

沖確認其他人都離開Land Cruiser後，也跑向自己的車子。

「王八蛋，別跑！」

五十子的成員虛張聲勢地叫著。

沖拿起機關槍對著Land Cruiser開槍。

耳邊傳來手槍的槍聲。

是三島。他跑在沖的身旁開著槍。

「大家都上車了嗎？」

沖邊跑邊問。

三島上氣不接下氣地說：

「對，就只剩下我們兩個人。」

他們默默奔跑著。

當他們跑到藏在倉庫後方的車子旁，車子已經發動了引擎，隨時都可以出發了。

元打開後車座的車門大叫著：

「你們來這裡！」

沖和三島衝進車內，坐在元的身旁。

坐在駕駛座上的鹽本踩著油門。

輪胎發出了尖叫聲。

鹽本是最近才加入吳寅會的成員，今年十八歲，沒有駕照，但在所有成員中，他的駕駛技術數一數二。他說自己從小學時就開車了。

載著沖和其他人的車子衝出去後，另一輛車子也以驚人的速度跟了上來。

在離開碼頭前，沒有人說話。當車子來到市區道路，遠離碼頭後，大家不約而同笑了起來。聲音越來越大聲，隨即整個車內都是大笑聲。

元向沖和三島探出身體說：

「成功了！」

三島也向前探出身體說：

「當然啊！吳寅會怎麼可能失敗！」

坐在中間的沖用雙手推開擠過來的兩個人，把三島抱在腿上的行李袋拿了過來。

他打開拉鍊，再度確認裡面的東西。

白色粉末將變成巨款。

沖的嘴角上揚。

「雖然沒搶到那些錢很可惜，但光是這些安公子就可以賺很多錢。」

沖對著鹽本大叫：

「趕快回去，要喝酒慶祝！」

「是！」

鹽本大聲回答後，繼續加快了速度。

沖吃完拉麵後，從胸前口袋拿出香菸，用桌上的火柴點了火。

他吐出一大口煙，同樣在飯後點了一根菸的三島重提了剛才的話。

「對了，那傢伙應該也已經成佛了。」

還沒有吃完的元吃著麵，看著三島問：

「那傢伙？」

三島小聲地說：

「就是竹內。」

元低下頭，「喔」了一聲。

沖和其他人成功搶到毒品後，隔天去扇山找竹內。竹內喝光了水，麵包也都吃完了。

竹內對沖露出期待的眼神，沖走到他的背後。

「我馬上為你鬆綁。」

為了讓竹內安心，沖用溫柔的語氣對他說。

然後拔出手槍。

沖一槍打穿了竹內的後腦杓，減少他的痛苦，算是最後的慈悲。

腦漿和鮮血四濺，竹內倒向前方。

竹內當場死亡——他應該甚至沒有發現自己死了。

雖然黑道分子整天和死亡打交道，但竹內的死輕於鴻毛。

這就是為了乞求活命，背叛同夥的黑道下場。

沖把結帳的錢放在桌上，從椅子上站了起來。

「謝謝款待。」

禿頭海怪頭也沒抬，正在試鍋子裡高湯的味道。

第五章

他感到刺眼，睜開了眼睛。

光刺進了他瞇起的眼睛。

他忍不住把手放在額頭上，身旁傳來有人在笑的動靜。

原來是清子。清子抱著嬰兒。

那是兒子秀一，正在母親的臂腕中熟睡。

周圍是一片草皮，到處種滿了樹木。

三個人在這片樹木中最大一棵樹旁。

他坐了起來，抬頭望著天空。天空萬里無雲，太陽在天空中發出燦爛的光芒。照進大上眼中的光是穿越茂密樹葉的林隙光。

他再次躺成了大字。

清子搖晃著抱著秀一的手臂，對大上露出了微笑。

大上的嘴角也很自然地露出了微笑。

一家三口多久沒有這麼悠閒了？他甚至覺得好久沒見到清子和秀一了。

他把手伸進了胸前口袋找菸，拿出了菸盒。

他拿在手上

發現菸盒空了。

他咂了一下嘴，把菸盒捏扁了。

秀一開始哭鬧。

大上轉頭一看，發現清子哄著秀一，正解開洋裝胸前的鈕扣。

清子露出豐滿的乳房，放進秀一的嘴裡。

大上慌忙坐起來打量周圍。

周圍沒有人。

這麼晴朗的天氣，這裡非但沒有帶小孩來玩的父母，甚至不見情侶的身影，只有大上一家在廣場上。

清子露出好像菩薩般的笑容看著大上。

秀一緊緊抓著母親的乳房。

秀一額頭的汗水閃著光。他可能用盡全身力氣在喝奶。

大上瞇起眼睛，看著清子雪白的乳房。

他完全沒有產生性的聯想，為了生存拚命喝奶的孩子，和餵奶養育孩子的母親身影，讓大上肅然起敬。

他的內心感到滿足。

大上再度躺了下來，林隙光照在身上很舒服。

不知道過了多久，他感到一絲寒意，醒了過來。剛才似乎打了瞌睡。

起風了，樹葉發出沙沙的聲音。

天色也暗了下來，是雲出來了，還是太陽下山了？應該是其中之一吧。

差不多該回家了。

他看向身旁，準備說這句話。

清子不見了，秀一也不見了。

大上坐了起來，定睛看向周圍。

沒有人影。

不遠處有一個池塘。那個池塘很大。為什麼剛才沒有發現？

也許清子帶著秀一去看池塘裡的魚。

大上站了起來，走向池塘。

池塘內有一艘手划船。

清子坐在船上，秀一也在船上，被母親抱在懷裡。

風越來越大，天色也越來越不穩定。

可能會下雨。

大上跑向池塘。

「清子，要回家了。」

清子沒有回頭，可能沒有聽到大上的聲音。她低著頭，一動也不動，既像是在注視秀一，也像是垂著頭。

大上來到池邊，雙手放在嘴邊，用比剛才更大的聲音叫了起來：

「快下雨了，趕快回來。」

他的話音剛落，雨滴就落了下來。

「喂！清子，妳聽不到嗎？」

他更加大聲叫著，清子一動也不動。

船漸漸離岸，清子並沒有用船槳划船，可能是被風吹動了。也許清子突然感到不舒服，所以無法動彈。

雨越下越大。

大上脫下襯衫和長褲，只剩下一條內褲。

他跳進池塘，朝向船游了過去。

雖然是盛夏，但池塘裡的水像嚴冬般冰冷。

大上拚命游了起來。

但是，他始終無法靠近那艘船，而且距離越來越遠。

大上著急起來，看到了船隻前方的景象。

前方的地面不見了，池塘中斷了，前方傳來了大量的水流向下方的聲音。

原來是瀑布。

原本以為是池塘的地方其實是河流，前方是瀑布。從巨大的落水聲可以知道，那是一個很大的瀑布。

濛濛雨絲讓水面變得朦朧，船正在向瀑布前進。

大上感到胸口被勒緊，心跳加速。

「清子！那是瀑布！趕快回來！」

大上拚命划動手腳，但身體無法前進。水又稠又重，簡直就像在柏油中游泳。

坐在船上的清子抬頭看著大上。

豪雨中，她的雙眼發出強烈的光芒。

大上整個人愣住了。

那不是前一刻溫暖的眼神，清子目不轉睛地注視著大上的眼中帶著憤怒、悲傷和譴責。

大上叫了起來：

「清子！對不起！全都怪我，全都是我的錯。我道歉，求求妳趕快回來！」

大上不知道自己在為什麼道歉，但無法克制內心的自責，自責就像濁流般湧上心頭。

清子一動也不動，一雙幽暗的眼睛看著大上，任憑船隻順著水流搖晃遠去。

大上拚命划動手腳，努力想要追上去。

他上氣不接下氣地叫了起來。

「不行！不可以去那裡！」

飛瀑直下的巨大聲音越來越近。

大上茫然地張大了嘴環顧四周。

有沒有人可以救我們？周圍有沒有救生圈之類的東西？長繩子也可以，有沒有可以救清子和秀一的東西。

他腦筋一片混亂地在周圍尋找時，聽到了高亢的聲音。

在飛瀑直下的巨大落水聲中，那個聲音特別響亮。既像是清水的吶喊聲，也像是車子急速啟動時的輪胎摩擦聲。

他看向船隻。

轉眼之間。

船隻就像被吸進瀑布般，消失在瀑布彼端。

他大聲尖叫：

「清子！秀一！」

大上被自己的叫聲驚醒。

他看到了熟悉的天花板，一直開著的日光燈快壞了，正在不停閃爍。

他覺得脖子周圍很不舒服，用手一摸，發現被汗水濕透了，身上的汗衫也濕得可以擰出水。

昨天離開瀧井組之後，去了香澄的酒吧，一直喝到天亮。搖搖晃晃回到家後，脫下襯衫和長褲，就倒在從來不鋪的被子上。

他感到口渴，走向流理台。

轉開水龍頭的開關，把嘴湊到水龍頭下喝水。

關上水龍頭後，用手背擦了擦嘴角。

他重重吐了一口氣，打量著自己的房間。這間木造公寓是他的租屋處。

這裡只有三坪大的房間和狹小的廚房，到處丟滿了脫下的衣服、喝完酒的空罐和超市便當的空盒子。

陽光從拉起的窗簾縫隙中照了進來。

他坐在被子上，抓起放在枕邊的手錶。

即將早晨八點了。他在四點離開香澄的店，所以睡了不到四個小時。

大上用手掌從上到下摸了一把臉，看著放在書桌上的相框。

相框內是清子抱著秀一，滿面笑容的照片。那是秀一的脖子剛長硬的時候。

他伸手把相框拿了過來。

照片已經泛黃，細節已經模糊，但即使已經過了十一年，他們母子的身影仍然清晰地留在大上的腦海中。

清子和秀一的臉浮現在腦海，彷彿他們就在眼前。

尤其是做了像今天這種夢之後，他們的身影更加清晰。

他每個月都會做好幾次這樣的夢——清子和秀一從他眼前消失的夢。

他們母子消失的地方五花八門。有時候是山上的懸崖，有時候是海水浴場，也有時候是大樓的屋頂或是遊樂園。

夢境中都會突然下起豪雨，自己的身體無法自由活動。無論怎麼努力追趕他們母子都徒勞無功，清子和秀一最終會從大上的面前消失，然後他就像剛才一樣，在自己的叫聲中醒來。

大上把相框放回書桌，拿起枕邊的香菸，叼在嘴上點了火。

他用力吐出一大口煙。

大上二十五歲，清子二十一歲時，他們結了婚。

他剛認識清子時，她才十九歲。

清子當時在目前已經倒閉的一家街角咖啡店打工。

她的酒窩很可愛，舉止溫柔婉約，大上對她產生了好感。

每次大上說笑話，她都會噗哧笑出來，但用手捂著嘴的笑臉總是透露出一絲脆弱無助。當她為客人點完餐站在吧檯旁時，雙眼總是望著半空。

至今為止的人生中，沒有任何快樂的事──大上每次都覺得清子看著半空的雙眼似乎在如此訴說。

有一次，當清子送上咖啡時，大上問她：

「清子，妳還是這麼漂亮，妳應該有正在交往的這個吧？」

大上在說「這個」的同時，豎起了代表男朋友的大拇指。

「我才沒有呢。」

清子難得好像在生氣般回答。

「又來了，像妳這麼可愛的女生，男生怎麼可能放過妳？」

大上語帶調侃地說。

「我向來不說謊，至今為止，從今以後都不會說謊。」

清子注視著大上的眼睛，語氣堅定地小聲說道。

雖然她看起來很柔弱，但內心很堅強。

當時，大上這麼想。

「真的嗎？那我可不可以報名？」

雖然大上用開玩笑的語氣說話，但有一半是真心。

半年之後，他們才開始出去約會。

清子的父母早就離開了人世，她孤獨無依，獨自住在租屋處。

大上曾經多次送清子回家，但從來沒有進去她家。

因為大上覺得，清子並不是會輕易讓男人進家門的女人，一旦試圖去她家，就會失去重要的東西。

他們交往一年之後註冊結婚了，一切就像一開始就註定的結果。

兩年後，秀一出生了。

分娩很順利，母子均安。

看到兒子在清子的懷裡哭得滿臉通紅，大上決定為兒子取名為秀一。他不奢求太多，希望兒子具備一個比別人更優秀的長處。健康的身體、聰明的腦袋、堅強的心、不輸給任何人的專長，任何一項都可以。這將成為支撐自己的核心。

遇見清子之後的四年期間，是大上人生中最幸福的時光。

四年是長是短，每個人見解不同，但大上覺得四年的時光太短暫。他一直深信，秀一會正常長大，自己和清子之間的生活雖有起伏，但會攜手老去。

十一年前，清子和秀一死了。當時秀一才一歲，清子也才二十四歲。

他們在深夜的路上被卡車撞死了。

當時，大上在廣島北分局的搜查二課，整天忙著處理第三次廣島大火拼事件。

根據地在吳原市的五十子會，和全縣最大規模的綿船組產生了對立。

五十子之前就打算進軍廣島，五十子透過義弟友岡昭三，試圖在綿船掌控的廣島市公共土木工程中分一杯羹。

友岡組是經營賭場多年的幫派，事務所位在廣島市的西北角，是山口縣山口市的老字號幫派河相一家旗下的組織，廣島的黑道也對他們刮目相看。

在這樣的時空背景下，綿船組旗下幫派的溝口組幹部和友岡組的成員，在廣島市中區的鬧區路上發生了衝突。

當時有五名溝口組的成員，友岡組只有一名成員，友岡組的成員寡不敵眾，被帶到溝口組的事務所打得半死。

三天後，友岡組展開了報復行動。

溝口組的幹部深夜在自家門口遭人槍擊身亡。

溝口組立刻意識到這是友岡組的報復。

因為遭到槍殺的，正是把友岡組成員帶去事務所的幹部。

大上從同樣是綿船組幹部的瀧井口中得知了這個消息。

「我問你，你知不知道溝口組的人遭到槍擊的事有什麼內幕？」

當瀧井的事務所內沒有旁人時，大上小聲問瀧井。

在正常情況下，黑道分子——而且是正統的黑道分子，不會把幫派內部的情況告訴警察。

廣島縣警以前曾經發生過一起事件。因為恐嚇罪遭到逮捕的幫派幹部遭到四課的嚴厲偵訊，要求他招出幫派老大也參與其中，幫派幹部招架不住，最後企圖咬舌自盡。幸好立刻被送去醫院，救回了一命，但那起事件並沒有追查到幫派老大，只有那個幹部遭到逮捕而已。

瀧井銀次是在廣島赫赫有名的純正黑道，但只有在大上面前會打破沉默的規矩。因為他們從高中時代開始就一起打打殺殺，雖然現在一個是警察，一個在混黑道，兩個人的處境完全相反，但仍然是肝膽相照的知己。

大上靠瀧井提供的消息，在警察內部立功。即使他單獨偵查，高層也不會輕易干涉的理由，就在於大上經常立功。大上認為自己的使命就是在偵查時充分利用瀧井提供的消息，對大規模的火拼防患於未然。

瀧井當然也靠大上透露的警方消息確保了自身的安全，同時在綿船組內建立了牢固的立場。

實際利益和友情——大上和瀧井之間被這種橫線和縱線綁得牢牢的，形成了剪不斷，理還亂的關係。

瀧井聽了大上的問話，收起下巴點了點頭。

「阿章，既然是你問我，那我就告訴你。那是上田照光幹的。雖然不知道是不是友岡在背後指使，但的確是阿照動的手。」

上田照光是友岡組的幹部，有恐嚇、傷害和安非他命這三項前科，大上也曾經因為他涉嫌勒索，偵訊過他。

上田是從十幾歲開始就加入幫派的不良分子，平時不多話，一旦情緒失控，不知道會幹出什麼，簡直就像是瘋狗。目前差不多二十五、六歲，剃光了眉毛，故意露出袖口的刺青，大搖大擺走在鬧區街上。

「阿照和溝口之間有什麼過節嗎？」

大上問道。

瀧井嘆了一口氣，繼續說了下去。

「三天前，阿照的手下和溝口手下發生了摩擦，結果就被帶去事務所。友岡這一陣子想在我們的生意上分一杯羹，所以就想要擼那傢伙，結果下手太重了，把那個傢伙打得半死。」

「擼」這個字在廣島話中是加以制裁的意思。

大上也知道，友岡最近想從綿船掌握的廣島市土木工程事業中分一杯羹。

「原來是這樣啊……」

大上看著半空。

友岡有他的大哥五十子撐腰，只要五十子會和友岡組攜手，就和有將近兩百名成員的綿船組勢均力敵，一旦五十子和綿船發生火拼，廣島將會再次掀起一片腥風血雨。

大上皺起眉頭問：

「那溝口的態度呢？」

「哼，」瀧井冷笑一聲，伸手拿起了菸，「哪有黑道看到自己人被殺不報仇的？」

他在說話的同時點了菸，從鼻孔噴出了煙。

「我也已經收到通知，到時候要支援。」

血債血還——這是黑道的規矩。

無論大上說什麼，都無法阻止這場火拼。

「既然這樣，那我們也要做好相應的準備。」

大上說完這句話，就匆匆趕回分局。

果然不出所料，這起事件成為導火線，溝口組和友岡組發生了火拼。

而且一如當初所擔心的，雙方的糾紛也影響到兩個幫派上層組織的綿船組和五十子會，廣島和吳原持續發生流血衝突。

這場報復劇摻雜了雙方的利害關係和對立等複雜的關係，逐漸發展為將廣島的黑道一分為二的巨大火拼。

廣島縣警黑道火拼對策特別總部，全力取締綿船組和五十子會。

除了縣警總部以外，轄區分局當然也投入了取締行動，尤其是和黑道打交道的刑警，更是整天忙著在轄區內奔波，蒐集情報、斷絕黑道資金來源，處理幫派成員之間的械鬥——簡直就像身處戰場。

大上也不例外，相反地，和其他刑警相比，他的工作壓力更大，經常一天睡不到兩個小時。

他幾乎每天都在分局內，每個星期最多只能回去兩天，而且大部分都只是回去拿換洗衣服而已。

雖然他對必須帶著還在吃奶的孩子獨自生活的清子感到很抱歉，但他把這些想法克制在內心深處。一方面是他自大地認為，如果自己不採取行動，這場火拼就無法平息，而且他認為這也是在保護包括清子在內的廣大民眾。

大上的工作是站在取締五十子會的最前線。

如果說，其中完全沒有摻雜私情，當然是騙人的。從某種意義上來說，瀧井是大上的「盟友」，而瀧井是綿船組的幹部。

五十子會的會長五十子正平貪錢出了名，雖然他在吳原有權有勢，在郊區建了豪宅，開進口車，但對手下的小弟很無情。他要求手下繳交給幫派的金額逐年增加，許多幹部都只能拚命尋找生財之道。

大上在內心偏袒有情有義的黑道老大綿船。

他可能在日常的行動中不知不覺中表現出這種想法，所以有些同事對大上的做法很不以為然。

然而，大上並不在意。

他不遺餘力地取締五十子會。

為了斷絕五十子會的資金來源，嚴格取締了賽腳踏車、賽艇的酒吧、安非他命買賣和收保護費，大肆拘捕五十子會的成員，有時候甚至不惜用暴力手段偵訊，強迫他們吐實。

這些行為招致了五十子會的仇恨，大上自己成為了他們暗算的目標。

他走在小路上時，曾經差一點被拉進車內；也曾經在晚上走路時遭到襲擊，右腿被刺中。幸好並非重傷，只是縫了十針而已。

大上並沒有向縣警報告遭到襲擊的事。

但他比之前更積極打擊五十子會。縣警高層對大上過度激進的取締感到不滿，但並沒有人當面說什麼。他們可能認為不管是黑貓還是白貓，能夠抓老鼠的就是好貓。

事情就是發生在這樣的時空背景下。

大上隔了五天終於回到家中，他已經精疲力盡。晚上九點多時，上司指示他今天晚上回家好好睡一覺。不光大上自己感覺到了，別人應該也看出他的體力已經到了極限。

大上一回到家就倒在被子上，尋求片刻的休息。

清子陪著秀一睡在旁邊那床被褥中。

清子起身小聲問他：

「你肚子餓嗎？」

大上搖了搖頭。

他不記得之後還和清子說了什麼，可能倒頭就睡著了。

嬰兒的哭泣聲把他從睡夢中驚醒。

大上用睡得迷糊的腦袋思考著。

是秀一在半夜哭鬧嗎？還是在做夢？大上已經累壞了，甚至無法判斷到底是哪一種情況。

不一會兒，哭聲就消失了。大上再度失去了意識。

不知道睡了多久，家裡黑色電話的鈴聲把他吵醒了。

他立刻看了枕邊的鬧鐘，發現將近凌晨四點了。

清晨的電話，大上馬上以為是與黑道有關的事。

他搖搖晃晃地走到玄關旁的鞋櫃，拿起了放在鞋櫃上黑色電話的聽筒。

『請問是大上章吾先生嗎？』

電話中傳來一個年輕女人的聲音。

並不是轄區分局打來的——他昏沉的腦袋這麼想著。

「是。」他回答後，那個女人繼續問他：

『請問是大上清子和秀一的家屬嗎？』

意想不到的問題讓他忍不住看向旁邊那一床被子。

被子裡沒有人。清子和秀一都不在。

不祥的預感好像積雨雲般湧現。他的心跳立刻加速。

他努力克制自己，緊緊握著聽筒。

「對，請問發生了什麼事嗎？」

他催促著問道，聲音有點岔音。

女人思考著措詞說：

『你的太太和兒子發生了車禍……被送到這家醫院。附近的居民目擊了車禍，從你兒子身上的斗篷，猜想應該是你的太太和兒子，所以我才打了這通電話。』

心臟跳得就像通知災害發生的警鐘，他忍不住蹲了下來。

他努力吸入空氣，用力喘息著問：

「清子、秀一——」

他還來不及問他們是否平安，年輕女人就打斷了他：

『請你馬上來這裡。大門鎖住了，請你從急診室進來。』

大上掛上電話，穿上了襯衫和長褲。

他試圖用混亂的腦袋整理發生了什麼狀況，但完全整理不出頭緒。

——到底發生了什麼？為什麼清子和秀一會在這個時間發生車禍？

在趕往醫院的計程車上，相同的疑問一次又一次在腦海中打轉。

到了醫院，他急急忙忙付了車資，衝進了急診室，身穿手術衣的中年男醫生，和穿著淡藍色刷手服的護理師等在候診室。北分局二課的鹽原正夫也站在他們身後。

鹽原為什麼會在這裡？大上正想發問，發現醫生和護理師的衣服上都有血跡。

他發現自己的身體在顫抖。

醫生問大上：

「你是大上章吾先生嗎？」

大上用力點頭。

「沒錯，我就是大上。我太太……清子和秀一在哪裡？」

鹽原抓住了大上的手臂。大上這才發現自己抓住了醫師的胸口。

他用力深呼吸，努力讓心慌意亂的自己平靜下來，然後又問了一次：

「請問清子和秀一在哪裡？聽說他們發生了車禍，他們的傷勢嚴重嗎？」

「請跟我來。」

醫生沒有回答大上的問題，走下通往地下室的樓梯。

大上也跟在醫生身後，背上冒著冷汗，心跳得更快了。

走下樓梯時，他有點想吐。

大上知道停屍間就在地下室。他曾經多次造訪醫院的地下室，確認事件關係人的身分。

地下室通道盡頭，有一道對開的白色門。

醫生面無表情地打開了門。

瀰漫著線香氣味的冰冷空氣籠罩了大上的全身。

水泥牆壁的房間正中央有兩張床。

兩張床上分別躺著看起來像大人和嬰兒的遺體。兩個人脖子以下都蓋著白色被子，臉上蓋著白布。

醫生退到了房間角落，似乎要讓大上先進去。

不想看，但是自己必須確認——兩種想法在腦海中天人交戰。

突然有人從身後拍著他的肩膀。

是鹽原。

「要不要我代替你確認？」

鹽原從來沒有用這麼溫柔的語氣說話。

大上搖了搖頭。他下定了決心，自己是清子的丈夫、秀一的父親，必須由自己確認。

大上顫抖的雙腳用力，走向那兩張床。

來到床前，他輕輕掀起了大人遺體臉上的布。

大上這時才第一次知道，當人真正六神無主時，無法發出聲音。

是清子。

清子的皮膚比平時更白，臉上完全沒有受傷。

接著，他又掀起了嬰兒遺體臉上的布。

是秀一。

秀一和清子不同，小臉蛋上傷痕累累。八成是在被車子撞到的衝擊之下，重重地摔在地上，顱骨的地方有一大片瘀青，而且腫了起來。

大上茫然地站在那裡，鹽原不知道什麼時候站在他的身旁，小聲地、好像自言自語般說：

「目擊車禍的居民打電話報警，交通機動隊趕到了現場，但完全沒有想到是你的家人。」

大上從鹽原的口中得知了車禍的概況。

在車禍現場附近的麻將館打麻將的男人聽到嬰兒的哭泣聲，打開了窗戶。
窗外下著雨。
有一個撐著雨傘的女人正在馬路角落，哄著背在身上的嬰兒。因為嬰兒哭得很大聲，所以那個男人知道是嬰兒在半夜哭鬧。
已經三更半夜了，做媽媽的真辛苦。
男人這麼想著，正打算關上窗戶時，聽到激烈的撞擊聲。他大吃一驚，看向馬路，看到一輛卡車快速離去。
他不加思索地尋找剛才那對母子的身影，發現母親倒在地上，嬰兒也躺在不遠處。
他看向卡車離去的方向，但卡車並沒有回來。
他叫一起打麻將的牌友趕快打電話報警、叫救護車，自己衝了出去。
「喂，妳沒事吧？喂！」
他搖著母親的身體叫著，但母親無力地躺在地上沒有回答，嘴巴和耳朵流著鮮血。
男人急忙跑向嬰兒，抱起嬰兒大聲叫著：
「喂，快哭啊，就像剛才一樣大聲哭啊！」
嬰兒和他的母親一樣，也沒有發出任何聲音。嬰兒滿臉是血，脖子扭向奇怪的方向。男人雖然不是醫生，但也知道嬰兒已經死了。
鹽原把手放在大上的肩上。
「目前已經發布了緊急動員令，在所有的道路盤查。根據目擊者提供的證詞，肇事逃逸的卡車是有車篷的兩噸卡車，從現場掉落的車輛碎片，已經查明是灰色車輛，一定能夠透過臨檢找到那輛車。」

鹽原語帶安慰地說。

大上根本沒有聽到鹽原說的話，他只能直視著躺在那裡不動的清子和秀一。

剛才在醫生身旁的護理師拿了用毛線織的斗篷過來。那是清子拆掉自己的毛線衣，特地為秀一織的斗篷。白色的斗篷上用深藍色的毛線繡了「秀一」的名字。

「我把這個名字告訴警察後，這位刑警先生就趕來醫院了……」

鹽原低著頭，好像在踢腳下的小石頭般說：

「我從勤務指揮中心那裡得知了嬰兒的名字，車禍現場就在你家附近，以及兩名被害人的大致年紀，擔心會不會你家出了事，所以就趕過來了。」

大上從護理師手上接過被雨淋濕的斗篷，緊緊抱在胸前。斗篷上還有秀一的乳臭味。

大上雙腿一軟，跪在地上，好像潰堤般放聲大哭起來。

雖然鹽原在停屍間說，很快就可以透過臨檢找到肇事車輛，但他說錯了。

車禍發生後進行了現場勘驗，根據清子內臟的破損狀態、車禍的現場到嬰兒倒在路上的距離，以及馬路上的輪始痕跡，推測卡車在車禍前的時速超過六十公里。

雖然在車禍發生後，實施了二十四小時臨檢，但都未發現相符的車輛。

兩天之後，才終於發現那輛車。

在距離車禍現場兩公里的山上發現了那輛車。周圍一公里的範圍都是私人土地，向地主了解情況後，地主說他只有在初春的時候會上山採野草。

卡車停在私人土地中雜草叢生的地方，通往停車地點的路，顯然有人事先把草割掉了。可能為了方便卡車駛入。凶手應該不止一個人。

警察沒有想到歹徒會使用通往私人土地的道路，所以並沒有在那條路上臨檢，但通往外縣市和市區的幹線道路，以及所有能夠想到的小路都安排了偵查員。當接到通報，得知在私人土地發現了那輛卡車時，所有偵查員都感到愕然。

發現卡車後，立刻照會了車牌號碼。

雖然從車牌查到是德山市某營建業者的車輛，但在車禍發生的兩天前，那輛車子已經向警方報了失竊。

偵查員立刻傾注全力採集指紋和微物跡證，但無論車輛內部還是外側，都完全沒有採集到任何指紋。不知道是否曾經用車用吸塵器清理過，車內也沒有發現任何微物跡證。

妻兒火化後，大上把兩個人的骨灰放進了自己父母長眠的墳墓中。

他用家葬的方式舉行了家族葬禮。清子沒有親人，大上也一樣，既然這樣，他決定舉行只有自己、清子和秀一三個人參加的葬禮。

在埋葬祖先遺骨的菩提寺和尚離開墳墓後，大上拿出了放在口袋裡的線香，用打火機點了火。

他把線香插在墳墓兩側的線香架上。

和發生車禍那天不同，天空一片秋高氣爽。

大上從襯衫胸前口袋裡拿出香菸點了火，坐在墓碑旁的大石頭上。

他抽著菸，帶著推測，回想著車禍那天晚上的事。

大上精疲力盡回到家後，沒有和清子聊幾句話就睡著了。

清子應該察覺到大上的疲勞，她也跟著一起睡覺了，但沒有多久，秀一就開始哭鬧。不能吵醒累得已經睡著的丈夫。清子這麼想，所以背著哇哇大哭的秀一出了門。

清子撐著雨傘，哄著秀一，從家門口那條路走向隔了一條路的縣道。

她擔心兒子的哭聲會吵到左鄰右舍，所以才走到大馬路上。清子就是這樣的人。

雨天的夜晚視野不佳，雨水打在雨傘上的聲音，也讓她聽不太到周圍的聲音。

在卡車逼得很近之前，清子應該並沒有發現有卡車急速從後方逼近。當她聽到車子的聲音轉頭時，恐怕已經來不及了。卡車撞倒他們母子之後立刻逃離了現場。

大上對著墓碑垂下了頭。他內心感到極度自責。

如果自己更牢靠，就不會發生這種車禍。疲累只是藉口，如果自己花一點時間哄秀一，或是看到清子因為擔心吵到自己，打算帶兒子外出時，自己阻止他們，他們就不會死。

不，如果自己不是黑道組織股的刑警，就不會發生這種車禍。

大上瞪著墓碑。

這並非普通的肇事逃逸，而是針對自己的妻兒下手的謀殺。

黑道只要在警方有內線，可以輕易查到大上的住家地址。

深夜這麼快的車速也令人匪夷所思。即使因為某種原因在趕時間，在下雨的夜晚以超過六十公里的時速行駛在路上，根本就是自殺行為。

他大致猜到了是誰策劃這起事件。

從車牌查到了卡車的主人是德山市區的營建業者，德山是老字號幫派河相一家的根據地，最初和溝口組發生糾紛的友岡組是河相一家旗下的幫派。友岡是五十子會會長五十子正平的義弟。

五十子想要擊敗袒護綿船組的大上，但多次襲擊大上都沒有解決他。五十子一定認為，既然這樣，那就奪走大上最重要的東西，大上就會失去戰意，不再對五十子下手。

車禍那天，五十子會應該派人監視了大上的家。不，也許更早之前就開始監視，只是剛好那天深夜四下無人的時候，清子帶著兒子走出了家門。

五十子的成員看到清子和秀一出門後，用對講機聯絡了卡車司機。司機接到聯絡後，按照事先的計畫撞死母子後逃逸。

大上抬頭仰望天空。

為什麼不殺自己？為什麼要殺害無辜的清子和秀一？

這是他已經想了不知道幾十次的問題。

因為我是刑警嗎？因為我和瀧井關係良好嗎？

還是他們認為對女人和孩子動手比較簡單？

他在自答的同時，忍不住發出了空虛的笑聲。

他笑了一陣子後，用布滿血絲的雙眼看著半空。

以為殺了我的妻子和兒子，我就會失去戰意嗎？

笑死人了。剛好相反，我即使耗費一輩子，也要幹掉五十子。

大上把抽完的菸在地上捺熄後，彈得遠遠的。

他站了起來，低頭看著墳墓。

——清子、秀一，你們等著，我一定會為你們報仇。

大上雙手插進長褲口袋，轉身離開了墓地。

他盤腿坐在被子上，又抽了一根菸。

他對著天花板吐出了煙。

煙霧中出現了沖的臉。

如今，沖是五十子的眼中釘。他應該在思考如何找到沖，然後如何收拾沖。

五十子和沖遲早會在哪裡碰面。要如何放長線，如何運用沖，才能把五十子逼入絕境？

——只要能夠摧毀五十子，自己不惜利用所有可以利用的對象。

大上的腦海中浮現出一之瀨守孝的臉。他是尾谷組的太子，尾谷組和五十子會一樣，是在吳原市成立的老字號幫派，以開賭場為主要收入來源。一之瀨比大上小十歲，不知道現在有沒有滿二十八歲，雖然很年輕，卻是很有豪俠氣概的黑道，大上從他年輕的時候就很看好他。

五十子和尾谷產生了對立。

一之瀨的手上可能掌握了大上想要知道的有關五十子的消息，和沖的相關消息。

大上抓起脫下後丟在一旁的衣服。

去和一之瀨談一談，也許會想到什麼好主意。

大上很快換好了衣服，走出了公寓。

第六章

沖虎彥被用力搖醒。
他驚訝地坐了起來，身旁的真紀一臉擔心地看著沖。
「對不起，看到你在做惡夢，我有點擔心。」
真紀撫摸著沖只穿了內衣的胸膛。
「你流了很多汗。」
沖摸了摸脖子，發現被汗水濕透了。
「你剛才做了什麼惡夢？」
真紀看著沖的眼睛問。
沖逃離她的視線，伸手拿放在一旁的香菸。
「我夢見被女人追。很多女人，每一個都是美女，她們壓在我身上，我正在掙扎，結果就被妳叫醒了。」
真紀嘟著嘴，輕輕拍著沖的右側臉頰。
「什麼嘛，白白為你擔心了。」
沖放鬆了臉頰，摟住真紀的肩膀。

「騙妳的，騙妳的。我昨天不是也跟妳說了嗎？我和阿三、元一起去吃拉麵，又去了平價居酒屋喝酒，阿三抱怨說他被甩了，結果我竟然夢到這件事，簡直莫名其妙。」

這番話有一半在說謊。三個人去吃拉麵後，的確又去喝酒續攤，但之後的話都是騙人的。

真紀似乎相信了沖的話。不知道她是很老實，還是不會懷疑別人。八成是後者，所以至今為止，曾經為好幾個男人流淚。

真紀似乎不再生氣了，耍著小性子向沖撒嬌說：

「竟然還會做惡夢，簡直就像小孩子，太可愛了。」

沖從吳原來到廣島後，很快就在隨意走進的一家小酒吧「女王蜂」內認識了真紀。

「女王蜂」位在廣島鬧區流大道上，只有狹小的吧檯和兩個半包廂式座位。

媽媽桑香澄號稱四十五歲，之後真紀告訴沖，其實媽媽桑已經五十五歲了。雖然並不親切，但表裡如一，性格很爽朗，即使沖他們第一次去，她也像對待熟客一樣招呼他們。

真紀還告訴沖，媽媽桑的丈夫是黑道分子，而且是笹貫組的幹部。在第二次廣島大火拼中殺了敵對幫派的幹部，目前正在鳥取監獄服刑。

沖很欣賞香澄的乾脆，去了「女王蜂」幾次，就不知不覺和真紀在一起了。

真紀雖然長得很可愛，但絕對稱不上美女。她的五官很小，長相很不起眼，但胸部和臀部都很豐滿。有不少男人為了她豐滿的身材去店裡找她，雖然她號稱二十歲，但無論怎麼看，都覺得她少說了五歲。

沖在吳原有兩個女人，但來到廣島之後，就一直住在真紀家裡。昨天和三島、元分手之後，在「女王蜂」喝到天亮，然後就和真紀回來這裡。

真紀看了一眼牆上的掛鐘，沖也跟著確認了時間。時針指向傍晚五點多，夕陽從拉起的窗簾照了進來。

「我差不多該去洗澡了，要不要我幫你帶什麼回來？」

真紀八點要去店裡上班，每天都這個時間去公共澡湯。

真紀住的公寓是屋齡超過二十年的木造砂漿房子，沒有浴室。兩層樓公寓的每一層都有四個房間，包括真紀住的房間在內，只有三個房間住了人。雖然租金很便宜，但現在很少人會租沒有浴室的房子。

沖點了菸，吐著煙說：

「不用了，我宿醉，不想吃東西。」

「是嗎？但是最好吃一點東西。」

「沒關係，妳趕快去洗澡。」

真紀瞥了沖一眼，但並沒有再說什麼。她哼著歌，開始準備去澡堂洗澡的東西。

她拿起裝了毛巾、香皂和內衣的塑膠皮包，在門口前轉過頭說：

「等我洗完澡回來要服務一下，要連同昨天的份好好努力。」

真紀搔首弄姿地露出微笑。

沖露出了苦笑，輕輕點了點頭。昨天和真紀上床時，做到一半就睡著了。他對真紀的身體有點厭倦了。

聽到關門的聲音，沖把香菸在菸灰缸內捺熄，走去廁所。
撒完一大泡尿，對著馬桶吐了口水。
他在廚房喝了水，再度躺進被子。
他又叼了一根菸，看著天花板，想起了剛才的夢。
那是關於父親的夢。
從他懂事的時候開始，父親勝三就是黑道。
沖不知道勝三從什麼時候開始混黑道，也不知道在哪裡認識了母親幸江。他從來沒問過，即使問了，勝三應該也不會回答。沖的母親仍然健在，但他並不想問。事到如今，這種事根本不重要。不做沒有意義的事——這是沖的作風。
他也不知道親戚的事，和勝三或是幸江家人的事。
小時候，他聽到一起玩的小朋友在說祖父母的事，他曾經問過一次關於自己祖父母的事。祖父母是怎樣的人？他們住在哪裡？
但勝三和幸江甚至連這個問題也閉口不談，沖再三追問，勝三生氣地說，沒有這種人。年幼的他察覺到這是不該問的事，之後就從來沒再問過。
隨著沖漸漸長大，他認為勝三和幸江不知道是被父母斷絕了關係，還是兩個人私奔了，總之就是因為某些原因和家裡斷絕了關係。
姑且不論幸江，勝三根本是理所當然會被父母斷絕關係的人。
勝三很少回家，他們住在又老又小的平房，簡直和儲藏室差不多。

不知道勝三在外面有女人，還是睡在事務所，或是整天泡在麻將館，總之，他一定不關心老婆和孩子的死活。

勝三偶爾回家時，總是渾身酒氣。眼神渙散，一開口就是向幸江要錢。幸江一旦拒絕，就會被他拳打腳踢，然後拿了家裡僅有的一點錢離開。

那次是在沖讀小學四年級還是五年級的時候。

勝三像往常一樣回家要錢。不知道幸江對沒出息的丈夫感到悲嘆，憤怒還是可恥，她比平時哭得很傷心，說家裡完全沒錢了。

勝三應該為了賭博債台高築，被債主追錢，他暴跳如雷，紅了眼在家裡翻箱倒櫃，試圖找錢。

他把矮桌掀翻，把妹妹順子折的紙鶴踩在腳下。

他打開了家裡唯一一個櫃子的抽屜，把裡面的東西都丟了出來，家裡簡直就像遭了小偷。

他找遍全家，都沒有找到錢。

勝三仍然沒有放棄。

他從散亂的衣服中找出一塊大方巾，攤在榻榻米上，然後把妻子和兒女的衣服放在上面。他打算拿去當舖換錢。

收拾好衣服後，勝三又走去廚房，打算去找可以賣錢的鍋子或燒水壺。

幸江尖叫起來，抱著勝三的腰，哭喊著要他住手。

勝三看到幸江拚命的樣子，猜到廚房可能有什麼。他推開幸江，開始在廚房翻找。

他在碗櫃內翻找，把手伸進醃米糠醬菜的桶子裡。當他打開放在流理台旁的米箱時，手停了下來。

他把沾滿米糠醬的手伸進幾乎可以見底的米中，拿出了一個牛皮紙信封。

勝三急切地打開信封，看到信封內的東西，發出了卑鄙的笑聲。

「這不是有錢嗎？」

幸江撲了過去，試圖把信封搶回來。

「你不要拿走！這是虎彥和順子的營養午餐費，如果你拿走，他們就沒辦法去上學了。求求你把錢留下——」

幸江的話還沒說完，勝三就用手肘打在幸江的臉上。

幸江的鼻子不知道是否被打斷了，滿臉是血，跪在地上。

勝三的額頭冒著青筋，露出像鬼一樣可怕的表情，踹向幸江的腰窩。

「妳竟敢說謊騙我！連妳也不把我放在眼裡嗎！我要好好教訓妳！」

勝三叫罵著，一把抓起倒在地上的幸江脖子，用拳頭打向她的臉。幸江發出了呻吟。

勝三的雙眼就像殺紅了臉的野獸，他瞪著幸江，不停地揮拳頭。

玄關拉門的玻璃上出現了人影。鄰居聽到吵鬧聲跑來看發生了什麼事。

有四個大人的腦袋——應該是左鄰右舍兩戶鄰居家的夫妻。

但是，沒有人拉開拉門進來阻止。因為大家都很清楚，勝三是黑道，一旦動怒，根本沒人勸得動他。雖然他們很擔心鄰居家的老婆和孩子，但當然覺得自己的生命更重要。

沒有人會來救他們。每次都這樣。

沖看著倒在地上的母親。

——我必須保護媽媽。

雖然他這麼想，但身體無法動彈。他只能抱著渾身發抖，大聲哭喊的順子肩膀。

順子不敢看眼前的慘劇，把臉埋在哥哥的胸前，但沖的雙眼一直注視著勝三，凝視著眼前的地獄。

勝三的暴力沒有止境，母親倒在地上，甚至連哭的力氣也沒有，順子的哭聲響徹整個房間。所有的一切都折磨著無能為力的他，助長了他對勝三的憎恨。

勝三的手突然停了下來，肩膀用力起伏。他打累了。

勝三用力喘著氣，口水從他的嘴巴流了出來。他用手擦了擦嘴角，看著大聲哭泣的順子。

勝三的視線銳利。沖有一種不祥的預感。

他緊緊抱著妹妹，背對著勝三。

勝三走近他們兄妹，從沖的背後一把抓住順子的頭髮。

「妳這個混蛋小鬼，哇哇哭得吵死了，不是會吵到鄰居嗎！」

你才是混蛋——

沖保護著順子，在心裡大叫。

順子因為恐懼和疼痛，哭得更大聲了。

「我不是叫妳閉嘴嗎！我要好好管教妳，過來！」

勝三硬是想從沖的手上把順子拉過去。

「不要！不要！」

順子緊緊抱著沖，發瘋似地大叫。

不知道是不是幾近尖叫的哭聲更加刺激了勝三的暴力衝動，勝三踹向保護著順子的沖的後背，沖承受不了衝擊，倒向地上。

「喂！我叫妳過來，妳就要給我過來！」

「不要，我不要！哥哥，哥哥！」

聽到妹妹求助的聲音，沖的身體情不自禁地做出了反應。

他從榻榻米上坐了起來，不顧一切地撲向勝三。勝三抓著順子的手臂，沖用力咬向勝三的手背。

勝三發出了慘叫聲。

「你這個小鬼！」

勝三用另一隻手揮向沖的腦袋。

沖幾乎失去了意識。

但他仍然咬著勝三不放。他用盡全身的力氣咬住了勝三滿是汗毛的手。

「啊！」

他的耳邊響起了好像垂死般的慘叫聲。

沖覺得嘴裡都是血腥味。

「混帳！」

勝三的拳頭揮向沖的嘴巴。

沖終於不支倒地。

鮮血從嘴裡噴了出來。

他用舌頭舔了舔。

肉片和牙齦……

他把嘴裡的異物連同血一起吐了出來。

榻榻米的紅色口水中，有斷掉的牙齒和肉片。

他看向勝三。

勝三滿是鮮血的手背上缺了一塊。

原來沖咬下了勝三的一塊皮。

他再度低頭看向自己的牙齒和勝三的皮膚。

戰利品。

他內心的喜悅更勝於疼痛。

他差一點笑出來。

「哥哥！」

順子叫著他。

就在同時，他的腦袋感到一陣強烈的衝擊。

在搖晃的視野角落，他看到了勝三的腳。勝三踢了他的頭。

沖的身體傾斜，但勝三把他拉了回來。

勝三一把抓住沖的胸口，用布滿血絲的眼睛瞪著他。勝三的瞳孔很大。沖在長大之後才知道，那是吸食安公子後的眼神。

勝三噴著口水說：

「你這個混帳東西！這是對父母的態度嗎！是誰把你生下來的！」

沖覺得有什麼東西在腦袋中破裂了。那是以前不曾有過的、無法克制的憤怒和衝動。當時他不知道那種感情是什麼，如今他知道了。

那是殺人的念頭。

他那時候第一次想要殺人。

他大聲吶喊，抱著勝三的腳說：

「誰叫你把我生下來！我才不想當你這種人的小孩！」

他想抬起勝三的腳，讓勝三跌倒在地。只要坐在勝三身上，即使自己是小孩子，應該也有勝算。但是，即使他用盡了全身的力氣，小孩子終究還是敵不過大人。沖反而被摺倒在榻榻米上，勝三的腳用盡全身的力氣踩在他的肚子上。

沖胃裡的東西倒流，吐在榻榻米上。

嘔出來的東西卡在喉嚨，他趴在地上，用力咳嗽起來。

當他回過神時，發現家裡充滿了母親和妹妹哭泣、叫喊的聲音。

勝三不悅地罵道：

「髒死了！」

勝三抓住沖的脖子，輕輕鬆鬆把他拎起來丟向牆壁。

沖的後背撞到了灰泥牆壁。

他忍不住發出了呻吟。

他正打算雙腳用力站起來時，臉上被揮了一拳。

他只記得這些，之後就失去了記憶。

當他清醒過來時，發現自己躺在被子中。

身體表面發燙，但身體深處冰冷。好像發燒了。

天花板上的燈泡亮著。現在應該是晚上。

他努力在模糊的記憶中回想。

勝三在他們吃完午餐時回到了家裡，然後像平時一樣向幸江要錢，對幸江動粗，之後——

想到這裡，劇痛貫穿了全聲。

他不由自主地想要出聲，但疼痛讓他只能發出呻吟。

隨著頭腦漸漸清醒，混亂的記憶甦醒了。

沒錯，自己為了保護順子撲向勝三，結果反而被打倒在地。

應該是因為被勝三痛揍了一頓，所以才會發燒。也許身上有哪裡骨折了。

沖仰躺在那裡，有一隻小手握住了他的手。

他忍著疼痛轉過頭。是順子。她坐在沖躺著的被褥旁哭哭啼啼。她可能一直在哭，雙眼通紅。

「哥哥，你沒事吧……」

順子泣不成聲地問。

——對，我沒事。

沖想這麼回答，但無法發出聲音。他的嘴唇腫了起來，無法張開。他的眼皮也腫了，無法完全睜開眼睛。

幸江的身影出現在細縫般的視野角落，手上拿著水枕。幸江為沖換了新的水枕。沖感覺頭涼涼的，稍微舒服了些。

「那傢伙……」

他好不容易擠出這幾個字。

幸江挑起眉毛，不悅地說：

「走了。」

然後重重地嘆了一口氣，又接著說：

「他把你們的營養午餐費也拿走了。他真的是一個人渣。」

幸江把手輕輕放在沖的額頭說：

「雖然很想帶你去看醫生，但家裡沒錢了，你忍耐一下。」

沖收起下巴，點了點頭。

沖知道勝三帶走的那些錢，是家裡最後的錢，家裡已經沒錢帶他去看醫生了。

幸江放在沖額頭上的手微微顫抖。

「對不起。」

沖聽了幸江的話，用力吸了一口氣，又慢慢吐了出來。他的嘴唇在發抖。

幸江的淚水在眼眶中打轉。

「都怪媽媽不中用，才會讓你們受這些苦，真的很對不起，對不起。」

幸江不停地道歉。

沖拚命克制，不讓淚水流下來。

他用力閉上的眼瞼內，浮現了勝三的那雙眼睛。

勝三的眼白充滿血絲，瞳孔張開的黑眼珠像樹洞般黑暗。混濁的眼睛深處只有欲望在熊熊燃燒。勝三的雙眼已經失去了人類的感情，讓沖想起了寺院那些掛軸上的地獄惡鬼。

沖在啤酒空罐上捺熄了菸，站在廚房，用自來水洗了頭，然後用旁邊的毛巾擦頭髮。

他看著掛在熱水器上的鏡子。

臉色很差。布滿血絲的眼睛和勝三一樣。

沖轉過頭不看鏡子，回到被褥，盤腿坐在那裡。

把屍體埋在扇山之後，就開始夢見勝三。

夢境的內容每次都一樣。

沖在某個老舊的房間內。他不知道自己為什麼會在那裡，也不知道那是哪裡。窗外一片霧茫茫，看不清楚周圍的景色。

雖然完全不了解狀況，但沖知道一件事。很可怕的東西正在向這裡靠近。

他鎖上了生鏽的鐵門，也鎖上了唯一的窗戶。

當他準備拉起褪色的窗簾時，發現玻璃窗有一部分破了。

必須把破窗堵住。

沖打量周圍，但形同空屋的空蕩蕩房間內甚至連木板都沒有。

他可以強烈感受到可怕的東西越來越靠近。

怎麼辦？

怎麼辦？

焦急萬分的沖發現房間內有一個壁櫥。

夾板、紙箱，不管什麼都好，希望可以找到可以堵住窗戶玻璃上那個洞的東西。他帶著祈禱的心情打開了壁櫥。

他很失望。因為壁櫥內和房間一樣，什麼都沒有。

冷汗順著他的背脊流了下來。

可怕的東西已經近在眼前。

他不顧一切地拉上窗簾，躲進了壁櫥。然後關上拉門，屏住呼吸。

老舊的房子牆壁很薄，可以聽到有人在屋外徘徊的腳步聲。

鐵門突然發出了嘎答嘎答的聲音。有人試圖硬把門推開，但最後可能發現打不開門，腳步聲再度在房子周圍徘徊。

那個人正在找可以進入屋內的地方。

沖抱著頭，蜷縮在那裡。

——希望他別發現窗戶破了。

他發自內心祈禱。

但是，上天沒有聽到沖的祈禱。

他聽到有人小聲說話的聲音，窗戶玻璃發現了嘎答嘎答的聲音。

那個人發現窗戶玻璃破了。

那個人把手伸進破洞的地方，打開了窗戶鎖。接著，窗戶發出了擠壓的聲音打開了。

有人走進屋內，在房間內走來走去。

那個人在找沖。

走動的腳步聲停止了。房間內鴉雀無聲。

躲在壁櫥內的沖雙手捂著嘴，屏住了呼吸。

——求求你不要找到我，求你趕快離開。

入侵者的腳步聲走向窗戶的方向。

——得救了。

沖輕輕吐了一口氣時，壁櫥的門猛然打開了。

事出突然，沖嚇得說不出話，看著眼前的人影。

他屏住了呼吸。

是勝三。

勝三身上的皮膚都腐爛了，有些地方露出了白骨。

但是，即使已經腐爛，也是如假包換的勝三。

他的雙眼像惡鬼般可怕，手上拿著斧頭。

勝三得意地一笑。

「原來你在這裡。」

沖想要逃走，但身體無法動彈，也無法發出叫聲，整個人就像被重物壓住般。

勝三把沖從壁櫥內拉了出來。

沖被他拉到榻榻米上。

勝三低頭看著他，舉起斧頭說：

「去死吧。」

沖用力閉上眼睛。

每次都在這時從夢中醒來。

沖站起來，拉開窗簾。

夕陽很刺眼。送報生送完晚報，騎著腳踏車經過窗下。

沖看著公寓前的小巷思考著。

這一陣子都沒有再夢見勝三了，原本以為終於擺脫了勝三，沒想到他竟然仍然陰魂不散。

為什麼又會做那個夢？

他的腦海中浮現了昨天在咖啡店遇到的男人。其他人口中的「上哥」，他是廣島北分局的刑警大上。

——你該不會是沖勝三的兒子？

是大上說的這句話，喚醒了對勝三的記憶嗎？對，一定就是這樣。

沖的腦海中響起了警報聲。

不能接近這個姓大上的刑警。

但同時又很想再和他見面。

他不知道其中的原因，但這兩種相反的感情令他不知所措。

他粗暴地拉起窗簾。

無論怎麼想，也無法找到答案。

他看了牆上的掛鐘。快六點了，真紀快回來了。

沖抽了一根菸，很快穿好了衣服。

他把香菸塞進襯衫胸前的口袋，沒有鎖門，走了出去。

第七章

大上走出公寓後，前往廣島北分局。

他從大門走進分局，推開了二課的門。

離上班時間還有十分鐘，二十張椅子上幾乎都坐了人。有的人在看報紙，有的人在看手上的資料。

坐在上座的飯島武弘發現了大上，露出訝異的表情瞥了大上一眼，皺起了眉頭，但又立刻低頭看手上的報紙。

大上幾乎從來不曾準時上班，通常中午過後才走進辦公室。大上的行為不同尋常，一定是出了什麼事——飯島臉上的表情透露出他內心的不安。

大上走向飯島，站在他的座位前，向他打招呼。

「早安。」

飯島一副現在才發現他的表情抬起了頭。

「這麼早啊，你難得在這個時間進辦公室。等一下要下雨了嗎？」

飯島可能想擠出笑容，但臉頰只是抽搐了一下。

大上張開雙手，用力撐在飯島的辦公桌上，把臉湊了過去。雖然大上並沒有特別的意思，但飯島可能感到很有壓力，身體反射性地向後一仰。

這傢伙的膽子還是這麼小。

「股長，我想去一趟吳原，可以嗎？」

飯島可能嗅到了火藥味，頓時臉色大變，吞著口水問：

「怎麼了？發生什麼事了嗎？」

大上好像在說什麼悄悄話般壓低了聲音說：

「我的線民提供了消息。股長，你不是也知道五十子在做安公子的買賣嗎？」

飯島聽到吳原最大幫派的名字，眨了眨眼睛，立刻有了反應。

「五十子有什麼行動嗎？」

大上把嘴巴湊到飯島耳邊說：

「聽說五十子要在廣島做一筆大生意。」

大上在說謊。

這個月是緝毒月，績效分數可以加倍。飯島不可能忽略可以成為自己功勞的消息。

果然不出所料。飯島的眼神不一樣了，聲音也緊張起來。

「這、這個消息確實嗎？」

大上用力點了點頭說：

「線民說，售價高達兩億。」

「兩……」

飯島張大了嘴。

大上故意假裝不感興趣的樣子，用小拇指挖著耳朵。

「線民提供的消息經常有可能是假消息，但這次的消息攸關線民的生命。因為金額這麼大，如果到時候知道是他告的密，他一定會被做掉。」

飯島低頭看著桌子，好像在自言自語般說：

「那倒是……」

他抬頭看著大上，催促大上繼續說下去。

「線民說，自己只知道這些事，詳細情況要問他的同伴。他的同伴在吳原。」

「所以你要去吳原。」

飯島點了點頭，似乎終於了解了原委。

大上停下了挖耳朵的手，把臉湊到飯島面前說：

「因為線民不能曝光，所以我要單獨行動。提供這個消息的線民說，他會為我和吳原的人牽線，但其他的事要我自己搞定，很值得去查一下——」

大上揚起嘴角繼續說：

「我是這麼認為啦。」

整件事都是他編出來的，所以根本沒有查不查的問題。這是他來分局的路上想出來的故事。

但是，飯島絲毫沒有懷疑。他滿腦子都想著績效分數的事，雖然雙眼發亮，但故作平靜地說：

「這樣啊，既然你這麼希望單獨行動，那也沒辦法。」

飯島向來不會走出安全範圍，永遠確保自己站在即使失敗，也可以將責任推到別人身上的位置。這就是飯島的做事方法。

大上太了解飯島了，所以就利用飯島的這種個性，讓自己可以自由行動。這是大上的做事方法。

「所以呢，」大上進入了正題，「因為我也是第一次和對方見面，所以還是小心為妙，我打算帶手槍，可以嗎？」

飯島皺起了眉頭。

刑警在日常勤務時並不帶槍，只有在派出所勤務的制服員警才會隨時帶槍。二課的刑警只有在黑道發生火拼，或是去逮捕嫌犯，以及去黑道幫派事務所搜查時才會佩槍，平時都保管在保管庫內。

吳原是五十子會的根據地。雖然剛才對飯島說的那些話是謊言，但不知道會在哪裡遇到五十子會那些人渣。大上以前曾經是他們鎖定的目標，最好帶把槍防身。

飯島皺起的眉頭應該是他在為做事不考慮後果的大上單獨帶槍出門感到憂慮，但又沒有勇氣放棄懸在眼前的胡蘿蔔。他假裝思考了片刻，最後嘆了一口氣，點了點頭說：

「好，我會向課長報告，由課長和副局長聯絡。」

副局長是北分局管理槍枝的負責人。

大上得意地笑了笑，輕輕鞠躬後走了出去。

北分局的槍枝保管庫位在地下一樓。

他走進保管庫時，看到北分局的制服員警都在排隊。他們都要去派出所勤務。

輪到大上時，他從西裝內側口袋拿出了記錄卡，交給了經管人員。

一旁的副局長瞥了大上一眼，但並沒有說什麼。課長應該向他打過招呼了。經管人員接過記錄卡後蓋了領取章，然後遞上了大上的手槍。那是新南部點三八口徑的手槍。

大上脫下西裝，穿上槍袋，在領取簿上蓋了章，然後從經管人員手上接過子彈，裝進了手槍。

再次在領取簿上蓋章後，大上穿好西裝，隔著西裝摸著手槍。

像往常一樣，興奮和恐懼同時湧上心頭。他用鼻子用力吸了一口氣，然後緩緩從嘴巴吐了出來。

完成腹式呼吸後，大上快步離開了保管庫。

他搭乘吳線，在吳原下車後，用手遮在額頭上。

盛夏的陽光從頭頂上照了下來，他睡眠不足的雙眼無法承受刺眼的陽光。

雖然是中午時間，但車站前的路上人影稀疏。地面反射著陽光，刺進他的雙眼。

吳原的白天和黑夜是完全不同的風情。

以大海來比喻，白天的吳原風平浪靜，入夜之後，霓虹燈就像是反射了月光的微波般亮起，頓時熱鬧起來。

人們喝酒、醉言醉語，笑著哭著上床和被帶上床。大上很喜歡吳原熱鬧、淫猥雜亂，卻又充滿活力的夜晚。

大上之所以沒有開車前往吳原，是因為他打算和一之瀨守孝一起去喝酒。

他和一之瀨已經有一年沒見面了，但認識至今已經有十三年了。

當時一之瀨只是尾谷組的外圍成員，住在事務所內打雜。

大上有事去事務所找組長尾谷憲次時，一個看起來像高中生的年輕人為他端了茶。平頭、開襟白襯衫和黑長褲的樣子很符合他的年紀，但那雙眼睛明顯不像是學生。

他毫不畏縮地面對小有名氣的黑道組織股刑警，臉上絲毫沒有懼色。這一點和大上此行打算來打聽的沖很像，但兩個人的用字遣詞和舉手投足完全不一樣。

一之瀨言談舉止溫文儒雅，用字遣詞也恭敬有禮。他就像是為了保護飼主的安全，敢於撲向棕熊的忠犬。雖然一之瀨內心很勇猛，但並不會隨便對人吠叫。沖雖然也是猛犬，卻是未經調教的野狗。無論是棕熊還是狼，只要擋在他面前，他就會毫不猶豫地露出獠牙。

聽說一之瀨在中學一畢業就敲響了尾谷的門。他的父親良治是漁協的會長，卻是很有膽識的人，即使面對黑道也完全不會讓步。

一之瀨八歲的時候，良治和想要從漁港利權中分一杯羹的五十子會發生了糾紛。不久之後，他就失足落海溺斃了。

警方基於良治深夜出海和遺體有打鬥痕跡，研判有可能是他殺，而且認為很可能是五十子會下的手，但沒有找到目擊者，也沒有發現任何證據，最後無法查到嫌犯，整起事件也就陷入了迷宮。

五年後，一之瀨的母親不知道是否因為操勞過度，也不幸病逝了。守孝當時才十三歲。

每個人都很辛苦過日子，一之瀨的親戚也一樣。無論近親還是遠親，都以各種理由拒絕接受一之瀨。

一之瀨孤獨無依，無家可歸，尾谷決定照顧他。

尾谷是良治的多年好友，在一之瀨小時候就曾經見過他。

尾谷安排讀初中的一之瀨住在家裡。

尾谷完全沒有讓一之瀨加入黑道的想法。黑道見不得陽光，走路也無法走在路中央，遭到世人的唾棄。尾谷深刻了解，混黑道就像在丟骰子——打打殺殺的日子多麼嚴峻。

他當然不可能讓朋友的兒子進入隨時可能會送命的戰場。

尾谷打定了主意，要把守孝培養成一個普通人。他打算讓守孝讀大學，畢業之後當上班族。

但是，一之瀨選擇了黑道的路。

尾谷大肆反對。

「黑道是下下之路，在正常的世界無法餬口，遭到排斥的人才會來混黑道。我怎麼可能讓你走這種路？」

一之瀨聽了，語氣堅定地回答說：

「如果不讓我進尾谷組，那我就殺了五十子，然後去自殺。」

——他並非說說而已，他真的會去幹掉五十子。

尾谷看著一之瀨的眼睛，產生了這樣的感覺。經過深思熟慮之後，同意一之瀨加入黑道。

不久之後，尾谷在喝酒時，幽幽地說起了當時的事。

「如果換成別人，我會把他臭罵一頓，但我太喜歡守孝了，不能讓他去死。」

尾谷沒有孩子，把一之瀨視為己出，當然不可能讓他馬上去送死。

人生在世，終有一死，只是早死和晚死的差別。既然這樣，當然越晚死越好。

大上完全能夠了解尾谷的心境。

大上回想著往事，一輛車子從他眼前駛過。擋風玻璃反射的陽光刺進大上的眼睛。

他拿出放在襯衫胸前口袋的墨鏡戴了起來，從車站邁開步伐。

他前往沖的老家。

他邊走邊找向吳原東分局的後輩多賀打聽到的住址。

走出車站大約一個小時左右，終於找到了。

沖的老家位在扇山的山麓。一排大雜院位在離山很近的位置，一排和鄰居家只有一板之隔的房子就像是口琴。大上找的地址就是位在角落的房子。

他拿下墨鏡，站在老舊的拉門前。

玄關旁的柱子上用毛筆直接寫了「沖」這個姓氏。經過長年的風吹雨淋，字已經褪色，勉強才能看到。

屋簷下結了蜘蛛網。

大上敲了敲拉門。

「不好意思，請問這裡是沖家嗎？」

沒有反應。

他又再敲了一次。

「有人在家嗎？」

沒有聽到有人開門的動靜。

正當他打算再度敲門時，一個女人從隔壁的隔壁房間走了出來，看起來像是住戶。她穿了一件長裙和長袖圍裙，趿著拖鞋。年紀大約四十歲左右，拎著用藤蔓編的菜籃。

大上立刻走向那個女人問：

「不好意思，想請教一件事。」

女人被這個一臉凶相的可疑男人叫住，滿臉警戒地看著大上。

「什麼事？我現在很忙。」

大上努力擠出柔和的表情問：

「那裡的沖家，」大上回頭看著沖家，「現在沒有人嗎？」

女人看向沖家，然後又一臉懷疑地看著大上問：

「你是誰？」

大上信口開河說：

「我是幸江的遠親，這幾年都沒有接到她的聯絡，所以有點擔心。今天剛好來這附近，所以過來看看。」

女人雖然沒有完全相信大上的話，但稍微收起了臉上的警戒表情。

女人自我介紹說，她叫田中文子，在這裡住了很多年，和沖家也很熟。

「幸江真的很能忍，雖然住在這裡的人都差不多，但勝三……不，我是說勝三哥實在太離譜了。你應該知道勝三哥的事吧。」

大上故意噘著嘴，輕輕點了點頭。

「他在混黑道，下手不知輕重，我們整天提心吊膽，都很擔心幸江和小虎會被他打死。」

不知道是否剛好是家庭主婦出門買菜的時間，大上在和文子說話時，幾個打扮相似的女人都從屋內走了出來。

那幾個女人看著正在和文子說話的大上，從遠處就可以看到她們覺得大上很可疑。

文子向那三個走出門的女人招了招手。

「你們過來一下，他說他是幸江的親戚。」

這種即使再怎麼奉承，也無法說是住起來很舒服的地方，應該很少有人上門。

大家似乎都對突然上門的造訪者很好奇，戰戰兢兢地走了過來。

文子依次看著走過來的三個人說：

「她們也在這裡住了很久，都很了解幸江家的事。」

大上點了點頭，輕輕鞠了一躬。

「我是幸江的家人，很久沒有聯絡了，所以想來看看她最近的情況，幸江他們都還好嗎？」

大上問道，他假裝什麼都不知道。

四個女人互看著，似乎在猶豫該不該說。

沉默片刻後，其中一個最年長的女人語氣沉重地開了口。

「不瞞你說，很久沒看到幸江的老公了。」

「勝三嗎？多久沒看到他了？」

大上故作驚訝地問。

門牙鑲了金牙的女人歪著頭小聲嘀咕說：

「好像有七、八年了。」

站在她旁邊的文子看著天空，似乎在回憶。

「是啊……那時候我家老二剛上小學，差不多是那個時候。」

年長的女人用力點了好幾次頭，似乎表示同意。

「起初覺得有一陣子沒見到他了，然後就一直沒回來。」

這幾個女人的記憶正確。根據大上的調查，勝三在七年前失蹤了。

大上故意皺起了眉頭，繼續假裝是親戚問：

「勝三為什麼不見了？」

站在最旁邊的矮個子女人小聲地說：

「可能去坐牢了。」

金牙女人拍著矮個子女人的肩膀責備說：

「妳又亂說了，上次也說直子和健二有一腿，結果不是鬧得天翻地覆嗎？他們根本沒有外遇，妳隨便亂說話，害他們差點離婚。」

矮個子女人一臉意外的表情反駁說：

「誰叫他們做出會讓人誤會的事？我看到他們兩個人一起走進小屋，任何人都會這麼想吧。」

年長女人和金牙女人站在同一陣營。

「即使是這樣，如果換成是我，我就不會去說。」

「妳說得好聽，上次——」

矮個子女人口沫橫飛地說。

呃——在她們開始吵架之前，大上拉回了正題。

「關於我剛才問的事。」

獨自冷靜的文子接著說了下去。

「如果勝三哥是去坐牢，我們應該也會知道。之前不就是這樣嗎？」

另外三個女人看著文字。

金牙女人點著頭說：

「是啊，之前勝三哥坐牢時，幸江經常忙進忙出，準備東西送進去。我問她在忙什麼，幸江就對我說了實話。」

大上假裝根本不了解情況，問她們：

「他是因為什麼原因坐牢？」

那幾個女人再度閉了嘴，最後年長女人嘆了一口氣，注視著大上說：

「你知道五十子會嗎？勝三哥是那個幫派的成員。」

大上差一點笑出來。怎麼可能不知道？五十子是想要暗算大上的最大敵人。

年長女人繼續說了下去。

「雖然我不了解詳細的情況，不是和其他幫派的人打架，就是因為毒品被抓，差不多就是這種原因。總之，他不是什麼好東西。」

不是好東西——年長女人在說這幾個字時加強了語氣。

金牙女人自言自語地說：

「搞不好是在幫派內闖了什麼禍，被趕出吳原了。」

她是說被逐出幫派或者說是開除嗎？果真如此的話，大上不可能沒有聽到任何消息，但他從來沒有聽說五十子會有這種事。雖然有可能因為某些原因，在幫派內被滅了口，但大上認為很可能不是幫派相關的處罰。

自從勝三失蹤後，就完全沒有任何關於他下落的消息。如果是被黑道滅了口，應該會有線民提供相關的消息。基於這一點，大上認為不太可能。

文子看著其他幾個女人，好像在徵求她們的同意。

「我們感到最不可思議的是，自從勝三哥不見之後，幸江整個人都好像變了樣。」

「整個人變了樣？」

大上皺起眉頭。

文子點了點頭說：

「不知道該不該說她變得很陰沉。之前即使她老公那樣，在和我們接觸時，她都很開朗，但自從勝三哥不見之後，她明顯變得悶悶不樂……」

金牙女人看著文字說：

「對啊，幸江從那個時候開始變了。」

矮個子女人噘著嘴，好像在生氣般說：

「如果換成是我，這種整天只會要錢的廢物不再回來，我會拍手叫好。妳們應該也一樣吧？」

另外三個女人沒有回答她的問題，只是瞪著她，似乎覺得她太多話。

矮個子女人可能有點遲鈍，她沒有察覺另外三個女人的視線，繼續說了下去。

「既然媽媽那樣，順子也變得很少說話。只有小虎變得很活潑。」

順子是虎彥的妹妹，小虎就是虎彥。大上腦袋內的天線產生了反應。

大上配合這個話題，一臉懷念地說：

「我只有在順子和虎彥小時候見過他們，他們應該長大了吧？」

金牙女人立刻用快活的語氣說：

「對啊，尤其是小虎，自從勝三哥不回家之後，他好像一下子長大了。雖然當時還是初中生，但好像一下子變成了男人。他可能覺得爸爸不在，自己必須堅強。」

大上摸著太陽穴，他腦袋裡的天線反應很強烈。

幸江、順子和虎彥在勝三失蹤這件事上有共同的祕密。雖然沒有根據，但這是刑警的直覺。

母親和妹妹悶悶不樂，虎彥變得很活潑，而且一下子長大了——大上把這些事用粗字體記在腦袋裡的筆記本上。

「對了，」差不多該走了，大上為了完成此行的目的問道：「幸江好像不在家，她大約幾點會回來？」

他打算直接問幸江有關勝三失蹤和虎彥的事，至於登門造訪的理由，只要隨便編一個就行了。他有自信即使不表明刑警的身分，也可以問出實情。

文子一臉歉意地看著大上說：

「因為……幸江他們搬走了。」

大上聽到這個意外的回答有點手足無措。

「真的嗎？她完全沒有通知我，我不知道這件事。」

幸江並沒有遷戶籍。是最近搬走的嗎？還是覺得遷戶籍太麻煩？或是有什麼原因，不希望別人知道新的住址？

「所以他們目前住哪裡？什麼時候搬走的？」

大上一口氣問。

文子回答說：

「才搬走不久，聽說小虎在新開地那裡建了房子，所以他們搬去那裡了。」

建一棟房子要一大筆錢。二十歲左右的年輕人無法輕易做到。

大上套話說：

「這樣啊，但虎彥不是還很年輕嗎？他這麼會賺錢啊，他在做什麼工作？」

四個女人不約而同地移開視線，不敢正視大上。

他繼續追問。

「妳們有人知道嗎？」

文子好像在為找了其他三個女人一起來聊天負起責任，小聲回答說：

「詳細情況不是很清楚，但俗話說，龍生龍，鳳生鳳。」

她們似乎知道虎彥在混黑道，或是至少不走正道。

既然知道虎彥的家人已經搬走，就沒必要繼續留在這裡了。

大上把原本打算給幸江的伴手禮點心送給了四個女人，離開了大雜院。

大上離開大雜院後看了手錶。

下午三點。他打算去找一之瀨，然後一起去鬧區喝酒，現在時間還太早。

他覺得有點餓了，所以就去了波斯菊咖啡店。波斯菊咖啡店位在穿越車站前商店街的地方，加了大量蕃茄醬的拿坡里義大利麵是天下絕品，大上來吳原時幾乎都會去光顧。

他又花了一個小時沿著來路走回去。單程一個小時還好，來回走兩個小時比他想像中更累。當他走到波斯菊咖啡店時，兩腿的肌肉都痠了。

他推開了木門，門上的鈴鐺發出了鈴響。

吧檯內的老闆瞥了大上一眼。他的年紀比大上大很多歲，但完全不見老，反而隨著年齡的增加更有威嚴了。

老闆什麼也沒說，低頭看著手上的磨豆機，繼續磨咖啡豆。

店內很狹小，只有一張吧檯和兩張四人坐的桌了。這差不多是一個人能夠照顧整家店的極限了。

他在最後方的桌子旁坐了下來，點了拿坡里義大利麵。

老闆默默點頭後，把正在沖咖啡的咖啡壺放在吧檯上，走進了廚房。

老闆不可能不記得總是戴著墨鏡，敞開襯衫的胸口，看起來像黑道的客人。但是老闆對所有的客人都不會表現出熟絡的態度，大上也很中意他這一點。

吃完拿坡里義大利麵，他看著報紙，細細品嘗著咖啡。

結完帳後，大上走出了咖啡店。

快五點了。時間剛好。

大上來到大馬路，攔了計程車。

尾谷組的事務所位在可以眺望吳原港的高地。帶著疲憊的雙腳走上長長的坡道，會讓他想起學生時代很投入的柔道部練習，因為這簡直就像柔道的自由練習後再練兔子跳的感覺。他不想再走得滿身大汗。

大上在住宅區角落下了計程車，站在眼前的格子門前。

他按了裝在厚實門柱上的對講機，看著藏在院子內樹木後方的監視器，拿下了墨鏡。

對講機內立刻傳來一個年輕男人的聲音。

『馬上就去迎接你。』

駐守在事務所的年輕手下打開了拉門，誇張地鞠著躬，然後帶著大上走向位在院子後方的事務所平房。後方的日式建築是住家。

大上走進去後，值班的年輕手下同時向他鞠躬。

他走進木地板的客廳，坐在沙發上，從胸前口袋裡拿出和平短菸，電棒捲毛頭的年輕手下立刻用打火機為他點了火。

大上已經有半年沒來這裡。他第一次看到這個電棒捲毛頭的年輕手下，臉上還有青春痘的痘疤，年紀還很輕。

「你是新來的嗎？」

「是，我姓道下，還是實習生，請多指教。」

道下似乎聽說過大上的事，一臉緊張地鞠了一躬。

「生意還好嗎？」

道下歪著頭猶豫了一下，似乎在思考該怎麼說，最後說出了不得罪人的回答。

「嗯，馬馬虎虎。」

大上用鼻子吐著氣，故意笑了起來。他靠在沙發背上，吐了一大口煙。

「守孝的教育有問題啊。不是經常說，想當黑道，不能太笨，也不能太聰明，更不能半吊子，尤其半吊子最不行，你就不能回答得更像樣點嗎？」

道下似乎把大上的玩笑當了真，深深鞠躬說：

「對不起！」

事務所的門打開，一之瀨走了進來。細條紋襯衫的鈕扣敞開著，他應該正在後方的住家休息，聽到手下的聯絡，立刻趕來這裡。

一之瀨在大上對面的沙發坐下後，笑容中帶著困惑說：

「上哥，既然要過來，為什麼沒有事先告訴我？我可以派年輕人去車站接你。」

大上伸手制止了一之瀨。

「我來這裡辦點公事，順便過來看看。如果你不在，我打算去赤石大道喝一杯就回去。」

大上在說謊。

他去沖的老家並不是公事，而且如果一之瀨不在，他打算向被稱為一之瀨得力助手，也是一之瀨義弟的天木幸男打聽沖的事。

一之瀨露齒一笑說：

「我們認識這麼久了，你騙不了我。在你的字典裡向來不會有順便這兩個字，無論去哪裡，這裡——」一之瀨說著，指著自己的肚子，「都一定懷著鬼胎。」

大上揚起嘴角，把香菸的灰彈在陶瓷的菸灰缸裡。

一之瀨以前就很聰明，隨著年歲增長，頭腦越來越清楚，而且越來越有男子漢的風度，長相也越來越神氣。一方面是因為他原本的素質，再加上實際領導尾谷組的責任感，讓他迅速成長。

尾谷組的組長尾谷憲次從三年前開始，在鳥取監獄服刑。

四年前，在米子成立幫派的橫田組組長橫田敦遭到殺害。

事情起源於同樣在米子紮根的明石組旗下梅原組組長遭到殺害，凶手是橫田組的幹部，明石組立刻採取報復行動，但被尾谷組逐出幫派的山內卓也，也在暗殺部隊的成員之中。

實際執行橫田組組長的山內遭到逮捕後，經不起警方的誘供，說出了尾谷憲次的名字。

警方以教唆殺人的嫌疑逮捕了尾谷，尾谷雖然主張自己遭到冤枉，但在一審被判處八年有期徒刑，在最高法院也沒有改判。

組長入獄後，由太子一之瀨負責管理整個幫派。

尾谷組是在吳原以開賭場為業的老字號幫派組織，雖然只有五十名左右的成員，規模並不算大，但即使粗略計算一下，也有一半的人是無所畏懼，在關鍵時刻願意拿命去拚的人。

在黑道的世界，能夠為幫派拚命的人可以匹敵十把槍。

如果正面交鋒，尾谷組和全縣最大的黑道幫派綿船組的戰鬥力勢均力敵，廣島的黑道當然對尾谷組刮目相看。

年輕手下端來了茶和小毛巾，大上在菸灰缸內捺熄了菸，喝了一口氣後，抬眼看著一之瀨問：

「備前最近還好嗎？」

「是，」一之瀨回答，「託上哥的福，每天都很忙。」

備前芳樹是比一之瀨大兩歲的中堅幹部，大上記得一之瀨在十六歲時拜尾谷為老大，備前是在二十歲左右，所以一之瀨更早加入尾谷組。

在黑道的世界，資歷比年齡更受重視。一之瀨雖然年紀比較小，但在道上，一之瀨是前輩。

一之瀨是在兩年前成為尾谷組的太子。

自從十年前，前任太子賽本被五十子會殺害，太子的位置空缺多年後，尾谷拔擢一之瀨成為太子。一方面是因為尾谷自己入監服刑，再加上五十子會旗下的加古村組覬覦尾谷的地盤。尾谷應該打算以後將整個幫派交給一之瀨繼承，而且在目前的狀況下，只有一之瀨有能力帶領整個幫派，這也是眾人的共識。

一之瀨拿出香菸叼在嘴上，在一旁待命的年輕手下立刻為他點了火。一之瀨抽著菸，好像突然想起了什麼。

「對了，我上次去見老大時聊到了你的事。」

「喔？」大上伸出下巴，「老大說了我什麼嗎？」

一之瀨笑了起來，似乎覺得很好笑。

「老大說了你年輕時調皮搗蛋的事。」

大上苦笑著說：

「八成不是什麼好事。」

一之瀨搖了搖頭說：

「不，老大稱讚你。」

大上不記得自己做過什麼可以讓尾谷稱讚的事，詫異地問：

「他說了什麼？」

一之瀨瞇起眼睛，用玩笑的語氣說：

「上哥，你年輕時不是曾經隻身闖進綿船的事務所嗎？」

大上記得那件事。那是高中三年級的時候，班上的同學被綿船組的混混恐嚇，整天勒索錢。大上雖然和那個同學並不是很熟，但對方向他哭訴，於是他就去談判。

他獨闖綿船組的事務所時，尾谷憲次剛好也在那裡。

大上想起自己當年說的話，羞得臉都紅了。那真是所謂的年輕氣盛。

「你們不是講究俠義精神嗎？欺負善良老百姓根本不是俠義，可不可以不要再做這種事了？」

當時在場的綿船組組長綿船幸助看著突然闖進來的大上，感到很新奇，但身旁的手下當然不可能沉默。

「你是什麼東西啊！你以為這裡是什麼地方？」

他們覺得被讀高中的毛頭小子教訓太沒面子，抓住大上的衣領，想要把他拖進事務所深處。當時，尾谷為他解了圍。

「好了，好了，」尾谷安撫著氣勢洶洶的年輕手下，豪放地笑了起來，「這小孩說的有道理啊，綿船兄，能不能給我一個面子，讓這個學生離開？」

綿船泰然地點了點頭，把手伸進了和服外褂的袖子，瞪著手下說：

「我不是經常叮嚀你們，不要去惹老百姓嗎？」

他的聲音壓得很低，更強調了他的怒氣。

那些手下鬆開了大上，鞠躬賠罪。

綿船將視線移向尾谷，露齒笑了笑說：

「尾谷兄，讓你看到這種糗事──真不好意思。我會好好處理接下來的事。」

大上拉好被弄亂的襯衫領子，向綿船和尾谷道謝和賠罪說：

「謝謝，對不起，我剛才說話太狂妄了。」

尾谷看著大上，露出慈祥的笑容說：

「這位同學，你不用再擔心這件事了，你可以回去了。」

大上鞠了一躬，轉身走過那些手下讓出來的路，走出了事務所。現在回想起來，很慶幸自己竟然能夠毫髮無傷離開。

之後聽說那個勒索大上同學的混混被逐出幫派。

大上大口喝完了茶，似乎想要甩開短暫陷入的回憶。

「聽你這麼一提，我想起的確發生過這件事。」

一之瀨在喉嚨深處發出了笑聲。

「老大說，你這麼大膽無畏的人去當警察太可惜了。如果混黑道，搞不好可以幹得有聲有色。」

一之瀨終於忍不住笑了出來。

「別開玩笑了，如果我混黑道，現在早就沒命了。」

兩個人都大笑起來。

笑完之後，一之瀨露出嚴肅的表情問：

「上哥，你來找我有什麼事？應該不是來關心備前的情況或是聽我聊往事吧？」

大上叼了第二根菸，向一之瀨探出身體。

第八章

沖離開真紀家後前往「佐子」。

「佐子」是離真紀家走路二十分鐘左右的一家內臟燒烤專賣店，那家店的名產是內臟天婦羅，切成大塊的內臟直接端上桌，但並不是使用刀叉這麼高雅的方式食用，座位上準備了小型砧板和殺魚刀，客人自己動手切來吃。完全沒有腥味的內臟絲毫不比頂級牛排遜色。

「佐子」位在大馬路後方的小巷內，路人不會經過那裡。

小巷兩旁是已經無人居住的公寓、老房子和小店，即使在周圍一帶，「佐子」也是特別老舊的一家店，平房的建築很破舊，屋頂和外牆上有很多用鐵皮修補的地方。看起來就像棚屋，即使說「佐子」從戰前就開始經營，也不會有人產生懷疑。

真紀向沖介紹了這家店。沖問她哪裡有菜很好吃，又可以盡情喝酒，卻不會被人看到的店時，真紀提到了這家店，還說老闆阿姨的孫子是她的同學。

「那家店不接生客，也沒有會自己跑去的客人。即使有這種客人，也會被阿姨趕出來，所以在那裡可以放心喝酒。」

真紀把臉放在同床的沖胸前，向他說明了那家店的名字由來。

「佐子」其實是一家刀具店的店名，店內使用了那家店的殺魚刀。

「那家刀具店名叫佐子刀具製作所，在廣島很有名。」

據說佐子的刀具以鋒利出名，所以當地人都說「買刀就買佐子刀」。

「既然是這麼好的刀子，想必價格也很貴吧？」

真紀伸手去拿枕邊的香菸，抽出一根後點了火，吸一口後，放在沖的嘴裡。

「阿姨說不用錢。」

「不用錢？」

真紀露出意味深長的眼神低頭看著沖。

「雖然我不是很清楚，但可能掌握了什麼把柄吧？黑道的世界也很複雜。」

「是有什麼後台嗎？」

真紀呵呵笑了起來，撫摸著沖的胸口說：

「阿姨和你一樣，很討厭黑道的人，所以禁止黑道去店裡。」

「既然這樣，為什麼——」

沖的話音未落，真紀就回答說：

「聽說阿姨的老公是黑道，而且好像還是大哥，所以這一帶的黑道都敬他三分，不敢去找那家店的麻煩。」

家人在混黑道，卻非常討厭黑道——的確和自己一樣。

「這樣啊，那我應該和她很有共同語言。」

真紀並不了解沖的生世，他從來沒有和任何一個交往的女人提過這件事。真紀不了解沖內心的想法，開心地笑了起來。

「對啊！我覺得你和阿姨絕對很合得來。」

走進小巷後，繼續走向深處。來到那家店附近時，聞到了香噴噴的烤內臟味道。店裡沒有冷氣，入口的拉門敞開著。

傍晚的這個時候，瀨戶海上風平浪靜，順著脖子流下的汗濕了衣領。

店裡的電視可能開得很大聲，這裡也可以聽到廣島東洋鯉魚隊正在市民球場舉行比賽的實況轉播聲。

沖掀起看起來好像是用醬油煮過的兜襠布的布簾，看到三個男人坐在店內唯一的長桌子旁。

三個男人一看到沖，立刻從塑膠圓椅上跳了起來。

「辛苦了！」

三個人好像合唱般異口同聲向他鞠躬打招呼，這三個人都是吳寅會的成員。

除了他們以外，只有一對男女坐在狹窄的吧檯旁。那是沖也認識的營建公司老闆和在酒店上班的情婦。

這裡不接待隨興走進來的生客，無論是店裡的阿姨，還是來店裡幫忙的阿姨家人都不會和客人建立太密切的關係，也向來不會多問。

沖也很滿意這一點，所以從真紀口中得知這家店之後，就把這裡作為吳寅會聚會的地方。

他坐在長桌最深處。那是他的固定座位。

元木昭二從店門口的冰箱拿了罐裝啤酒過來。

「阿姨，我加一罐啤酒。」

這家店的老闆娘已經是叫奶奶也不奇怪的年紀了，但店裡的客人一直沿用以前的稱呼，而且也因為都很她很熟，所以都叫她阿姨。

「你也要嗎？」

昭二問坐在旁邊的弟弟昭三。他們是雙胞胎，比沖小兩歲。他們的哥哥昭一在三年前打架時死了。昭一是名為「吳原暴走聯盟」的暴走族大哥，但和黑道發生了衝突，最後在山上發現了他被亂刀砍死的屍體。從此之後，他們雙胞胎兄弟和沖一樣，把黑道視為眼中釘。

因為他們是雙胞胎，所以長相和身材都一模一樣，就連認識他們多年的沖，也無法光憑外表分辨他們誰是誰，只能靠昭二的聲音比昭三略微低沉來判別。

雙胞胎的興趣是鬥嘴和重訓，只要一有空就會做伏地挺身和仰臥起坐。昭二身上隨時帶著啞鈴，昭三帶著裝了沙子的皮革雙節棍。平時練手腕，關鍵時刻就變成了武器。

昭三輕輕晃了晃自己的罐裝啤酒，搖了搖頭說：

「我不用了，給學長吧。」

昭三看著桌子對面。

林達也皺起眉頭，瞇起了眼睛，但他的雙眼毫無氣勢。這是他為了掩飾自己的娃娃臉，在學弟面前保持威嚴的習慣動作。

「給我一罐。」

雖然他故意壓低聲音說話，但還是像平時一樣高亢。

昭二從冰箱內拿出啤酒交給了林。

沖在少年輔充院認識了林。

沖和三島在十六歲時，一起進入了位在東廣島的少年輔育院。三島因為暴力恐嚇罪被判接受一年感化教育，沖也因為傷害罪被判了兩年。

兩個人在少年輔育院時，徹底反抗了態度蠻橫，經常下達一些不合理指示的教官。

——一旦被看輕就完蛋了。

這句話成為他們的口號。

兩個人因為素行不良，連接受感化教育的時間都延長了。沖延長了一年，三島則是延長了半年。

沖在成為少年輔育院的老大時，認識了林。沖因為意外的機會，救了遭到同房其他人欺負的林。

少年輔育院的霸凌和處罰司空見慣，但沖最討厭別人私底下的小動作。他向來認為，如果有意見，就光明正大地用拳頭解決，陰險的霸凌和處罰不是男人的行為。

有一天，他看到林同房的人趁教官不備，拿了輔育院飼養的豬大便，塞進林的嘴裡。

——你們夠了沒有？

沖大聲喝斥。

所有人都愣在原地。

當時沒有人敢違抗沖。

——下次再被我看到，我會折斷你們每一個人的手。

那天之後，就沒有人再敢欺負林了。

林雖然才十七歲，卻是出了名的汽車慣竊，有好幾個人都想拉攏他。

因為那些人都想在出去之後，可以靠林吃香喝辣。

林的偷竊技術來自他的父親松吉——慣竊松——因為松吉是累犯，刑警甚至還為他取了這個綽號。

沖曾經在聊天室多次聽到林的光輝事跡。

林只要鎖定目標，就會全神貫注開鎖，他可以在一分鐘內打開任何鎖。林曾經得意地說，得手時有一種像射精般的快感。

林的本事名不虛傳。

林離開少年輔育院後，來投靠比他早一步離開的沖，他只花了幾十秒，就撬開了停在附近停車場的一輛皇冠車車鎖作為見面禮。

林的身材乾瘦，手指也細得只剩下骨頭。沖看著他的手指細膩靈巧的樣子，希望他成為自己的手下。

在林之後，其他在少年輔育院結識的朋友也都打聽到沖的下落，紛紛找上門來。

目前吳寅會的主要成員是在少年輔育院時代認識的人，沖帶著他們在吳原衝鋒陷陣後，一個又一個有骨氣的不良少年要求加入。

沖只同意看得上眼的人加入，同時徹底排除嚮往黑道的人。

吳寅會重視的不是大哥和小弟的縱向關係，而是橫向的關係。

除了三島和元以外，所有成員都叫沖「大哥」，他們之間雖然有學長、學弟之分，但彼此之間都是兄弟。

不依靠任何人，只要有人擋路，就把他徹底打敗，繼續向前走。

獨立愚連隊——這就是吳寅會的宗旨。

今日子送上了內臟天婦羅。今日子是老闆阿姨妹妹的孫女，剛滿十八歲，她從讀高中時就在這家店裡幫忙。

今日子幾乎都穿露出肚臍的短T恤和牛仔短褲，打扮很曝露，但臉上總是掛著天真無邪的笑容，所以完全不會讓人產生情色的聯想。

昭二用殺魚刀和免洗筷切開肉之後，裝在盤子裡，遞給了沖。

「大哥，昨天喝到很晚嗎？」

沖身上似乎還有酒味。

沖夾了一塊內臟天婦羅，沾了加入大量一味辣椒粉的酸橘醋送進嘴裡，然後用從嘴裡拿出來的筷子指向昭二。

「對啊，和三島還有元一起喝到天亮。」

「也是去女王蜂嗎？」

昭三問。

沖點了點頭，一口氣喝完了罐裝啤酒。酒精舒服地進入宿醉的腦袋。

「阿姨！」昭二對著吧檯深處的廚房叫了起來，「我們把啤酒都拿光囉！」

「這些還沒冰，你們喝慢點。」

今日子雙手抱著啤酒從廚房內走了出來，放進冰箱內。

沖打開啤酒的拉環時，三島走了進來。

三島看向昭二和其他人，舉起一隻手。

「喔，辛苦了。」

「早！」

除了沖以外的三個人都向三島鞠了一躬。

三島在沖的身旁坐了下來，忍著呵欠。

沖喝了一大口啤酒後問他：

「昨天怎麼樣？」

三島昨天帶了女王蜂的小姐由貴出場。

三島用手背揉著眼睛，慵懶地說：

「我一直拼到中午，超想睡，腿都軟了。」

沖苦笑著說：

「是由貴腿都發軟了吧？」

三島把手肘放在桌子上，發出了猥瑣的笑聲。

「也許吧。」

三島從襯衫胸前口袋拿出香菸叼在嘴上，沖也拿了自己的菸叼在嘴上。

坐在他們兩側的昭二和昭三同時伸出打火機為他們點火。不愧是雙胞胎，動作和時機都完全一致。

昭二為沖點了菸，昭三為三島點了菸。

三島抽著菸，打開桌上啤酒罐的拉環時，聽到有什麼東西撞到入口拉門的聲音。

所有人都驚訝地看向門口，發現滿身是血的元靠在打開的拉門上。他的襯衫上都是泥土，腫起的臉滿是瘀青，不知道額頭是否破了，額頭的鮮血流到了臉頰，而且流了不少血。

坐在吧檯前的酒店小姐驚叫起來。

沖從椅子上站了起來。

「怎麼了？」

昭二和昭三比沖更快衝到元的身旁。

元在雙胞胎的攙扶下，重重地坐在椅子上。

三島用桌上的抹布按著元的額頭。

「是誰幹的？」三島問。

元上氣不接下氣地回答：

「那裡的柏青哥店……在店裡撞到了四人組……」

「他們是混哪裡的？」

沖按捺著怒氣，靜靜地問。

元輕輕搖了搖頭說：

「不知道，但四個人都穿了相同的特攻服。」

三島看著沖問：

「應該是哪裡的暴走族。」

「他們還在那裡嗎？」

昭二和昭三同時問。

「應該還在，因為旁邊堆了好幾盒小鋼珠。」

元低吟著回答。

既然中了獎，小鋼珠多到需要盒子裝，的確很可能還在那裡。

沖看向一臉茫然站在吧檯內的今日子。

「今日子，不好意思，可不可以請妳幫他處理一下？」

今日子好像終於回過神，俐落地採取了行動。她拿著乾淨的毛巾，從吧檯深處跑了出來。

她一隻手托著元的身體，用另一隻手把毛巾放在元的頭上，然後看著沖，用毅然的聲音說：

「他可以說話，應該沒有大礙，如果他感到不舒服，會送他去醫院，所以不必擔心。」

雖然今日子長得很可愛，但比普通的男人更有膽量。

「好，那我們走！」

沖拿起桌上的殺魚刀。

沖正準備衝出去，阿姨叫住了他。

「不行，不行！等一下！」

沖和其他四個人停下腳步，轉頭看向後方。

從吧檯內走出來的阿姨手上拿著殺魚刀，在遞給沖時說：

「你那把已經鈍了，這把剛磨好，所以你帶這把。」

阿姨遞過來的那把殺魚刀的刀刃發出銀色的光芒。

「謝謝。」

沖說完，接過了新的殺魚刀。

太陽已經下山了。

五個人在夜色中跑向柏青哥店。

元被打的那家柏青哥店──Parlor Crown位在大馬路的轉角處。

從「佐子」走過去五分鐘，全速跑過去不需要三分鐘。

沖一到「Parlor Crown」，在正門前停下腳步，轉頭對身後的四個人說：

「你們聽好了，不要在裡面惹事。如果找到他們，就把他們帶去後面的停車場，在那裡動手。」

四個人看著沖的眼睛，用力點頭。

沖把拿著殺魚刀的右手藏在左側腋下。三島也學他的樣。

昭二把啞鈴，昭三把裝了沙子的雙節棍插在長褲後方。沒帶武器的林拗著兩隻手的關節，發出了喀喀的聲音，然後插進了長褲的口袋。

沖轉過身，面對柏青哥店的入口。

推開對開的門，香菸的煙霧和刺耳的喧鬧聲立刻撲來。

「Parlor Crown」這家店並不大，機台數可能還不到一百台，總共有五排，每一排通道的兩側大約有十台左右。

中年店員發現了沖和其他人。他低下頭，抬眼看著這五個一看就知道不是善類的人，眼神飄忽著。店員的舉動似乎在祈禱，希望他們不要在店裡惹事。

沖從最右側的通道開始依次確認。

一直走到第四排，都沒有看到元說的那幾個人。難道他們已經離開了？

沖急忙看向第五排，在內心笑了起來。

幾個年輕男人聚在第五排最後方的機台前。

他們穿著黑色特攻服和馬汀鞋，背上繡了「瀨戶內聯合會」的名字。

其中一個人坐在機台前打小鋼珠，另外三個人圍在他背後，無法看到那個正在打小鋼珠的人長什麼樣子，只能看到像雞冠般的頭髮。

沖定睛看著那三個人之間的縫隙。

坐在機台前的男人把左手放在玻璃上，慢慢滑向入賞口。他們腳下有五個裝滿小鋼珠的盒子。

站在沖身後的三島也在觀察後小聲地說：

「那不是出老千嗎？」

那個男人用藏在左手的磁鐵把小鋼珠吸到入賞口。

沖緊緊握住藏在腋下的刀子刀柄，走向那四個男人。

離沖最近的那個男人似乎察覺到動靜，轉頭看了過來。

他挑起眉毛，露出了凶惡的表情，但完全沒有氣勢。他的年紀大約十六、七歲，微微上揚的蒜頭鼻有點可愛。

蒜頭鼻似乎發現沖和其他四個人來者不善，驚訝地拍了拍朋友的肩膀。

四個身穿特攻服的男人同時回頭看了過來。

蒜頭鼻身旁的飛機頭男人瞪著沖和其他人。一個高大的男人在他們身後抖著肩膀看了過來。

那幾個人看起來都和沖的年紀差不多。

正在打小鋼珠的男人停下手，從椅子上站了起來，推開那三個人，走到前面。

他的特攻服胸前有一個金色徽章，其他人並沒有，可見代表他是幹部或是頭領。在這四個人中，他是頭目。

「你們想幹嘛？看什麼看！」

頭目怒氣沖沖地咆哮著。

大哥竟然比小弟先開口嗆人。

沖在內心笑了起來。

越是膽小的狗叫得越大聲。叫罵是小弟該做的事，大哥搶先發難的狗崽子不會有多大的能耐。

三島似乎也有同感，在沖的身後嘆著氣嘟噥說：

「元真沒出息，竟然被這種傢伙打。」

高個子推開蒜頭鼻和飛機頭，站在頭目身旁。他似乎是老二。

「你們是剛才那個矮子的朋友嗎？」

三島向前一步，站在沖的身旁，朝地面吐了口水，挑釁地揚起嘴角。

「對啊，沒錯，我們就是那個矮子的朋友。」

高個子露出輕蔑的眼神，用鼻孔噴氣說：

「有那種矮子的窩囊廢朋友，你們還真倒楣啊。」

站在後方的昭二大聲怒吼：

「你說什麼！元大哥雖然是矮子，但才不是窩囊廢。如果你說我大哥是矮子，那你不就是只長個子不長腦的大草包嗎？」

沖把頭轉向後方，開玩笑說：

「昭二，我等一下要告訴元，你說他是矮子。」

原本氣勢洶洶的昭二頓時像洩了氣的皮球。

「不，那只是措詞而已，我沒那個意思……」

「即使大哥不說，我也會說。」

昭二身旁的昭三也調侃道。昭二一改前一刻對沖的態度，惡狠狠地說：

「少囉嗦！如果你不閉嘴，小心我把你的雙節棍塞進你嘴巴！」

昭三一臉嚴肅，斜眼瞪著昭二說：

「啊？你敢這麼做就試試看，我會用你的啞鈴把你的腦袋敲開。」

他們兄弟常常這樣吵架。

沖不理會鬥嘴的雙胞胎，將視線移回頭目身上。

「打斷你們正在大贏，不好意思，可不可以出去一下？」

沖用平時說話的語氣說。

頭目看向沖和三島的右手，似乎察覺到他們懷裡藏了武器，於是故意掀開特攻服上衣的下襬。

可以清楚看到插在皮帶裡的匕首——原木刀鞘上的紋路。既然完全沒有被手垢弄髒，就代表從來沒有用過。他們的匕首只是裝飾品。

頭目揚起下巴，睥睨著沖和其他人。

「我們是瀨戶內聯合會的人，我勸你們趁受傷之前趕快滾蛋。」

瀨戶內聯合會是廣島最大的暴走族，根據地在音戶。聽說有超過一百名成員，沖記得是笹貫組在他們背後撐腰。

沖的腦海中想起了橫山一副目中無人的樣子，坐在藍色咖啡店內的臉，自己似乎註定會和笹貫組的人發生衝突。

沖很自然地揚起了嘴角。

——正合我意。

沖佯作不知地問：

「是喔，所以呢？」

頭目臉色大變。

可能在這一帶，除了黑道以外，沒有人聽到他們暴走族名字不害怕。

站在後方的飛機頭粗聲說道：

「你們是從哪個鄉下地方來的！竟然敢不把聯合會放在眼裡，馬上要你們好看！」

沖沒有回答他的問題，裝傻地說：

「怎麼要我們好看？」

頭目看到沖毫無懼色，內心的憤怒達到了極點。他的臉脹得通紅，右手握著插在腰上的匕首。

不能在店內打架，否則可能會波及無辜的人。

沖正打算叫他們出去時，剛好店裡的人擠了進來。那是一個頭髮花白，有點年紀的男人，白襯衫上的名牌上寫著「店長」兩個字。

「不好意思，請不要在這裡打架……因為還有其他客人。」

店長窺視著雙方的臉色，鞠躬時的頭幾乎碰到了膝蓋。

沖打量周圍，通道後方不知道什麼時候圍起了人牆。如果繼續在這裡吵下去，可能有人會報警，萬一遭到逮捕就麻煩了。

沖看著頭目說：

「我不管去哪裡說話都沒問題。」

頭目向身旁的高個子咬耳朵，不知道說了什麼，高個子小聲回答。店裡的聲音太吵了，聽不到高個子說了什麼。

頭目點了點頭，再次看著沖。

「好啊，有一個不會被別人打擾的安靜地方，我們就去那裡好好聊一聊。」

頭目的臉上露出了從容的笑容。可能高個子提供了什麼好點子。

「走吧。」

頭目向手下發出指示，朝向沖走了過來，故意撞到沖和三島的肩膀，大搖大擺地從他們中間走了出去。

跟在頭目身後的高個子經過沖的身旁時，把臉湊了過來，近到簡直讓人火大的距離。

「讓你們好好領教一下廣島的打架是怎麼回事。」

沖忍不住笑了出來。

打架哪有分廣島不廣島的，只需要狠勁。

頭目走出去時，店長偷偷塞給他一個白色信封。頭目輕輕點了點頭，迅速把信封放進上衣胸前的口袋。

那是小鋼珠換的錢嗎？

不，沖立刻否定了這種可能。

那幾個混蛋不管是輸是贏，都會向店家勒索錢。他們一定打著笹貫組的名號，在這一帶為所欲為。

不知道橫山看到自己在背後撐腰的混混被打得落花流水，會露出怎樣的表情。

這是讓橫山那個王八蛋和笹貫組嚇一跳的大好機會。

沖忍不住笑了起來。

站在身旁的三島看著沖說：

「小沖，你看起來很高興嘛。」

沖轉頭一看，發現三島臉上也帶著笑容。

沖笑出了聲音。

「對啊，我高興得不得了。」

沖邊走邊握緊了腋下那把殺魚刀的刀柄。

頭目帶他們來到小巷內的停車場，從「Parlor Crown」走路只要兩分鐘。說停車場比較好聽，其實只是地主把這塊沒有用途的土地隨便弄一下，變成停車的地方。綁在電線桿上的燈泡是唯一的燈光，而且只用繩子圍起停車空間。

應該很少人把車子停在這種沒有人煙的戶外停車場，總共可以停十輛車的停車場內只停了兩輛車，而且都是舊車。

沖帶著四個人和瀨戶內聯合會的四個人在停車場正中央對峙。

聯合會的所有成員都氣勢洶洶。

頭目從皮帶中拿出匕首，從刀鞘中拔出來後，朝向沖和其他人。

「敢找我們吵架，你們會後悔！」

其他三個人也拿出了藏在衣服內的扳手和手指虎。

一看就知道他們肩膀很用力，可以感受到他們很緊張。

沖放鬆了全身的力氣，讓肌肉充分放鬆。

肌肉保持柔軟的狀態，才能夠動作敏捷。無論用拳頭打人還是用腳踢人，在出手或抬腿的瞬間用力，能夠增加爆發力。

這些人並不像他們嘴上說的那麼擅長打架，不出十分鐘，應該就可以決定勝負。

沖原本興奮的心情漸漸冷卻。

即使這樣，仍然必須為元報仇。

他重新集中精神，瞪著對方。

彼此的距離越來越近。

昭二和昭三擠到沖和三島前面，林像往常一樣跟在後面。

當雙胞胎舉起武器時，沖看到停在停車場角落的機車。

「等一下！」

他舉起手制止。

無論對方還是自己人，都目瞪口呆地看著沖。

沖離開所有人，走向機車。

那裡總共有四輛機車，兩輛是本田HAWK CB250T，另外兩輛分別是鈴木的Impulse和川崎Z400FX，全都是拆掉消音器的暴走族車子，油箱旁貼著寫了「瀨戶內聯合會」的貼紙。

沖並不喜歡Hawk和Impulse，但覺得那輛川崎很不錯，在四輛機車中改造最用心。騎這輛機車的人不是很懂機車，就是品味很好。

「怎麼了？」

沖的行動太出乎意料，三島忍不住一臉驚訝地問。

沖站在川崎前，彎下腰，仔細打量著。果然很不錯，如果騎著這輛機車上路，心情應該很暢快。

沖站直了身體，問那幾個暴走族：

「這是誰的？」

頭目一臉不悅地回答說：

「是我的，怎麼了？」

簡直暴殄天物。沖在內心嘀咕道。無論是橫山戴的勞力士手錶，還是這個傢伙騎的川崎，都像是鮮花插在牛糞上。為什麼好東西都會落在配不上它們的人手中？

沖摸著機車的座騎問：

「這輛機車可以送我嗎？」

沖問了這個莫名其妙的問題，頭目怒不可遏地說：

「你在說什麼鬼話！你再敢調侃我，小心我要你的命！」

沖向來看到想要的東西就無法克制想要的衝動，只要能夠得到的東西，就不會不惜一切代價得手，無論車子、女人、金錢都一樣。

沖用規勸的語氣問：

「那就借我？」

即使在夜色中，也可以看到頭目的臉紅了起來。他揮起匕首大吼：

「少廢話！趕快把你的髒手從座椅上拿開！」

沖用力咂著嘴。

「不肯借我嗎？那就——」

他用力踹向機車的車身。

沉重的機車倒在地上，發出巨大的聲響。

頭目的怒吼聲變成了慘叫。

「你、你幹嘛？」

沖回頭看著頭目說：

「既然我不能騎，那留著也沒用，而且——」

沖用力舉起手上的殺魚刀，刺向旁邊的Impulse的座椅。

「這輛車被混混騎，實在太可憐了，所以就讓我來超渡它。」

沖把插進座椅的刀子用力向前一拉，座椅裂開了一個大口。他又向旁邊一割，划出了一個十字。

沖踢向Impulse的油箱，把機車踢倒後，看著三島和其他人問：

「你們是不是也這麼認為？」

同伴紛紛叫著：

「對啊，對啊。」

三島一臉不屑地冷笑說：

「機車沒辦法選人，真是太可憐了。」

沖踩在倒在地上的川崎機車上。

「你們也過來一起動手！」

三島和其他人聽到沖這麼說，立刻跑到機車旁，動手破壞起來。

他們把機車推倒在地，拔下後照鏡。昭二和昭三用啞鈴和雙節棍打向車身。

瀨戶內聯合會的人一臉茫然站在原地。

頭目似乎被他們毫不留情的破壞行為嚇到了，默默看了一會兒之後，語帶顫抖地問：

「你們到底是什麼人？」

正在用刀子割座椅的沖停下了手。

三島瞪著頭目，大聲地說：

「我們是吳寅會的人！好好記住這個名字！」

頭目遭到愚連隊正面挑釁，想退縮也已經來不及，只能繼續虛張聲勢。他好像在激勵自己般對著手下大吼：

「別讓他們活著離開！」

高個子用扳手打向昭二。昭二用啞鈴擋住了扳手，然後回手用啞鈴打破了高個子的腦袋。高個子不堪一擊，雙腿一軟，倒在地上。

飛機頭從背後靠近昭二，舉起蝴蝶刀，試圖刺向昭二的後背。

昭三用雙節棍用力打向飛機頭的手腕。

蝴蝶刀飛了出去。

飛機頭慘叫起來。他的骨頭可能被打斷了，握著手腕，好像啜泣般呻吟著。

昭三用揮下的雙節棍直接打向蒜頭鼻的臉。

蒜頭鼻動作敏捷地閃過了攻擊，用拳頭打向重心不穩的昭三臉頰。

如果是空拳，挨一拳也不會有太大影響，但手指虎的威力似乎不小，昭三的身體搖晃起來。

蒜頭鼻正打算乘勝追擊，三島對著他舉起了殺魚刀。

刀刃在昏暗中一亮，劃破了天空。

蒜頭鼻怒吼著打向三島，三島的腹部挨了一拳，殺魚刀掉在地上。

三島從正面踢向蒜頭鼻的膝蓋。

蒜頭鼻的尖叫聲響徹周圍，倒在地上。他的右腿膝蓋向後方折斷了。

林踢著倒在地上的三個人。

瀨戶內聯合會的四個人，目前只剩下頭目還站在那裡。

頭目雙手緊握著從刀鞘中拔出來的匕首。

「我、我的親哥哥可是笹貫組的幹部，你們有膽量和黑道作對嗎？」

他的聲音明顯在發抖。

三島露出了大膽無畏的笑容。

「笹貫組？很好啊，同樣是打架，和黑道打架有意思多了，對不對？」

他徵求沖的同意。

沖用指尖把殺魚刀的刀柄轉了一圈，揚起了嘴角。

「是啊，如果是黑道，那就不必手下留情了，一個一個把他們殺光。你趕快把你親哥哥帶過來啊。」

沖把殺魚刀亮在頭目眼前。

「你想說的話就只有這些嗎？在說這些夢話之前，不是還有該說的話沒說嗎？」

頭目輕輕搖了搖頭，似乎聽不懂這句話的意思。

沖加強了語氣說：

「要向元道歉啊。」

三島用大拇指輕輕拍著殺魚刀的刀尖，齜牙咧嘴地說：

「叫你說你就說，不然就對不起你的一、兩根手指了。」

頭目的臉色鐵青，周圍出現了一股尿味。

「那、那不是我幹的，是他找你兄弟的麻煩。」

頭目指著高個子尖聲說道。

「是真的，我什麼都不知道。」

——這個軟骨頭。

沖對著地上吐著口水，轉過身。他根本不需要自己動手。

頭目吐了一口氣，但他的嘆息立刻變成了呻吟。

沖回頭一看，發現昭二正用啞鈴打向他的臉頰。

鮮血和口水同時從他的嘴裡流了出來。

不知道頭目是否昏了過去，躺在地上一動也不動。

「大哥，要不要砍斷他的手指？」

昭二問沖。

砍這種混混的手指也沒有用。

「不必砍手指了，撒一泡尿在他身上就行了。」

林喜孜孜地打開了長褲的拉鍊。他可能原本就快憋不住了，暢快地尿了起來。

頭目似乎恢復了意識，發出了呻吟，用一隻手遮住了臉。

「不、不要，請不要這樣。」

他滿是鮮血的嘴裡吐出了微弱的聲音。

沖彎下腰，看著頭目的眼睛說：

「你叫什麼名字？」

頭目吐著血絲回答說：

「我叫安藤。」

沖把臉湊到安藤面前說：

「這樣啊，你姓安藤啊，」沖得意地笑了笑，「安藤同學，以後那家柏青哥店的保護費就由我們來收，你應該沒意見吧？」

安藤臉頰上的表情肌抽搐起來。

「但是，幫派那裡……」

沖在他的耳邊大吼：

「黑道又怎麼樣？」

沖的厲聲大喝，嚇得安藤趕緊用雙手捂住耳朵，閉上了眼睛。

「好、好吧，那好吧。」

沖露出笑容，從安藤懷裡抽出信封。

「那就從今天開始。」

他站了起來，最後踢了安藤一腳。

聽著身後傳來的呻吟，向同伴揚了揚下巴說：

「喂，回去了。」

沖緩緩走向燒烤內臟店，元還在那裡等他們。

第九章

從滿是霓虹燈的大馬路轉入岔路，不一會兒，來到一條小路。「小料理屋 志乃」位在這條小路深處，是大上經常造訪的店。

從尾谷組的事務所開車到志乃只要十分鐘。事務所的日產Cedric送大上和一之瀨來到這裡，在他們兩個人下車後，車子停在不遠處，關閉了引擎。

保鑣兼司機和坐在副駕駛座上的小弟仍然留在車上，以便發生狀況時可以立刻趕到。

大上掀起門口的布簾，拉開了格子門。

「歡迎光臨。」

晶子在吧檯內低著頭，不加思索地招呼著。她停下正在洗碗的手，抬頭看了過來。

她一看到大上，立刻瞪大了眼睛，用繫在和服外的圍裙擦了擦手，小跑著從吧檯內衝了出來。

她臉上驚訝的表情變成了滿面笑容。

「上哥！這不是上哥嗎？好久不見了！」

她的聲音興奮得像小孩子。

「啊呀，妳還是這麼漂亮。」

晶子捂著嘴，呵呵笑了起來。

「上哥，你的嘴巴還是這麼甜。」

晶子發現了走在大上身後的一之瀨。

「阿守，你也來了。」

一之瀨苦笑著說：

「媽媽桑眼裡只有上哥。」

晶子故意搔首弄姿地說：

「當然啊，因為我只對好男人有興趣。」

晶子用俏皮話代替了打招呼——店內響起了笑聲。

大上坐在吧檯的角落。這是他的固定座位，一之瀨在他旁邊坐了下來。

天色才剛黑，除了他們兩個人以外，並沒有其他客人。

晶子走回吧檯內，把小毛巾遞給他們時問：

「是不是先喝啤酒？」

大上接過小毛巾時點點頭說：

「對，要冰得很徹底的啤酒。」

他今天在外面奔波了一整天，口都渴了。

晶子把冰過的杯子放在他們面前，打開了冒著水滴的瓶裝啤酒瓶蓋，為他們的杯子中倒了啤酒。

大上一口氣喝完了杯中的啤酒，一之瀨馬上拿起酒瓶，準備為他倒酒。

大上拿起酒杯讓一之瀨倒酒，看著不知道在砧板上張羅什麼的晶子說：

「半年沒見了，妳看起來很好，我就安心了。」

晶子瞥了一之瀨一眼說：

「託你的福，阿守很照顧我。」

一之瀨搖著頭說：

「不，是媽媽桑很照顧我，每次都很體貼我手下的年輕人。」

一之瀨在志乃喝酒時，都不會讓小弟走進店裡。晶子知道他是避免造成其他客人的困擾，所以當一之瀨離開時，經常讓他帶一些飯糰回去，讓等在車上的小弟充飢。

晶子年約四十，看起來卻只有三十五、六歲。她之前結過婚，但她的丈夫死了，目前是單身。

她看起來很溫柔，但其實屬於外柔內剛的性格。晶子容貌出眾，男人都會忍不住多看她幾眼，所以有不少客人追求她，只不過落花有意，流水無情，晶子總是敷衍打發那些客人。客人也都知道晶子和尾谷組的關係，所以沒有人死纏爛打。

晶子去世的丈夫賽本友保以前是尾谷組的太子。十年前，尾谷組和五十子會陷入一觸即發的狀態，結果賽本在酒吧被五十子會的殺手槍殺了。據說是五十子會的太子金村安則策劃了這件事，但金村也在三個月後遭到刺殺。

大上和賽本很熟，事件發生後，他就無微不至地照顧晶子，但他們之間並沒有男女關係。

大上向來不會在女人脆弱的時候趁虛而入。

更何況如果想要女人，花錢買就可以搞定，他不想招惹戀愛或是感情這種麻煩事。

當時年僅十幾歲的一之瀨看到向來疼愛他的大哥被殺，帶著手槍，帶著發紅的憤怒雙眼尋找金村的下落。

金村遭到殺害後，警察最先逮捕了一之瀨，但警方抓錯了人，大上調查了一之瀨當天的不在場證明，證明了一之瀨的清白。

至今仍然沒有抓到殺害金村的凶手。

在一之瀨眼中，晶子曾經是他大哥的太太，所以是他的「大嫂」，原本應該這麼叫她，但晶子不喜歡他這麼叫。她的理由是——因為這會讓我想起死去的老公。

晶子在賽本去世後不久，開了志乃這家店。自從她開了這家店之後，尾谷組就一直保護這家店。只要店裡有什麼糾紛，尾谷組的年輕手下就會馬上趕到。晶子說一之瀨很照顧她，就是指這件事。

晶子把親手製作的牡蠣鹽辛放在他們面前。

「今天有什麼好料嗎？」

大上問，晶子得意地回答說：

「今天有很棒的鯛魚，你們要紅燒還是鹽烤？也可以做鯛魚炊飯。」

大上用小毛巾擦著脖頸，不加思索地回答：

「我要鹽烤，今天白天流了很多汗，鹽分不足。」

「阿守呢？」

晶子看著一之瀨問。

「妳幫我決定就好。」

一之瀨喝著啤酒回答。

晶子用束袖帶綁起了和服的袖子，打算大顯身手。

「好，那就敬請期待了，我來準備。」

晶子走向店的深處。

當店內只剩下他們兩個人時，一之瀨從懷裡拿出了萬寶路菸，自己點了火。大上從胸前拿出Hi-Lite菸，一之瀨用打火機為他點了火。

一之瀨吐了一大口菸，露出嚴肅的表情問：

「所以你是為什麼事來找我？」

大上抽著菸看著前方。

「你認不認識一個姓沖的人？」

坐在一旁的一之瀨有點驚訝地問：

「你說的沖是沖虎嗎？」

一之瀨毫不猶豫地回答，代表沖在黑道中也小有名氣。

大上把頭轉向一之瀨，笑了笑說：

「喔，你果然知道他。」

一之瀨把香菸的灰彈在眼前的菸灰缸裡說：

「怎麼可能不知道？這一帶的黑道沒有人不知道沖虎。」

既然一之瀨這麼說，想必他惹了不少麻煩。

「他在你眼中是怎樣一個人？」

一之瀨為自己倒著啤酒說：

「簡單地說，他就是一頭野獸。」

大上想起在廣島的藍色咖啡店見到的沖，他聽到笹貫組的名字非但不為所動，反而更加咄咄逼人，的確就像是野獸。這個比喻太貼切了。

一之瀨吐了一口氣，用無奈的語氣說：

「他帶領一個名叫吳寅會的愚連隊，在黑道的地盤搗亂，擅自收保護費，不管是混混還是黑道的人，他都照樣挑釁打架。」

大上問了最想知道的問題。

「哪個幫派在背後為他撐腰？」

一之瀨搖了搖頭說：

「他們是個體戶。」

「喔！」大上忍不住叫了一聲，「真少見啊。」

個體戶——就是自食其力，不依靠任何人。

大部分愚連隊背後都是有黑道在撐腰，否則一下子就會遭到粉碎。

一之瀨把菸蒂塞進菸灰缸後，叼起第二根菸。

「我手下的阿義和他是少年輔育院時的同學——」

宮里義男是尾谷組的外圍成員，年紀和沖差不多。

「聽阿義說，他最討厭黑道和吸食安公子的毒蟲，視為眼中釘。」

黑道和吸食安公子的毒蟲——大上想起了沖的父親。

大上斜眼看著一之瀨。

「黑道的地盤被人搗亂不是很沒面子嗎？在你們組長出獄之前，尾谷組的招牌不是扛在你肩上嗎？為什麼放任他胡作非為？」

一之瀨看著大上，抿嘴笑了起來。

「問題就在於不知道為什麼，他們從來沒有在我們的地盤上搗亂。」

一之瀨在說話時，為大上的杯子倒了啤酒。

「他們專挑五十子和加古村的地盤鬧事。」

「為什麼？」

「不知道，」一之瀨歪著頭，「我也想知道其中的原因。」

一之瀨似乎也搞不懂為什麼。大上又問了其他問題。

「五十子和加古村有沒有採取什麼行動？難道坐視他們亂來嗎？」

大上認為他們一定會全力逮人。如果黑道失了面子還忍氣吞聲，就會斷了收入來源。

一之瀨用大拇指戳了戳自己的胸口說：

「沖虎和普通不良少年的這裡不一樣，他天不怕地不怕。吳寅會的人也都和他差不多，他們根本不把黑道放在眼裡。聽說他們也有手槍，所以和黑道沒什麼兩樣。如果和他們正面衝突，他們就會全力反撲，五十子和加古村當然也就不敢輕易下手。」

大上回想起沖在咖啡店時大膽無畏的表情。他面對任何人上門挑釁，應該都會欣然應戰。

「對了對了，」一之瀨似乎想起了什麼，笑著說：「聽說加古村曾經想要收編他，於是就去找沖虎談，結果被臭罵了一頓，沖虎暴跳如虎，說他不會聽任何人的指揮。」

原來是一頭不願意被任何人豢養的野生虎。大上覺得越來越有意思了。

尾谷組禁止成員碰安公子。有一定規模的黑道幫派表面上都禁止安非他命，只不過大部分幫派對於成員買賣安非他命作為一部分收入來源都睜一眼閉一眼，但尾谷憲谷是以開賭場為主的老派黑道，嚴格禁止手下的成員碰毒品，而且制定了嚴格的處分作為幫派的戒律。一旦被發現，就會立刻被逐出幫派。如果賣毒品給老百姓，就斷絕所有關係。

然而，對五十子會和旗下的加古村組而言，安公子成為重要的資金來源。吳原的毒品都掌握在這兩個幫派手中。

沖在五十子和加古村的地盤搗亂和安公子不無關係。他對既是黑道，又是吸食安公子的毒蟲父親的憎恨，轉向了父親生前所屬的五十子會。

對我太有利了。大上不由得這麼想。

自己也和五十子有仇，但基於警察的身分，無法光明正大地採取行動，但可以煽動憎恨黑道的沖，讓他挑戰五十子。一旦五十子對沖出手，就可以名正言順地逮捕五十子。

坐在一旁的一之瀨探頭看著大上的臉問：

「有什麼有趣的事嗎？」

大上很納悶一之瀨為什麼這麼問，露出了驚訝的表情看著他。一之瀨停頓了一下後回答說：

「上哥，你剛才在笑。」

大上摸著臉頰。自己似乎在不知不覺中揚起了嘴角。

「你和沖虎之間發生了什麼事嗎？」

一之瀨露出了好奇的眼神。

大上顧左右而言他，拿起空啤酒瓶問：

「要不要再來一瓶？」

一之瀨正想說什麼時，晶子從店內深處走了過來。

「讓兩位久等了。」

她從吧檯內遞上一個大盤子，上面有一尾難得一見的大鯛魚。

大上和一之瀨同時發出了感嘆的聲音。

大上抓起魚尾上的鹽舔了舔。鹽中帶著鯛魚的鮮美，烤得很香脆。

大上用手肘輕輕戳了戳一之瀨的手臂說：

「這該配日本酒吧？」

「對啊。」

大上對晶子說：

「給我們冰酒。」

「好，馬上來——」

晶子回答後，半開玩笑補充說：

「這可是明石的鯛魚，你們要細嚼慢嚥才行。」

晶子從身後的冰箱內拿出了七百二十毫升的四合瓶。

那是辛口的白鴻，很適合用來配海鮮。

晶子把冰酒用的杯子放在他們面前，倒了滿滿的酒。

大上喝了一口冰鎮的酒，夾了一口鯛魚。絕妙的鹹味，再加上鯛魚緊實的肉質、恰到好處的油脂，和辛口的日本酒簡直絕配。

「太棒了。」他對一之瀨說：「你也吃看看。」

一之瀨吃了一口，「嗯」了一聲，點了點頭：

「好吃！媽媽桑向來很會做菜，這尾魚更是烤得特別好。」

「是食材新鮮，即使你拍馬屁，我也沒什麼可以招待你。」

晶子說完，匆匆打開冰箱門。雖然她嘴上說沒什麼可以招待，但似乎打算做其他菜。

一之瀨看著心情愉悅的晶子，小聲地問：

「上哥，你和五十子那裡……」

一之瀨看著大上西裝的胸口，他可能發現大上戴著裝手槍的槍袋。

「如果你和五十子有糾紛，我會出手。」

如果大上騙他說，和五十子有糾紛，一之瀨應該會不問理由，立刻採取行動。一之瀨就是這種個性。

自己遲早會收拾五十子，但不是現在。

大上的腦海中再度浮現了沖的臉。至於「遲早」到底是遲還是早，取決於沖。

「上哥！」

一之瀨見大上沒有回答，叫了他一聲催促道。

大上搖了搖頭說：

「沒事，目前沒有任何問題。」

一之瀨知道大上的妻兒車禍的來龍去脈，也知道他和五十子之間的過節，以及五十子曾經試圖對大上不利。

晶子可能聽到了他們的談話，停下了正在做菜的手。晶子也是知道大上妻兒狀況的少數人之一。

晶子露出憂鬱的表情，擔心地看著一之瀨。

「阿守，上哥的事就拜託你了。」

一之瀨認真地回答：

「不必擔心，上哥在吳原期間，我不會讓五十子動他一根汗毛。」

一之瀨在說話時，掀起了西裝的下襬。

插在腰上的手槍——點四五口徑的柯爾特蟒蛇發出了黑光。

大上露出了苦笑。

「不要在警察面前亮這種東西，我很難處理啊。」

晶子回過神，瞪大了眼睛，呵呵笑了起來。

「對啊，上哥說得對。」

一之瀨笑著放下了西裝下襬。

「今天就睜一隻眼閉一隻眼——」

大上大聲對晶子說：

「再來一杯，我今天想喝酒。」

「來了，來了。」

大上拿著杯子讓晶子倒酒後，一口氣乾了杯中的冰酒。

美酒滲進胃裡。

第十章

「女王蜂」今晚也沒什麼生意。

沖出入這家酒吧已經一個月，從來沒有看過兩個半包廂式座位都坐滿客人。

今天也不例外，除了沖和其他人坐在裡面的半包廂式座位以外，只有吧檯坐了兩個老男人。

在這家店打工的由貴正在陪那兩個客人。

由貴號稱是女大學生，但聽三島說，她的真實年齡是三十一歲。酒店這個行業，坐檯小姐通常都「少說十歲」，但有不少客人被女人的化妝和店內昏暗的燈光欺騙。

坐在吧檯的老男人也屬於這種人，他們從剛才就一直在說黃色笑話。他們似乎相信由貴說她沒有男人的經驗，所以在調侃她，但如果他們知道其實是自己遭到了調侃，不知道會露出怎樣的表情。光是想像一下，就覺得很好笑。

沖喝著兌水的燒酒，露出了淡淡的笑容。

「我看你啊，」坐在沖身旁的媽媽桑香澄，用手指戳了戳坐在沙發角落的元的頭說：「已經快好了，氣色也變好了。」

元舉起雙手，抱著纏了很多繃帶的腦袋。

「不要碰我，好不容易明天可以拆線了，這樣傷口又要裂開了。」

那天晚上和瀨戶內聯合會的人在停車場開戰至今已經過了十天。

那幾個傢伙的狼狽樣成為他們這幾天的下酒菜。尤其是頭目嚇得屁滾尿流這件事，讓他們笑了好幾次。

他們報完仇回到「佐子」時，不見元的身影。今日子雖然努力為他清理傷口，但流血不止，於是把他送去了醫院。

檢查後發現，雖然他的腦袋沒事，但頭皮裂傷很嚴重，所以縫了十針左右。

為他縫合的醫生命令他，在拆線之前必須禁酒。但是嗜酒如命的元當然不可能聽話，他從縫合的第三天開始，就開始喝燒酒純酒。

元真的認為酒精比止痛藥的止痛效果更好。反正並不是什麼嚴重的傷，所以沖也就不管他。

真紀從吧檯後方的廚房走了出來，把盤子放在沖那一桌的桌子上。碗裡裝的是紅燒鮟鱇魚肝，又甜又鹹的醬油和薑的香氣刺激了飢餓的胃。

真紀在沖和三島之間坐了下來，露出陶醉的眼神看著沖說：

「戴在你頭上真的很好看，我不是說了嗎？你戴帽子很有型。」

「真的嗎？」

沖把白色巴拿馬帽重新斜斜地戴在頭上，拿起桌上的燒酒瓶舉到眼睛的高度，當作鏡子看著自己戴帽子的樣子。

他頭上的巴拿馬帽今天才剛買。白天的時候，他們走在惠比壽大道上，真紀眼尖地看到了百貨公司櫥窗內的這頂帽子。

「阿虎，你戴這頂帽子絕對很好看！你去試戴看看。」

真紀拉著沖走進店內，硬是把帽子戴在他頭上。

真紀對著鏡子中的沖大肆稱讚。

「看吧，我就說嘛！我忍不住重新愛上了你。你就買這頂帽子！」

即使真紀這麼說，沖也不覺得有什麼好看。因為他從小到大只戴過棒球帽。

但不可思議的是，聽到別人的稱讚，就覺得好像真的不錯。

店員又推了一把，讓他完全無力招架。

「很少有人像你這麼適合戴巴拿馬帽。」

沖要求店員不必包裝，走出百貨公司時，已經把剛買的巴拿馬帽戴在頭上了。

沖換了不同的角度打量著酒瓶中的自己，元問他：

「這頂帽子多少錢？」

沖繼續看著酒瓶回答說：

「這個嗎？柏青哥店保護費的五分之一左右。」

正在吃花生的元停下了手。

「要兩萬圓嗎？」

元仔細打量著巴拿馬帽。

「我也有一頂差不多的帽子，在夜市買的，只要一千圓。到底有哪裡不一樣？借我看一下。」

元伸手想要把帽子拿過去確認，沖狠狠推開了他的手。

「不要隨便亂摸，會被你弄髒。」

元嘟起了嘴說：

「你說我髒嗎？別看我這樣，我可是每天都有泡澡。」

三島笑著插嘴說：

「我說元啊，你這麼用力，小心傷口又要裂開了。」

元可能很不希望傷口裂開，他不再糾纏沖，乖乖地閉了嘴。

沖放下酒瓶，喝了一口兌水的燒酒，好像在漱口般轉頭舌頭，然後吞了下去。

他並不只是因為覺得這頂帽子適合自己，所以才花兩萬圓買帽子，另一個原因是因為以後將會有一筆定期的收入。

和瀨戶內聯合會打架的隔天，沖就帶著其他人去了Parlor Crown，對店長說，已經解決了他們，以後由吳寅會來收保護費。店長跪在地上懇求說：

「請你高抬貴手，這一帶是笹貫組的地盤，如果不付給瀨戶內聯合會，笹貫組不可能袖手旁觀，到時候我們就沒辦法做生意了。」

沖還沒有開口，昭二就大喝一聲：

「你說什麼！」

他把手上的啞鈴伸到店長面前說：

「要不要讓你現在就沒辦法做生意？只要我用這個砸壞機台，在笹貫組出面之前，這家店就完蛋了。」

店長可能從昭二的語氣察覺他是認真的。一旦砸毀機台，根本沒生意可做。店長終於含著眼淚點頭答應了。

沖和店長談妥，以後將代替瀨戶內聯合會，每個月向Parlor Crown收十萬圓保護費。那天至今已經過了好幾天，瀨戶內聯合會當然沒有採取任何行動，就連笹貫組也沒有動靜。

照理說，地盤內的保護費都要上繳給黑道幫派。即使頭目的親哥哥是黑道幫派內的幹部，也不可能允許暴走族私吞保護費。

既然黑道幫派默認，就代表認定瀨戶內聯合會是旗下的組織。一旦發生火拼，濫竽也可以充數，所以笹貫組就給暴走族一點甜頭。

沖猜想瀨戶內聯合會並沒有向笹貫組報告沖他們的事。他們當然不可能承認自己是被不知道哪裡冒出來的人痛扁一頓的廢物。

笹貫組之所以沒有採取行動，並不是因為不想和吳寅會起衝突，只是因為根本不知道這件事，否則難以理解笹貫組沒有動靜的理由。

沖拿著兌水酒的杯子陷入沉思，三島把臉湊了過來，小聲地問：

「對了，上次那些安非他命有頭緒了嗎？」

之前在多島港從五十子那裡搶來的安公子還沒有出售，完全沒有動，埋在只有沖知道的地方。

如果馬上出售，他們黑吃黑的事很快就會曝光。雖然他很想和五十子會對戰，但現在時機還沒有成熟。

沖打算有朝一日打敗五十子和加古村，掌握整個吳原。

一旦時機成熟，大筆大筆地出售，然後用這筆錢奠定吳寅會的基礎。他認為目前克制興奮的心情養精蓄銳才是聰明的選擇。

他伸手拿起桌上的菸叼在嘴上。

坐在三島旁的真紀用打火機為他點了火。

他用力吐出一口煙，靠在沙發上。

「我在和關西那裡談這件事，會和他們談妥，只要時機一到，馬上可以脫手。」

他能夠理解三島的想法。三島也知道他說的時機，就是和五十子正面交鋒的時候。即使這樣，三島仍然會性急，所以有時候會問沖這件事，好像要確認那些安公子並不是自己在做夢。

三島確認之後可能感到安心了，點了點頭，沒有再問下去。

沖帶著醉意，天南地北地聊天時，坐在吧檯的客人要求結帳。

一看時間，已經是新的一天了。昨天的疲勞仍然留在身上。

他打算差不多該離開了，當結完帳的兩個客人離開時，一個男人走了進來。

沖一看到那個男人，醉意完全消失了。

別人稱他為上哥的刑警——大上。他戴著和之前在藍色咖啡店遇見時相同的墨鏡。

三島和元可能發現沖的眼睛注視著門口，也順著他的視線看了過去。兩個人同時微微站了起來。他們在思考之前，身體已經採取了行動。

大上看到沖和其他人，露出了誇張的驚訝表情，隨即露出親切的笑容，走向沖和其他人坐的桌子。

「喔，沒想到竟然在這裡遇到你們，你們在這裡啊。」

大上沒有徵求他們的同意，就一屁股坐在他們對面的單人沙發上。

沖小聲地問坐在旁邊的真紀：

「他是經常來這裡的客人嗎？」

真紀在沖的耳邊回答說：

「不是，我第一次看到這個人。你認識他？」

沖用眼角掃向旁邊的香澄，香澄可能也不認識，露出狐疑的眼神看著不請自來的客人。

沖沒有回答真紀的問題，瞪著厚臉皮的刑警說：

「喂，這是我們的桌子。」

大上無視沖，對香澄說：

「媽媽桑，給我啤酒，還有小毛巾。小毛巾要熱的，拜託了，但啤酒要夠冰喔。」

人上說著冷笑話，似乎覺得很有趣地笑了起來。

香澄可能認為不要反抗比較好，於是擠出了笑容，走進吧檯內。

沖問大上：

「你怎麼知道我們在這裡？」

大上從上衣內側口袋拿出香菸放在桌子上。

「純屬巧合，純屬巧合。我口渴了，想找個地方喝一杯，剛好走進這家店。」

——老狐狸。

沖在心裡咂著嘴。

他說謊不打草稿，說這種一聽就知道在說謊的謊言。這家店位在錯綜複雜的小路深處，不可能剛好路過，顯然是知道沖和其他人在這裡，所以特地造訪。

但他是從哪裡得知自己的下落？

香澄用托盤端著啤酒和小毛巾走了回來，放在大上面前。

「請。」

「真不好意思啊。」

大上用小毛巾擦著臉和脖子，一口氣喝完了香澄為他倒的一杯啤酒。

「嗝。」

他吐了一口長長的氣，打了一個很大的嗝。

「冰啤酒滲進了五臟六腑啊。」

香澄再次為他倒酒時似乎發現了什麼，微微歪著頭問：

「該不會是上哥？」

大上露出意外的表情。

「妳認識我嗎？」

大上拿下墨鏡，打量著香澄。

香澄立刻喜形於色。

「果然是上哥！是我啊，我是以前在卡薩布蘭卡的艾蜜莉啊。」

「喔喔！」大上叫了起來，「原來是艾蜜莉啊，十年沒見了，妳比以前更漂亮了，我都沒認出來。」

香澄用手背捂著嘴，嫵媚地笑了起來。

「上哥，你的嘴還是這麼甜。」

在一旁聽他們談話的元忍不住插嘴問：

「媽媽桑，妳認識他？」

「當然認識啊，在廣島的酒店打滾的人，沒有人不認識上哥。」

大上環顧沖和其他人，對香澄說：

「可不可以順便介紹一下這三位帥哥？」

香澄意外地看了看大上，又看著沖和其他人。

「你們不認識？」

沖瞪著大上回答說：

「之前在咖啡店見過一次而已。」

「哼嗯。」香澄用鼻子發出聲音。

「就是啊！」元突然大聲說道：「我們叫什麼名字不重要！大叔，你不要裝熟！」

香澄頓時變了臉，看著元，加強語氣說：

「阿元，你閉嘴！」

香澄的聲音中帶著怒氣。沖第一次看到香澄用這種態度說話。

香澄壓低聲音說：

「他是以前很照顧我的恩人，如果你有意見，以後就不准你來這裡了。」

元可能被香澄的氣勢嚇到了，害怕地繃緊了身體，但很快恢復了往常的表情，再度準備開口。

沖伸手制止了元，瞪著大上。

大上喝著啤酒，瞇眼一笑說：

「你不要露出這麼可怕的表情，俗話不是說，萍水相逢也是緣嗎？」

香澄從他們兩個人的態度中，察覺他們之間可能有過節，於是解圍說：

「對啊，剛好沒有其他客人，那就提早打烊，大家一起開心喝酒。」

香澄轉頭對坐在吧檯的由貴說：

「妳去把招牌的燈關了，然後也一起來這裡喝酒。」

「好啊。」由貴興奮地應了一聲，走了出去。

香澄指示元：

「別愣在那裡，你也幫忙把桌子搬過來。」

元很不甘願地聽從了指示，把旁邊的桌子和沙發移了過來。三張沙發圍成了ㄇ字形。

大上背對著入口，香澄坐在他的左側。沖坐在對面的正中央，右側是三島，左側是真紀。元一臉不悅地在背靠牆壁的沙發上坐了下來。

由貴把原本放在門口的招牌收進來後，走回店裡。拿著自己的杯子和啤酒瓶，坐在大上的右側。

「我叫由貴，請多指教。」

由貴用嬌滴滴的聲音打著招呼，緊貼著大上。三島露出了不滿的表情。他之前和由貴上過床。

雖然他並沒有愛上由貴，但心裡不痛快。

大上從頭到腳打量著由貴。

「喔喔，妳叫由貴啊，今年幾歲了？」

由貴扭腰作態，用帶過來的啤酒為大上的杯子裡加了酒。

「今年十九歲，還在讀大學。」

「是喔。」

大上發出感嘆的聲音說：

「妳看起來最多只有十六歲，皮膚吹彈可破。」

大上臉不紅，氣不喘地睜眼說瞎話。

女人這種動物，即使明知道對方在說謊，聽到稱讚仍然很高興。由貴露出滿面笑容，雙手抱著大上的手臂。不知道是否想提供特別的服務，她用並不豐滿的胸部壓著大上的手臂。

大上喝著由貴為他倒的啤酒，打量著由貴說：

「如果妳真的只有十六歲，就必須以違反風營法逮捕妳。」

大上的大笑聲響徹整家店。

由貴聳了聳肩，吐出舌頭。

香澄輕輕笑了笑說：

「上哥是刑警，而且是專門和黑道打交道的刑警。」

由貴和真紀立刻露出嚴肅的表情，香澄慌忙補充說：

「但不必害怕，因為他和其他警察不同，是很通情達理的人。如果和黑道發生糾紛，可以找他幫忙解決。」

大上依次看了所有人的臉說：

「我是北分局的大上，男女通吃，如果有什麼事，儘管來找我，絕對不會讓你們吃虧。」

——這個老奸巨猾的狐狸。

沖在內心不滿地罵道。他對若無其事地說冷笑話的大上感到心浮氣躁。

元再度嗆大上：

「大叔，不好意思，我們對男人沒興趣。」

大上斜眼看著元說：

「這樣啊，太遺憾了，所以——」他看著香澄問：「這位活力十足的小兄弟是誰？」

香澄似乎終於回過神，拉了拉和服說：

「喔，對喔，還沒有為你介紹。他叫阿元，雖然看起來面黃肌瘦，但脾氣很暴躁，很容易衝動。」

大上誇張地點了點頭說：

「這樣啊，難怪頭上包著繃帶。」

「你說什麼！」

元聽到大上嘲諷自己，從沙發上站了起來。

「阿元！」

香澄用眼神制止他。

如果不聽香澄的勸阻，以後就不能來這家店了。元皺起眉頭，坐了下來。

元坐下後，香澄繼續為大上介紹。她向坐在對面的沖揚了揚下巴說：

「他是阿虎，不僅外表是硬漢，內在也是硬漢，真紀，對不對？」

真紀可能把這句話理解為黃色笑話，羞紅了臉。

「阿虎比普通的黑道更有膽識。坐在他旁邊的是三島，雖然看起來很冷酷，但有女生就是愛他這一點。」

香澄說完，瞥了由貴一眼。由貴若無其事地移開了視線。

大上拿起桌上的香菸，由貴用熟練的動作為他點了菸。大上吐出煙之後，露出了恍然大悟的表情說：

「所以是好鬥三劍客。」

搞不清楚這句話是褒是貶。和這個男人在一起，什麼事都變得不對勁了。

「對了，阿元，」大上熟絡地叫著元的名字，「這些繃帶是怎麼回事？和人打架嗎？如果是這樣，趕快來報警，我會為你搞定，你不必客氣。助人為樂也是我的工作，不久之前，還有一個因為無聊的口角被打傷的男人向我哭訴。我叫他報案，但對方是個人渣，律師也跑來多管閒事——」

大上滔滔不絕地說著無關緊要的事。

三島對遲遲不亮底牌的大上感到不耐煩，用煩躁的聲音打斷了大上的話。

「大叔，囉嗦的男人討人厭，你有話就快說。你來這裡，不是找我們有事嗎？」

大上在喉嚨深處發出了笑聲，無視三島的問題，看著沖說：

「你叫阿虎吧。你的帽子很不錯啊。」

大上用下巴指著沖戴在頭上的巴拿馬帽。

都到了這個節骨眼，還在打迷糊仗嗎？沖對大上的死皮賴臉感到生氣。

大上一臉嚴肅的表情繼續問道：

「這是在哪裡買的？這附近嗎？會不會很貴？要多少錢？」

大上顯然樂在其中。

沖粗暴地把菸放在嘴上，把前端朝向身旁，真紀慌忙用打火機為他點了火。

沖故意朝向坐在正對面的大上噴了一口煙。

「你這個老頭還真煩人，這種事根本無關緊要。」

大上的眼神立刻和前一刻不一樣了。雖然他仍然一臉樂在其中的表情，但可以察覺到他眼睛深處的狠勁。

沖差一點下意識地向後縮，但幸好忍住了。

原本沉默不語的大上發出了低沉的笑聲，向沖探出了身體問：

「這個可以借我嗎？」

為什麼要把剛買的巴拿馬帽借給素不相識的人？

元那個傢伙真是學不乖，香澄前一刻才罵過他，他竟然又朝著大上吼道：

「你不要以為自己是條子，說話不懂規矩，照樣對你不客氣！」

三島似乎也對遭到這種愚弄感到忍無可忍，他把吸到一半的香菸在菸灰缸捺熄後，用手指把菸蒂彈向大上。

「大叔，開玩笑也該有點分寸！」

大上身體一偏，閃過了三島彈過去的菸蒂。菸蒂掉在地上。由貴慌忙撿了起來，丟進菸灰缸。

「不行嗎？那——」

大上從上衣內側口袋拿出墨鏡，緩緩戴了起來。停頓了一下之後，用低沉的聲音說：

「那就送我。」

前一刻還在開玩笑的客人突然收起笑容，厲聲說話，所有人都安靜下來。

沖瞪著大上。

大上之前在藍色咖啡店見識了沖和橫山的談話，當時沖對橫山說，要借用他手上戴的勞力士，遭到拒絕後，沖要求橫山送他。大上模仿了沖之前的做法。

至今為止，遇過很多人反抗或是找麻煩，卻從來沒有人模仿他。

沖突然笑了起來，而且無法克制，持續大聲笑著。

除了大上以外的所有人都莫名其妙地看著沖。

沖笑了一陣子後，露出嚴肅的表情看著大上說：

「你這個大叔真有意思，雖然我經常向別人要東西，卻第一次有人對我說這句話。」

沖拿下戴在頭上的巴拿馬帽，用指尖轉了一圈，遞給了大上。

「好啊，這頂帽子就送你。」

真紀驚訝地拉著沖的袖子。她似乎對沖把自己挑選的帽子輕易送給別人感到不滿。

元也驚訝地看著沖。剛才連碰都不讓我碰，現在要送給這個大叔──他的眼神在這麼說。

大上露出意外的表情向沖確認：

「真的可以嗎？」

沖點了點頭。

「阿虎！」

真紀加強語氣叫了一聲。

「再買就好了。」

真紀灰心地咂著嘴。

「是嗎？」

大上收起了眼中的狠勁，揚起了嘴角。

「你年紀輕輕，倒是很大方嘛。那我就不客氣了——」

大上從沖的手上接過巴拿馬帽，斜斜地戴在頭上，問坐在旁邊的香澄：

「怎麼樣？好看嗎？」

香澄似乎從眼前劍拔弩張的氣氛中，察覺到雙方並沒有信任彼此，露出生硬的笑容點了點頭。

「嗯，很好看。」

大上露出嚴肅的表情，看著沖，對幾個女人說：

「我和沖虎有重要的話要說，妳們迴避一下。」

幾個女人都順從地站了起來，香澄坐在吧檯的吧檯椅上，對真紀和由貴說：

「妳們今天可以下班了，辛苦了。」

「但是——」

和沖關係密切的真紀想要留下來。她可能很擔心。香澄很爽快地勸她說：

「男人聊天都很無聊，妳今天就先回家睡覺吧。睡眠不足，皮膚會變差。」

雖然香澄措詞很溫柔，但語氣很嚴厲。真紀只能作罷，低下了頭，拿起皮包從後門走了出去。由貴也跟在她身後走了出去。

兩個女人離開後，沖催促著大上說：

「到底有什麼事？」

沖靠在沙發背上叼著菸。元移到了真紀剛才坐的座位，立刻遞上了打火機。大上也換了一支新的菸，自己點了火。他在吐煙的同時開了口。

「沖虎，你們為什麼來廣島？」

沖知道自己的視線變得銳利起來。他們因為闖了禍，被加古村和五十子盯上，所以來廣島避風頭。因為他認為只要離開老家一陣子，風波就會慢慢平息。

要說明離開吳原的理由，等於把自己幹的壞事告訴眼前這個傢伙。

——真是討厭的傢伙。

沖在內心咂著嘴。

這個傢伙知道打哪裡的草，蛇會跑出來。雖然表面上假裝很輕浮，但腦袋很靈光。

他也許已經知道沖和其他人來廣島的原因了，但他到底了解多少？

沖目不轉睛地注視著大上的眼睛，但看不到他躲在墨鏡後的雙眼。

沖用眼角瞥向坐在兩旁的三島和元。

元雙眼發亮，不耐煩地抖著腳。三島抽著菸，若無其事地看著半空。他們兩個人都把一切交給沖處理。

沖拿起手邊的杯子轉動起來，把玩著杯中的冰塊。

「原來是這件事。我們想去哪裡就去哪裡，想做什麼就做什麼，這就是我們的做事方式。」

不知道這樣裝糊塗是禍還是福，沖無法猜透。反正且走且看，等事情發生時再處理就好，至今為止如此，從今以後也會如此。

大上手指夾著菸，拿起了杯子，模仿沖的樣子搖晃著酒杯。

「你應該認識尾谷組的一之瀨吧。」

吳原的不良少年沒有人不認識一之瀨，大家都說他是時下難得一見的正統黑道，沖雖然沒見過他，但聽過他的名字。

大上隔著杯子，看著沖說：

「聽一之瀨說，你們在吳原也很有名氣，連黑道都會讓你們三分。」

大上一口氣喝完杯中的酒，冰塊在杯中發出了噹啷的聲音。

大上把杯子放回桌子後，又問了和剛才相同的問題。

「你們為什麼離開舒適的吳原來到廣島？」

「喂，大叔！」

元可能難掩怒氣，張開雙腿，身體探向大上。

「剛才不是已經回答了嗎？我們想做什麼就做什麼。」

三島的煩躁似乎也到達了顛峰，他叼著沒有點火的香菸，快速上下搖晃著。

三島和元渾身散發著怒氣，好像隨時會撲上去，沖伸手制止了他們。如果說話不小心，萬一被大上逮到可乘之機就慘了。

他故意慢條斯理地回答：

「大叔，你應該真的很沒女人緣。女人討厭多話的男人，也不喜歡糾纏不清的男人。我們在哪裡，根本和你沒關係啊。」沖說到這裡，語帶威嚇地說：「你夠了沒有！」

大上一臉從容不迫，沒有理會沖的威嚇。他為自己調了兌水的燒酒，露齒一笑說：

「問題就在於並不是和我沒關係。」

沖皺起了眉頭。

——這個老頭到底掌握了什麼。

三島和元都靜靜等待大上出招，沒有人開口說話，店內只有靜靜播放的無線廣播爵士樂。

大上打破了沉默，他好像自言自語般說：

「三年前，五十子會的安公子被人搶走，聽說還有人受了傷。相同的時候，五十子會的太子淺沼真治的義弟竹內博失蹤了。不久之後，你們這些在吳原出了名的搗蛋鬼將根據地移到了廣島。去年六月，笹貫組的賭場遭搶，也是在你們來廣島之後。」

大上隔著桌子探出身體，把臉湊到沖的面前問：

「你不覺得很有意思嗎？」

沖捂著嘴，摸了摸下巴，整理著思緒。

搶走五十子會的安公子和去笹貫組的賭場搶劫都是自己幹的，難道他掌握了準確度很高的消息，可以證明是自己幹的嗎？還是只是在套話？如果他真的掌握了消息，到底是從哪裡洩漏的？

沖注視著大上，似乎想要看穿大上內心的想法。昏暗的燈光下，墨鏡後方的那雙眼睛似乎在笑。

無論如何，大上都在懷疑自己。

沖用反問的方式，回答了大上的問題。

「你一直在問我們問題，卻沒有回答我們的問題，你怎麼知道我們在這裡？」

大上揚起嘴角說：

「很多消息都透過各種不同的管道傳到我這裡，有菸店的阿婆，也有蔬果店的阿伯，甚至有黑道兄弟，所謂同行知門道，內行知內幕。」

沖把已經抽完的菸在菸灰缸捺熄後，立刻又拿了新的菸叼在嘴上。元為他點了火，原本靠在沙發上的三島也不知道什麼時候向前探出身體，靜觀事態的發展。

沖吐了一大口煙，靠在椅背上。

「這樣啊，那可不可以透露點消息給我們？像是什麼時候有安公子的大生意，或是賭場開張，適合搶劫的日子——」

大上目不轉睛地看著沖片刻，隨即大聲笑了起來。

「有什麼好笑的！」

元似乎認為大上在嘲笑他們，脹紅了臉站了起來。沖拉著元的襯衫下襬，用力一拉，讓他坐了下來。

「不是叫你閉嘴嗎？小心傷口真的會裂開，還是你希望我幫你把傷口扯開？」

沖瞪著元。沖內心也很浮躁。

元的身體抖了一下，重新在沙發上坐了下來。

「小沖，我知道，我知道啦。只是忍不住火大，我會聽你的話，乖乖閉嘴。」

大上在喉嚨深處不停地發出笑聲，坐直了原本探出的身體，嘆了一口氣，似乎笑得太累了。

「你們真的很有意思，這個我就收下了，今天就先放過你們。」

大上在說「這個」的時候，用手指彈了彈戴在頭上的巴拿馬帽的帽簷。

沖不知道一頂兩萬圓的帽子讓他放過自己到底算貴還是便宜，總之，今晚不必再和他打交道了。這麼一想，就覺得鬆了一口氣。

沖在吐氣的同時，大上露出了嚴肅的表情，正視著沖說：

「聽說笹貫組大致猜到了之前搶劫賭場的人是誰，五十子會也一樣，揚言要追殺搶了他們安公子的人到地獄的盡頭。」

大上壓低了聲音繼續說道：

「照目前的情況下去，你們不是被埋在山上當肥料，就是會被丟進海裡餵魚。」

始終沉默不語的三島終於忍無可忍，大聲地說：

「要打就打，誰怕誰啊！」

大上狠狠瞪著三島說：

「蠢貨！」

香澄大吃一驚，從吧檯椅上站了起來，一臉擔心地看了過來。

三島和元聽到大上的怒斥聲也都愣住了。雖然沖不願意承認，他也倒吸了一口氣。

大上恢復了冷靜的語氣，輪流看著他們三個人說：

「笹貫組上面有綿船組。你們以為與廣島所有的黑道為敵，仍然有辦法立於不敗之地嗎？聽我一句話，這一陣子先避一下風頭。」

三島和元互看著，然後看著沖，似乎在對他說，一切由他決定。

沖問了內心最大的疑問。

「你為什麼向我們提出忠告？」

照理說，他根本不必在意來路不明的人的死活。

大上拿下墨鏡，皺起了眉頭問：

「你們為什麼從來不對老百姓動手？」

意外的問題讓沖有點不知所措。

「據我所知，你們從來不曾對老百姓對過手，每次都找那些骯髒的黑道麻煩，為什麼？」

沖一時語塞。大上說的沒錯。至今為止，他們從來沒有對平民百姓動過手。雖然曾經多次目睹有老百姓做壞事，但只要沒有影響到自己，他們都不予理會。

為什麼從來不對平民百姓動手？沖想了一下，但連自己也搞不清楚。

大上鬆開了皺起的眉頭，再度戴上了墨鏡。

「我無法原諒那些欺負平民百姓的人，不光是黑道，愚連隊或是暴走族也一樣，不過他們十之八九都有黑道在背後撐腰，但聽說你們是個體戶，到處找黑道或是不良分子打架——你們很有膽識。我向來欣賞有膽識的人。」

大上從沙發上站了起來，低頭看著沖說：

「我的工作就是消滅危害老百姓的混蛋。」

大上從上衣內側口袋拿出皮夾，從裡面抽出一萬圓放在桌上。

「上次是初次見面，所以我請客當作見面禮，但既然已經認識了，以後就各付各的。」

大上笑著走向門口，在門前轉頭看著香澄說：

「艾蜜莉，打擾了，我還會再來。」

香澄不知所措地愣了一下，隨即露出親切的笑容說：

「好、好啊，隨時都歡迎啊，下次再來喲。」

大上舉起一隻手，走了出去。

第十一章

大上把抽完的菸丟在地上，用腳尖踩熄了。他的腳下已經有四、五個菸蒂，全都是他抽的。

他站在小巷口注視著不遠處的斑馬線。有幾輛車子駛過亮著綠燈的路口。這一帶離車站有一段距離，雖然有商店街，但周圍的路都並不寬敞，但傍晚的這個時間車流量很大。

馬路兩側有行人在等紅燈。

大上看了自己的手錶。目前是傍晚六點三十分。

號誌燈變成了紅燈，行人開始過馬路。大上仔細打量每一個人，但並沒有發現他在等的人。

行人用號誌燈開始閃爍，變成了紅燈。車子再次在馬路上穿梭。

大上從上衣內側口袋拿出了新的香菸。如果有下屬在，就會立刻為他點火，但他今天單獨行動，所以自己點了火。

照理說，刑警都是兩人一組共同行動。因為一旦遇到突發狀況，可以敏捷地行動，同時也有助於生命安全。在查訪時可以雙重確認，更能夠有效防止違規或不當行為，但大上獲得了單獨行動的許可。

三天前，大上向飯島股長報告了虛假的情況。

他謊稱自己的線民向他提供線報，五十子會將做一筆安非他命的買賣，買賣的金額大約兩億圓，為了確認線報的真偽，他想要單獨行動。

線民是刑警的財產，即使對同事也無法透露。這是每個刑警都知道的事，大上也強調了這一點。飯島滿腦子都想著績效分數的事，二話不說，就同意了他單獨行動。

大上立刻前往吳原，去了沖的老家，和一之瀨、沖見了面，隔天中午前回到了廣島。

飯島可能伸長了脖子等大上回來，看到大上走進二課，飯島立刻把他拉去走廊。來到很少有人走動的走廊盡頭，確認周圍沒有其他人後問大上：

「你辛苦了，那件事的情況怎麼樣？」

他問的是大上謊稱的五十子會要做安非他命大買賣的事。

兩億圓的安非他命——只要能夠在交易現場當場逮到人就可以立大功，飯島就能平步青雲，日後的警察人生保證前途一片光明燦爛。

飯島急切地等待大上的回答。

大上拚命忍住才沒有笑出來，一臉嚴肅地看著飯島說：

「股長，我感覺有可能是真的。」

「真的嗎！」

飯島的眼睛都亮了起來。

「根據我的觀察，線民看起來不像是隨便說說而已，那不像是假消息。」

「是嗎？真的嗎？」

飯島抱著雙臂。他的眼中已經沒有大上，注視著半空的眼中看到的應該是戴著警視徽章的自己。

「好，那就馬上成立專案小組──」

飯島摩拳擦掌，大上制止了他：

「請等一下，這個案子相當大，我能夠理解為什麼提供線報的人說，如果被人知道是他洩漏的消息，他就沒命了。這次是我的線民提供的消息，那個線民和提供線報的傢伙認識多年，他們是以前坐牢時的朋友，但那個提供線報的傢伙很害怕，甚至沒有把詳細情況告訴線民。雖然線民介紹我認識了他，但他連對朋友都不敢說的事，怎麼可能輕易告訴我這個只見了一、兩次的人？所以必須多花一點時間，和他建立信賴關係──」

飯島打斷了大上的話。

「現在哪有時間慢吞吞等待？警察的使命就是及時預防犯罪的發生，如果磨磨蹭蹭，到時候被別人搶先──」

飯島說到這裡，突然回過神地住了嘴，尷尬地把頭轉到一旁。

他不小心說出了真心話。飯島沒有在辦公室內問大上交易的事，是因為不想被別人聽到，然後搶走了功勞。

大上感到很不愉快。

並不是因為飯島滿腦子想著績效分數，而是對飯島的態度感到生氣。每個人都想立功升遷，但飯島總是裝出一副聖人君子的態度，似乎從來沒有這種低俗的想法，所以讓大上感到很不舒服。

大上努力平靜自己的心情，拍了拍飯島的肩膀說：

「股長，你先別激動。我剛才的確說了有可能是真的，但並沒有說的確是真的。」

飯島的眉頭皺得更深了。

大上再度叮嚀：

「如果現在勞師動眾，萬一到時候發現消息是假的，你就會出糗，這樣也沒關係嗎？」

飯島就像鬧脾氣的小孩子般噘著嘴說：

「雖然是這樣……」

飯島抬起了低下的頭，看著大上，很生氣地說：

「這是我們掌握的線報，如果被緝毒官搶走，怎麼嚥得下這口氣？」

大上聽到他說「我們」，忍不住在內心苦笑。

他才不想被只會盛氣凌人地坐在自己的辦公桌旁搶下屬功勞的廢物稱為搭檔。

大上感到一陣反胃。

「你是不是也這麼覺得？」

飯島向他靠了過來，大上退後一步，雙手插進長褲口袋，確認四下無人。

「我自有盤算。」

飯島再度縮短了和他之間的距離。

「你有什麼盤算？」

大上從懷裡拿出菸盒，抽出一支。這裡沒有菸灰缸，所以不能抽菸。他把菸拿在手上滾動著。

「我已經找到了試探的頭緒，打算讓提供線報的人嘗點甜頭，再慢慢收網。只要他相信我，這次的功勞就等於一半到手了，所以我有一件事要拜託你。」

認真聽他說話飯島因為太著急，說話都有點結巴了。

「什、什麼事？你說來聽聽。」

「可以讓我繼續暗中偵察一陣子嗎？」

飯島抱著雙臂，露出了可怕的表情。

單獨行動是緊急時的暫時因應措施，無法長期進行。因為時間越久，偵查員就可能面臨危險，而且單獨行動需要長官的同意。

一旦向長官報告交易的事，自己的功勞可能會被搶走，所以只能找適當的理由讓長官蓋章，但飯島看著半空一動也不動，可能想不到適當的理由。

大上抓了抓鼻頭，語氣堅定地小聲說：

「股長，你不必擔心，我不會連累你。」

飯島露出半信半疑的表情開了口，好像在確認般問他：

「真的沒問題嗎？」

大上輕輕拍了拍飯島的背說：

「股長，你不必多慮，你只要搞定課長就好，其他的事我會妥善處理。」

飯島可能認為不會對自己有負面影響，放鬆了原本繃緊的臉，用力點了點頭。

「好，長官那裡我會搞定，你千萬不要搞砸了。」

——千萬不要搞砸了。

大上內心很想笑，但忍住了。

照理說，上司應該擔心下屬的安全，要求下屬千萬不要做危險的事。

飯島這個人，滿腦子只有升遷和自保，把下屬當成自己手上的棋子。

話說回來，大上也把大部分上司當剪刀使用，所以彼此半斤八兩。俗話說，傻瓜和剪刀，只要會妥善運用，就能夠發揮作用，自己當然要好好利用。

既然已經獲准單獨行動，就沒必要再和飯島耗時間了。

大上向飯島微微鞠躬，把前一刻在手上把玩的香菸叼在嘴上，然後轉身離開了。

號誌燈再度變成了紅燈，車子停了下來，等紅燈的行人開始過馬路。

人行道的號誌燈開始閃爍，當即將變成紅燈時，大上看到一個女人跑過馬路。

大上把抽到一半的香菸丟進排水溝，急忙去追那個女人。在他剛好跑過馬路時，啟動的車子擦過他的身後。

那個女人若無其事地邁開了步伐，大上從背後叫住了她。

「真紀，妳不是女王蜂的真紀嗎？」

女人轉過頭。沒錯，她就是沖的女人真紀。

大上並沒有證據可以證實真紀是沖的女人，但觀察沖和真紀在店內互動的情況，一眼就可以看出他們有一腿。沖的態度並沒有太明顯，但真紀迷上了沖，她看沖的眼神，帶著墜入情網的女人特有的含情脈脈。

大上剛才站的路口通往「女王蜂」所在的小路，那條小路叫滾滾街，路旁有一座歷史悠久稻荷神。

滾滾街呈束口袋的形狀，走過成為出入口的拱形看板，裡面有好幾條錯綜複雜的小路。

大上從傍晚五點半開始就守在滾滾街的出入口，以便假裝和真紀巧遇。如果守在店門口，就無法假裝是巧遇，而且也會被媽媽桑和真紀的同事看到。他無論如何都想要向真紀打聽幾件事。

酒店小姐通常都在酒店開始營業的一個小時前——也就是六點到七點之間到店裡上班，為了安全起見，大上稍微提早守在路口。

真紀擦了鮮紅色的口紅，她看到昨晚見過的刑警突然出現在眼前，緊張地用雙手抱住了香奈兒的皮包，癟嘴看著他，點頭打招呼說：

「你好。」

真紀穿了一件和口紅相同顏色的洋裝，大上大肆奉承說：

「妳穿這件衣服太好看了，絲毫不比電視上的模特兒遜色。」

真紀已經習慣和客人打交道，也奉承地說：

「你戴這頂帽子也很好看。」

真紀用下巴指著大上戴的巴拿馬帽，就是昨天沖送他的那頂帽子。

大上摸著帽簷，笑著說：

「多虧沖虎出手大方，他以後前途無量。」

真紀無視大上的俏皮話問：

「你不是在這裡等我嗎？找我有什麼事？」

大上露出意外的表情說：

「喂喂喂，我並沒有埋伏妳，只是巧遇。」

真紀瞪著大上說：

「我走這條路很久了，從來沒有遇過任何客人。昨天和今天連續巧遇這種事，就連低成本的A片也不會用這種梗。」

大上原本以為她是腦筋不靈光的女人，看來並非如此。

大上從香澄那裡問到了真紀的住址，原本打算直接登門找人，但現在看來，在路上等她是正確的決定。如果去家裡找她，她會更加警戒，很可能無法問到自己想要知道的線索。

大上從懷裡拿出香菸，夾在耳朵上說：

「即使不是巧合，對妳也不是壞事，給我一點時間。」

真紀故意看了一眼手錶說：

「如果遲到，媽媽桑會很囉嗦，改天再說吧。」

真紀轉過身，背對著大上。

大上繞到真紀面前，擋住了她的去路。

「喔喔，媽媽桑那裡，我會去向她打招呼，妳不必擔心。」

大上的強勢似乎讓真紀有點畏縮。

大上彎下腰，從下方看著真紀的臉，壓低聲音說：

「之前和沖虎他們發生衝突的那些不良分子揚言要報復。」

真紀臉色大變。

「真的嗎？」

大上用力點頭說：

「對，當然是真的。」

瞎貓碰上死耗子，大上矇對了。

元的頭上包了繃帶，他猜想一定和別人發生了糾紛。

如果他們和黑道發生糾紛，大上一定會聽到相關消息，既然沒有聽到任何消息，所以他猜想對方很可能只是不良少年或是愚連隊。

真紀臉色發白。雖然沖他們很勇猛，但如果遭到暗算，或是大批人馬報復，不可能毫髮無傷，全身而退。真紀的腦海中一定閃過了這種不安。

真紀沉默不語，大上用溫柔的聲音對她說：

「我也欠沖虎一份人情，所以會我會努力牽制對方，平息這場風波，所以要向妳了解一些事。」

真紀前一刻的眼神還像是看到仇敵，此刻變成了求助的眼神。

真紀頓時變得很溫順，一臉快哭出來的表情問：

「你願意保護小沖嗎？」

大上舔了舔嘴唇，眉開眼笑地說：

「對啊，我會保護妳心愛的阿虎。」

大上帶著真紀走向附近的咖啡店。

走進咖啡店後，大上點了冰咖啡，真紀點了大量甜點。

她點了加了大量鮮奶油的鬆餅和水果聖代，飲料點了放上滿滿冰淇淋的冰淇淋汽水。

大上看著桌上的這些甜點，很懷疑她是否真的能夠吃完，但真紀在轉眼之間就吃得精光，消除了他內心的疑問。

大上也會吃甜食，尤其是疲累的時候，格外想吃甜食，但即使吃也只是少量而已。大部分女人都愛甜食，但真紀可能更加特別。

他們在咖啡店內坐了一個小時左右。

走出咖啡店後，大上向真紀道別，去附近的菸店買了Hi Lite。他在三十分鐘前抽完了最後一根。上次這麼長時間沒抽菸是什麼時候？他在自問的同時，點了一根菸，用力吸了一口。

雖然想起真紀大口吞甜點的樣子感到有點反胃，但今天還是大有收穫。

真紀聽說自己愛上的男人身陷危險，立刻老實地回答了大上的問題。

真紀一邊用湯匙吃著冰淇淋，一邊告訴大上，她在一個月前認識了沖，目前每個星期會來店裡兩次，然後當天都會住在真紀家，但真紀不知道他住在哪裡。每次來店裡的時候，都是沖、三島和元一起來，三島和店裡的由貴有一腿。雖然不知道元的女朋友是誰，但應該有女人。三個人在廣島似乎都沒有熟人，聽說他們無論去哪裡都會一起行動。

大部分都是大上已經掌握的情況，但也聽到了新的消息。

那就是沖和其他人經常聚集的地方。

那是在車站前大馬路旁小巷內的一家名叫「佐子」、專賣內臟料理的店──大上以前也常去那家店。那家店價格便宜，份量十足，年輕時沒錢，經常出入那裡，但最近不知道是因為年紀的關係，還是因為喝酒的量增加的關係，吃油膩的東西胃不太舒服，所以很久沒去了。

「佐子」在戰後的混亂時期開了店，之後就一直專賣內臟料理。當初開了這家店的丈夫因為打架受了傷，四十多歲就死了。之後由太太張羅店內的大小事，她就是目前的老闆娘。

老闆娘名叫金田米子，應該已經過了古稀之年。她向來不會輕易相信別人，不知道是天生的性格使然，還是吃了比別人更多苦的關係。然而，一旦熟了之後就很寬容，也願意幫一點小忙。

大上很驚訝沖和其他人來廣島不久，竟然就混進了「佐子」。大上也感覺到沖具有某種吸引人的魅力，或者說是領導能力。

從剛才和真紀一起離開的咖啡店到「佐子」並不會太遠，即使慢慢走過去，也差不多二十分鐘左右就到了。

來往的車輛都亮起了車尾燈。大上走在向晚的街道上前往「佐子」。

走過好像用醬油煮過的布簾，正在吧檯內的米子瞥了一眼走進去的大上。

店內沒有其他客人，牆上貼的一整排菜單還是老樣子，和門口的布簾一樣都褪了色。

大上坐在曾經是他固定座位的吧檯角落。

米子看到大上頭戴巴拿馬帽，戴著墨鏡的樣子，面色凝重起來。她低著頭，用菜刀切著什麼。

「不好意思，這裡不歡迎你，本店不接受道上的客人。」

大上看著米子，用指尖把墨鏡拉到鼻尖說：

「阿姨，一陣子沒見，妳的眼睛老花更嚴重了嗎？」

米子可能記得大上的聲音，瞪大眼睛，抬起了頭，打量著眼前的大上。

「啊喲，這不是上哥嗎？我還以為是哪個幫派的人。一陣子沒見，你發福了啊。」

大上拿下墨鏡，放進了胸前的口袋苦笑說：

「我哪是道上的人！哪是啊！」

米子和以前一樣豪爽地笑了起來。

「警察和黑道不是都差不多嗎？」

一個年輕女人可能聽到了他們的笑聲，從店內深處探出頭問：

「誰啊？有客人？」

她穿了一件有英語標誌的T恤，下半身穿了一條熱褲。雖然感覺不同，但端正的五官讓大上想起了清子。

長得像清子的女人看了看大上，又看了看米子說：

「你們看起來很高興，阿姨，妳的朋友嗎？」

米子笑著回答說：

「我的舊情人。」

女人露出潔白的牙齒笑了起來。

「又來了，來這家店的所有男人都是妳的舊情人。」

女人從吧檯內走了出來，把小毛巾遞給大上。大上拿下巴拿馬帽，用小毛巾擦著臉時打量著她。

「妳真漂亮，在這裡打工嗎？」

女人似乎很習慣受到稱讚，她無視大上的稱讚回答說：

「我是阿姨妹妹的孫女，叫今日子，請多指教。」

大上外表看起來不像善類，但她毫無懼色地回答。她的膽量過人像她的姨婆嗎？

今日子打開門旁玻璃冰箱的門問：

「今天要喝什麼？」

「啤酒，給我最冰的那一瓶。」

今日子從冰箱裡拿出罐裝啤酒，放在大上面前。

「要杯子嗎？」

「我直接喝就好。」

大上拉開拉環，把冰啤酒倒進了喉嚨。

「上哥，內臟要怎麼料理？」

米子問。她在問大上想吃燒烤的還是天婦羅。

「很久沒吃了，那就吃本店的名產天婦羅。」

米子從吧檯內遞給他醃漬的廣島菜當下酒菜。大上吃著下酒菜，假裝不經意地問：

「對了，聽說最近這家店有人打架？」

米子在回答時並沒有停下手：

「誰說的？根本沒有人打架，這一陣子都很安分啊。」

大上立刻思考起來。

元的頭上包著繃帶，一定是受了頭部需要縫合的傷。

米子沒有理由說謊，如果有人在店裡打架，她一定會實話實說，所以說和這家店沒有關係，或者……

大上決定套她的話。

「我是聽人說的，有人看到一個滿身是血的年輕人被抬進來。」

如果元頭上的繃帶和這家店有某些關係，就只有這種可能。

米子帶著驚訝和佩服笑了起來。

「你消息真靈通，果然是大家口中的千里耳。」

大上猜對了，他一口氣喝完了剩下的啤酒說：

「再來一罐。」

原本坐在餐桌旁椅子上的今日子從冰箱裡拿出罐裝啤酒放在吧檯上。天花板角落的電視正在轉播鯉魚隊和巨人隊的比賽，今日子專心看著電視上的比賽。

「那個年輕人是在哪裡和人發生糾紛？」

米子打開了放了天婦羅炸鍋的瓦斯爐。

「就是那裡的柏青哥店。」

米子在說「那裡」時，下巴對著這家店對面揚了揚。這一帶的柏青哥店只有Parlor Crown。

「對方是誰？」

大上繼續問道。

米子立刻回答說：

「我也不太清楚，說是都穿著相同的特攻服，我猜想應該是哪裡的暴走族。」

正在看棒球的今日子轉過頭，用嚴厲的語氣說：

「阿姨，妳隨便告訴這個人沒問題嗎？妳隨便亂說話，如果被那些暴走族懷恨在心就麻煩了。」

米子為切好的內臟裹上天婦羅的麵衣，用嚴厲的眼神注視著今日子說：

「妳從小就跟在我身邊，竟然完全搞不清楚狀況。」

米子把內臟丟進燒熱的天婦羅油中。

油濺出來時發出了很大的聲音。

「開店做生意，看人會越來越有眼光。上哥雖然看起來像壞人，但從來不會找平民百姓麻煩。妳如果不培養看人的眼光，小心會上男人的當。」

「哼嗯。」

今日子一臉難以相信地看了大上一眼，然後繼續看棒球比賽。

「來，剛炸好的。」

米子把剛炸好的天婦羅放在盤子上，端到大上面前。

「喔喔，就是這個，真懷念啊。」

大上接過盤子，拿起放在旁邊的小型殺魚刀，在眼前的砧板上切下一口。

放進嘴裡，內臟特有的美味在嘴裡擴散。

「這裡的內臟果然是全日本第一。」

這一句是真心話。「佐子」的內臟，無論是哪一個部分都沒有腥味。因為很新鮮，所以無論是炸還是烤都很好吃。

唯一傷腦筋的是這裡的內臟都很大塊，即使切成一口大小，也要費很大的勁才能咬斷。他在嘴裡咀嚼了好幾次，和啤酒一起吞了下去。

他喝著啤酒，吃著內臟，不露痕跡地打聽了沖他們的事，但除了在Parlor Crown打架的事以外，並沒有打聽到任何消息。

大上起身離席時，盤子裡的內臟還剩下一半。

「謝謝款待，我改天再來。」

幾年前，他可以把內臟全都吃完，但這個年紀已經吃不下太油膩的食物了。

「兩千八百圓。」

今日子不知道什麼時候站在他的身後。

大上從皮夾內拿出三千圓交給了今日子。

「不用找了，給妳買零食吃。」

今日子可能對被當成小孩子很不高興，嘟起了嘴，轉身背對著大上。

米子在吧檯內對大上說：

「今日子好像喜歡你，記得以後要來露臉。」

大上完全搞不懂米子從剛才的對話中，如何得出了這樣的結論，走出「佐子」時，仍然沒有搞懂。

走出店外，大上叼著菸，走向Parlor Crown。

他吐著煙思考著。

只要問柏青哥店的店員，就會知道沖他們和誰發生了糾紛。

至於之後要怎麼使用沖——大上目前並沒有具體的想法。能夠蒐集越多消息越好，這個世界上，只有錢和消息再多也不會讓人發愁。

一個背著嬰兒的女人走過大上身旁。

嬰兒似乎在鬧脾氣，放聲大哭著。

大上回頭看著那對母子。

女人的後背搖晃著嬰兒，邁著沉重的步伐遠去。

大上一直看著他們，直到聽不到嬰兒的哭聲為止。

他不經意地抬頭看向天空，月亮躲在烏雲後方。

沒錯，這個世界上，有錢有消息的人所向無敵。錢可以買到消息，消息可以換錢。巧妙地操縱錢和消息是生存之道。

他把菸吸到底，吐出了煙。紫煙飄過他仰頭望著的天空。

——如果以前自己有錢和消息，就可以拯救清子和秀一。

大上低下頭，把菸蒂丟在路上，用腳踩熄了。

他轉頭看向身後。

剛才的女人和嬰兒可能走進了人群，已經看不見了。

大上重新戴好巴拿馬帽，走向Parlor Crown。

第十二章

鐵門傳來了敲門聲。

坐在沖對面的三島從榻榻米上站了起來，從貓眼確認來訪者後，回頭看著沖說：

「是元。」

沖看向牆上的時鐘。下午兩點。元遲到了三十分鐘。

元每次都會遲到，因為知道他的這種惡習，所以每次通知他時總是把時間稍微提早。

三島打開門時，元像往常一樣，從門縫中窺視他們兩個人的臉色。

「小沖，阿三，不好意思，每次都讓你們等。我今天起床後，頭痛死了。我吃了藥休息一下，不知道是不是藥效太好，結果就睡過頭了。」

他頭上的裂傷縫合後數日，他就說酒比藥更能夠止痛，整天豪飲，喝酒就像喝水一樣，難以想像他會說這種話。

昨晚他們在「女王蜂」遇見了大上。大上離開之後，他們也解散了。元之後應該又不知道和哪裡的女一起鬼混到天亮。

沖沒有理會這種早就聽膩的藉口，向他招了招手說：

「不要站在那裡，趕快進來吧。」

元向沖和三島頻頻鞠躬，走進屋內，從拎在手上的塑膠袋內拿出三瓶可樂。可樂可能很冰，瓶身上冒著水珠。

「我剛才在附近買的。」

這種貼心讓人沒辦法討厭他。

元熟門熟路地從冰箱上拿了開罐器，在沖的右側坐下來後，把三瓶可樂和開罐器放在榻榻米上。

「真紀出門了嗎？」

沖對真紀說，他們有事情要討論，請她迴避一下。只要這麼說，她就不會多問。即使知道他們討論的不是好事，只要不是女人的事，她都不會干涉。這就是她的優點。

沖簡短地回答說：

「她去按摩了。」

元露出色瞇瞇的笑容說：

「她平時都為你服務，偶爾也要被別人服務一下。」

沖用眼角瞪著元。

沖雖然和真紀上床，但並不覺得她是特別的女人，只不過也並非沒有感情。聽到和自己上床的女人被人消遣，覺得很火大。

三島可能察覺了沖的想法，輕輕戳了戳元的繃帶頭。

元發出了短促的慘叫聲。他縫合的傷口應該還在痛。

元皺起眉頭，張嘴看著三島，似乎搞不懂三島為什麼戳他。

三島不理會元的視線，在沖的對面坐了下來。

三個人圍坐在菸灰缸的周圍。

元用開瓶器打開了他帶來的可樂瓶蓋子。

沖接過瓶子，直接對著瓶口喝了起來。冰涼的汽水讓宿醉的腦袋清醒。

元一口氣喝了半瓶後，用力打了一個嗝，用手背擦了濕嘴角。

「外面超熱，我頭上包了繃帶，所以更熱了。真想要一頂像你一樣的帽子。」

元說到這裡，可能想起了昨晚的事，指著自己的腦袋問沖：

「那頂帽子真的就這樣送他嗎？你戴那頂帽子很好看，竟然送給那個條子。」

沖看著元說：

「今天找你來，就是為了這件事。」

元似乎會錯了意，得意洋洋地探出身體問：

「果然要把那頂帽子要回來嗎？」

坐在他身旁的三島無奈地嘆著氣。

「你原本腦袋就不靈光，受傷之後，比以前更笨了。」

「你說什麼！」

元火冒三丈。

沖平時都會靜觀他們鬥嘴，但今天不行。因為必須緊急討論重要的事，搞不好要馬上採取行動。

他抓住微微站起來的元的脖子，用力讓他坐回榻榻米。

「今天找你們來，就是為了那個大上的事。你們覺得他怎麼樣？」

「怎麼樣……」

元結巴起來，露出求助的眼神看著三島。

三島在元的注視下開了口。

「簡單地說，那傢伙不是等閒之輩。從第一次見到他時就這樣，他突然插進來，然後掌握了主導權。」

他在說之前在藍色咖啡店，和笹貫組的橫山他們發生糾紛的事。

元也想起了這件事，表示同意說：

「沒錯，沒錯，而且他拿走我們一半的錢，放進了自己的口袋。」

沖輪流看著他們兩個人說：

「我認為在咖啡店遇見是巧合，但昨天不一樣，他在找我們。」

元想了一下後問沖：

「小沖，大上為什麼會知道『女王蜂』？」

三島一臉不悅的表情說：

「他說『同行知門道，內行知內幕』，但應該從哪裡洩漏了出去，問題是哪裡呢？」

三島歪著頭。

法。

沖也不知道這個問題的答案，所以今天才把元和三島找來這裡。他想了解他們兩個人的想法。

雖然大上說「同行知門道，內行知內幕」，但自己在廣島並沒有公開行動，所以並沒有太多人認識他們。觀察「女王蜂」的媽媽桑香澄昨天和大上的對話，不像是她向大上透露的消息。幾乎所有的酒店都由黑道保護，所以沖曾經考慮過會不會是從黑道那裡傳出去的消息，但很快打消了這個念頭。

廣島都是綿船組的地盤，沖等人不久之前，才和綿船組旗下的笹貫組幹部發生了糾紛，橫山很可能卯勁追查沖等人的下落。

但是那次只是橫山個人丟了臉，因為他亮出了幫派的招牌，所以有點騎虎難下，然而幫派本身並不會為這件事出頭。當時是和黑道打交道的刑警大上擺平了糾紛，黑道不給警察面子，等於是自殺行為。

而且還有另一個原因，讓沖認為不可能是黑道透露的消息。

那就是一年前去賭場搶劫的事。

大上推測，沖等人很可能就是搶劫賭場的人，他在咖啡店如此暗示，就是最好的證據。

如果大上和綿船組交情匪淺，笹貫組也會知道消息。如果笹貫組知道消息，一定會不由分說地追殺吳寅會。既然目前並沒有遭到追殺，就代表可以排除大上的消息來源是黑道的可能性。

沖說了這些推論，默默聽他說話的三島開了口。

「他會不會隱瞞搶劫賭場的事去打聽呢？」

沖也想過這個可能性，最後認為這個可能性也很低。

因為大上是黑道組織股的警察。

黑道不可能因為賭場遭到搶劫向警方報案，所以警方並不知道賭場遭搶這件事。大上雖然知道，但他並沒有向高層報告。如果他向長官報告，警方就會展開偵查。一旦警方展開偵查，媒體就會報導。目前並沒有發生這種情況。而且如果大上和黑道勾結，一旦大上向長官報告，賭場的事就會曝光，那是黑道不樂見的結果。

如果大上是循規蹈矩的刑警，就更加說不通了。

警察都積極爭取績效分數。

在大上眼中，沖等人只是不久之前來到廣島的混混，即使他知道沖等人在吳原幹了什麼壞事，五十子會並沒有為安非他命的事報警，即使想要作為一起事件立案，也根本沒有證據。在扇山上埋屍體的事也一樣。

在目前的狀況下，自己的分數並不高，即使把自己和同夥這些混混抓起來，也無法為大上賺到多少績效分數，所以不可能成為大上不惜欠黑道的情，也要調查的對象。

沖說明完這些情況，三島和元也都恍然大悟地點著頭。

沖拿起了放在榻榻米上的香菸，元遞上了打火機。沖用力吸了一口，對著天花板吐出了煙。

——我的工作就是消滅危害老百姓的混蛋。

耳邊回想起大上在「女王蜂」說的話。

雖然沖並不相信大上，但感覺他這句話並不完全在說謊。大上的聲音中有讓沖產生這種想法的沉重。

在排除每一種可能後，他不認為大上是利用黑道查到了「女王蜂」。

沖並不喜歡大上。他突然冒出來多管閒事，而且哪壺不開提哪壺。大上是不可大意的對象。

但是，沖對平民百姓的想法和大上很相似。

沖至今為止做了很多壞事。恐嚇、偷竊、殺人——但他並非不挑對象。

沖只對黑道和混混下手。只要想到壞蛋橫行霸道，就會起雞皮疙瘩，產生連自己都無法克制的衝動。

對壞蛋的嫌惡和憎恨是沖所有行動的原則。他從來不曾對平民百姓下手。

三島喝完了剩下的可樂，把瓶子放在榻榻米上，又重複了剛才的疑問。

「那到底是哪裡洩漏了我們的消息？」

沖把香菸的菸灰彈在三個人中間的菸灰缸內。

可能性只有一個。

沖看著另外兩個人說：

「八成是從酒店傳出去的。」

元露出意外的表情。

「你說是酒店，但我們主要都在『女王蜂』啊。」

三島也歪著頭，似乎同意三島的意見。

「從昨天的情況來看，媽媽桑不像和大上有什麼關係，但我們幾乎沒有去其他店。」

沖吐著煙，看著被尼古丁燻黃的牆壁。

「商店街菸店的阿婆、地下錢莊、酒店小姐、黑道，他的人脈很廣。你們昨天應該看到了媽媽桑的臉，大上和夜生活的世界有密切的關係，他的消息網不容小覷。」

元露出了難以置信的表情。

「話雖這麼說，但廣島有好幾百家酒店，要從中找出我們出入的一家酒店，根本是不可能的任務。」

沖說出了自己的推論。

「他首先去幾家常去的酒店，說明我們大致的年紀。酒店之間也有橫向的聯繫，所以消息很快就會傳出去，我們三個人通常都一起出入，於是他就到處蒐集有沒有三人組最近開始去哪家店的消息，然後就逐一去這些店清查。」

沖推測大上掌握的消息網就像是毛細血管，無論在黑道或是酒店都沒有人不認識他，他可以順著遍及末端、名為人脈的血管，找到他鎖定獵物的下落。

大上就是這種人。

沖在近距離觀察大上的言行後，確信了這件事。

三島一臉難以接受的表情嘆了一口氣。

「有必要做到這種程度嗎？」

「大上這個人會這麼做。」沖不加思索地回答，「那個刑警就像是鱉，一旦咬住，就絕對不會鬆口，而且就像蛇一樣糾纏不清，腦袋也很聰明。」

三個人都陷入了沉默。

元彎著背，小聲地說：

「大上說，笹貫組和五十子會知道是誰搶劫賭場。」

元說話的聲音中透露著不安。

三島看著沖，似乎要求他做決定。

「我們要不要暫時離開廣島避風頭？」

沖稍微想了一下回答說：

「不——剛好相反。」

原本低著頭的元抬頭看著沖。

沖加強語氣說：

「立刻把在老家那裡的人叫來這裡。」

吳寅會還有一半的成員，將近十個人還留在吳原。

「叫他們來這裡幹嘛？」

元問。

沖看著三島和元，露出笑容說：

「準備打仗。」

三島和元都一臉驚訝地注視著沖。

沖對三島揚了揚下巴說：

「叫林去探聽瀨戶內聯合會聚會的日子。」

林的專長不光是汽車慣竊，也很擅長蒐集各種消息。

「打仗和瀨戶內的傢伙有什麼關係？」

三島問。

沖瞇起眼睛說：

「你經常和元打鬧，連你也變笨了嗎？打仗當然需要士兵，瀨戶內的那些傢伙就是士兵，要把他們納入我們的旗下。」

「這不可能啦。」元叫了起來，「瀨戶內聯合會內有人的家人是笹貫組的幹部，即使我們能夠擺平他們所有人，他們也會因為害怕笹貫組，不可能追隨我們。」

三島也支持元的說法。

「而且一旦發生這種狀況，笹貫組也不可能袖手旁觀。」

沖揚起嘴角說：

「你們就看著吧，我自有妙計。」

「什麼妙計？」

沖沒有回答元的問題，粗暴地在菸灰缸內捻熄了菸。

他站起來說：

「走了。」

沖轉身背對著另外兩個還在納悶的同伴，走向門口。

沖坐在Cedric的引擎蓋上，點了一根菸。

他看了一眼手錶。目前是傍晚六點半。

現在還完全沒有察覺有人來這裡的動靜。

目前已經廢棄的工廠舊址——寬敞的廠區內，只有幾個冷清的倉庫，水泥牆上有很多噴漆的塗鴉，都是一些穢語汙言，許多窗戶都破了。

沖打算在今晚消滅瀨戶內聯合會。

五天前，沖和三島、元討論了大上的事之後，就去附近的公用電話，打電話給留在吳原的吳寅會成員之一的高木章友。

高木都住在赤石大道上的一家麻將館，他是那裡的保鑣，專門平息客人之間發生糾紛，或是拒絕惡質的客人進入。

他和家人關係不好，所以很少回家，沒事的時候幾乎都在麻將館，一通電話就可以找到他。

高木在高二時，用刀子刺向和他打架的不良少年，因違反刀槍法和傷害罪的罪名，進入少年輔育院三年，兩年前才終於重獲自由。

他剛出少年輔育院不久，就在吳原的鬧區和五個混混發生了糾紛。當時三島救了他，那次之後，他就視三島為大哥，進入了吳寅會。

「召集所有人，同時張羅機車。」

高木接電話後，沖向他命令道。

吳寅會的正式成員有二十人，但這些成員分別都有幾個拜把的義弟或是小弟，所以總共大約有五十人。

『所有人都要一輛機車嗎……？』

高木在電話另一端猶豫地問。

他聽到沖叫他張羅機車，似乎以為要為每個人都張羅一輛機車。

並不是所有成員都有機車，不要說機車，有些人甚至連機車駕照都沒有。不夠的機車只能用偷的。

吳原是個小地方，沖也知道根本不可能張羅到將近五十輛機車。

沖鼓舞有點不知所措的高木說：

「你只要張羅一半的機車，剩下的我們這裡會準備，而且每一輛機車都載一個人，這樣所有人都能夠從吳原來這裡了。」

不知道高木認為張羅二十輛機車沒有問題，還是既然沖這麼說，他無論如何都要完成任務，他加強語氣說：

『交給我吧。』

「那就在廣島見。」

沖正準備掛上電話，高木壓低聲音問：

『廣島發生了什麼事嗎？』

「對，詳細情況等你們過來再說。我提醒一下，別忘了帶武器。」

武器——高木聽到這兩個字，知道準備打仗了。他吐了一口長長的氣說：

『了解了。』

他用好像從腹底深處擠出來的低沉聲音回答。

沖掛上電話後轉過頭，站在他身後豎起耳朵的三島和元身體微微後退。兩個人都脹紅了臉，一眼就可以看出他們肩膀用力。想必他們努力克制著內心的興奮和激動。

三島就像是相撲選手在提振精神般，用力拍著自己的雙頰。

「現在輪到林大顯身手了，他應該會帶著昭二和昭三，很快就張羅到足夠的機車。」

「他打架不行，只有這種本事。」

元伸出右手食指，不停地彎曲著。

無論在任何時候，無論任何事，都可以成為元的玩笑題材。

三島像平時一樣數落元說：

「手指靈活很厲害啊，而且林很聰明，比無論打架和腦袋都不怎麼行的你厲害多了。」

「你說什麼！」

來往的行人都驚訝地看著他們。

「別鬧了，」沖苦笑著，摟著他們的肩膀說：「肚子餓了沒辦法打仗，我們去吃好吃的肉，養精蓄銳一下。」

沖帶著三島和元走去「佐子」。

三島數落元時說的是實話。

沖命令林張羅機車後，林在三天內，就偷了近二十輛機車。其他人根本不可能在短短三天內偷到這麼多機車，只有汽車慣竊林才有辦法做到。

而且林利用張羅機車的空檔，發揮了另一項專長的調查能力，查到了三件重要的事。

首先是瀨戶內聯合會聚會的日子。

根據林查到的情況，瀨戶內聯合會每週六都會聚集在廢棄工廠。他們在市區的國道飆車後，就會前往遠離市中心的聖王山。

他們從晚上七點開始飆車，深夜十二點左右抵達聖王山的山頂。當所有成員都抵達山頂後，由大哥訓話，然後就解散。

這是沖最想知道的事。什麼時候、在哪裡襲擊他們，才能徹底擊垮他們，是這次打仗的關鍵。

第二件事，就是查到了笹貫組的幹部安藤將司這個人。

之前在夜晚的停車場教訓了瀨戶內聯合會的安藤，他的哥哥就是將司。只要逮住這個人，在和瀨戶內聯合會的糾紛無法解決時，就可以成為一張王牌。

沖要求林查出將司的住家，在他獨自走出公寓時綁架了他，把他帶去祕密基地之一的空房子，關在那裡加以凌虐。將司吐著血，哭著求饒。他目前被繩子五花大綁，頭上套了布袋，丟在林偷來的Cedric的後車廂內。

第三件事是關於瀨戶內聯合會的內部情況。

原本以為安藤俊彥是聯合會的大哥，但其實他只是特攻隊長。

真正的大哥名叫吉永猛。

他是被稱為不良少年賊窩、惡名遠播的瀨戶內南高中的壞學生頭目，曾經因為傷害和恐嚇罪被函送檢方，但聽說因為吉永的父親是市議會議員，所以他沒有被送去少年輔育院。

既然吉永是廣島最大暴走族的大哥，應該很會打架，但特攻隊長是那副德性，聯合會整體的戰力可想而知。沖認為根本不值得害怕。

暴走族的大哥通常都會身穿和其他成員不同的特攻服。如果其他人穿白色特攻服，大哥就會穿黑色或是紅色，甚至還有人會用金線刺繡誇張的圖案。總之，一眼就可以看出誰是大哥。

沖決定最先攻擊吉永。

和單挑不同，打群架就和打蛇一樣。只要打頭部，尾巴就無法動彈。一旦幹掉首腦，敵人就會喪失戰意。這就是打仗，無論戰國時代還是現在，戰法都沒有改變。

雖然吳寅會在人數上居於劣勢，但沖確信吳寅會能夠打贏這場仗。無論對方的人數是雙倍還是三倍，沖帶領的人從來都不曾輸過。因為吳寅會的所有人都很勇猛。

——一旦被看輕就完蛋了。

這句話向來是沖的信條。

打架的時候，沖隨時做好了幹掉對方的心理準備，也曾經真的殺過人。有殺人的決心，就意味著自己也做好了送命的心理準備。

——自己隨時都可以死。

這不是謊言，也不是嘴上說說，而是沖內心真實的想法。

即使規規矩矩過日子，遭遇意外或是生病，該死的時候還是會死。

——隨心所欲做自己喜歡的事，不受任何人指使，只求人生短暫而燦爛。

反正人終有一死。如果有天堂和地獄，沖絕對會墜入地獄。

他向來不相信神佛，但即使墜入地獄也無所謂。

他從小就整天身處地獄。

地獄的鬼和毒蟲的人渣——父親，應該沒有太大的差別。

沖坐在Cedric上，看向後方。

吳寅會的成員和他們的義弟，總共五十三個人做好了戰鬥的準備。

吳原的成員自己張羅了二十輛機車，林準備了十八輛機車和兩輛汽車。有這些車子，足以和瀨戶內聯合會打仗了。

林坐在停在Cedric旁的Cima II的駕駛座上。

雖然林面黃肌瘦，皺著眉頭，但只要了解他的能力，就可以從他的臉上感受到像是惡魔的威力。

沖並不認為林比元更厲害，但林具備了足以彌補打鬥能力不足的技術，對吳寅會來說，他是不可或缺的成員。

昭二和昭三坐在Cima II的後車座。雙胞胎已經把各自擅長的武器——啞鈴和雙節棍拿在手上。

沖看向廢棄工廠的入口。大門大約三公尺寬，一輛車子可以輕鬆進入，但兩輛車很難同時出入。

他一度考慮在瀨戶內聯合會飆完車，抵達聖王山的山頂時展開襲擊，但最後決定在這裡對決。

聖王山的山頂有一個瞭望台，也有一個寬敞的停車場，但並沒有足夠的空間讓超過一百個人打架。而且山頂上有路可逃，機車很靈活，一旦進入狹小的山路，就可能逃走。

暴走族出發地點的廢棄工廠，和終點的山頂都沒有人，既然這樣，有足夠空間，而且無路可逃的這裡當然更理想。

沖要求在吳寅會中特別會打架的四個人守在工廠外。暴走族的聚會一旦開始，就會在入口拉起好幾條鋼琴線，不會讓一隻螞蟻逃離這裡。

他把吸完的菸丟在地上，用鞋子踩熄了。

不知道哪裡傳來烏鴉的叫聲。

抬頭一看，天空染成了淡墨色和橘色混合的顏色，烏鴉像黑色剪影般飛過電線桿上方。

沖又叼了一根菸，點了火，對著天空吐出了煙。

他以前就很討厭傍晚時分。因為傍晚會讓他覺得必須回家了。

小時候住的大雜院前有一個公共洗衣場，住在大雜院內的母親都會在那裡洗衣服、洗菜，小孩子都在那裡玩水。

太陽還沒下山時，洗衣場周圍都聚集了很多人，好不熱鬧。但天色暗下來之後，一個又一個人回家了，最後變得空無一人。沖永遠都是最後一個才離開。

一旦天黑之後，就沒什麼好怕了。大部分小孩子害怕的黑暗，反而讓沖感到很自在。因為那可以成為他逃離父親的絕佳隱身衣。

以前令他膽戰心驚的地獄惡鬼已經不在這個世界，現在的沖已經無所畏懼。無論五十子會，還是笹貫組，或是瀨戶內聯合會都沒什麼好怕的。

但他至今仍然厭惡以前每逢傍晚時會產生的這種感覺，即使在長大之後，這種曾經讓他感到自己在這個世上孤單無依的無助感覺，仍然令他感到淒涼。

沖用眼角看向Cedric的駕駛座。

三島把手臂放在車子的後視鏡上看著遠方，叼在嘴裡的菸不停地上下抖動。

他又看向副駕駛座。

剛拆下頭上繃帶的元把一隻手的手肘放在手套箱上。

元的頭上戴著帽子，並不是為了保護傷口，而是他不希望別人看到他因為縫合傷口而被剃掉的頭髮。

沖低頭用力抽菸。

我現在身邊有夥伴。

「大哥！」

Cima II敞開的車窗內傳來聲音。

是昭三。

「今天這一仗真的不必手下留情嗎？」

沖揚起了嘴角。

「昨天不是說了嗎？沒問題，只要別把對方打死就好。」

昭三氣勢洶洶地把裝了沙子的雙節棍舉到眼前。

沖也打算今天好好打一仗。他確信這一仗可以打贏，但千萬不能大意。因為傲慢很可能會招致意想不到的結果。

並不是只有昭三帶了武器，他要求所有成員帶上木刀、鐵鍊和刀劍。

沖的腦海中浮現了大上的臉。

如果他看到眼前的景象，不知道會怎麼做？會動員所有的警力和警車來這裡，把愚連隊和暴走族一網打盡嗎？

不。沖在內心搖著頭。

大上一定會笑著看好戲。他才不會因為功勞或是績效分數這種事採取行動，只有當黑道欺負善良百姓時，大上才會露出敵意。在大上的眼中，不良分子相互打架，就像是野狗在打架。

——儘管打吧，反而可以讓我省事。

沖似乎在昏暗的天空中，聽到了大上的聲音。

沖坐在Cedric的引擎蓋上，目不轉睛地盯著空坡的入口。元不悅地說：

「真的有必要穿這種衣服嗎？」

沖回頭看了過去，坐在副駕駛座上的元低頭看著T恤的胸口，皺著眉頭，絲毫不掩飾內心的不滿。

為了這次的襲擊行動，沖為所有吳寅會的成員準備了相同的T恤。T恤的胸前繡了黑色的「吳寅會」幾個字。

他委託廣島市內專門為暴走族做衣服的服裝店製作這些T恤，當他要求在兩天內交貨時，老闆搖著頭說，要十天才能完成將近五十件T恤。他踹了老闆的屁股，逼迫老闆答應了。

三島用無奈的語氣規勸坐在身旁，垂著嘴角的元：

「要說多少次你才聽得懂？今天的吳寅會不是幫派，是暴走族。這是兩大暴走族打仗，不穿得像樣一點，面子上不是掛不住嗎？已經說了好幾次了。」

元聽了這番話，仍然不服氣。他轉頭看著三島，指著自己T恤上繡的字說：

「雖然你這麼說，但至今為止，從來沒有穿這種衣服打架。我向來不喜歡姓名牌，被人記住名字，從來就不會有什麼好事。」

沖加入了他們的談話。

「那你可以一個人穿特攻服。」

元慌忙從敞開的車窗探出頭，像小孩子在鬧情緒般對著沖生氣地說：

「那種衣服更討厭。如果穿那麼顯眼的衣服，不是會第一個被鎖定目標嗎？」

三島苦笑著說：

「你真是沒出息，弱雞就少囉嗦，乖乖服從命令就好。」

沖之所以讓每個人穿上相同的T恤，自有他的道理。

兩派人馬打架時，不是全面戰爭，就是雙方的首領單挑。如果可以，他希望可以在瀨戶內聯合會內沒有人受傷的情況下納入旗下。因為士兵當然活力越充沛越好。

——只要別把對方打死就好。

剛才對昭三說的話並非謊言。如果沒有這種程度的氣勢，就無法在打群架時獲勝，但是如果可以，沖希望可以單挑。

沖不認為自己會輸，絕對不可能輸。他向來確信，只要不怕死，就不可能輸給任何人。當他點燃最後一根菸時，隱約傳來了機車的聲音。不是只有一輛而已，而是很多輛。轟鳴聲越來越近。

沖把剛點燃的香菸扔到地上。

「來了。」

他瞪著入口嘟噥道。

其他人應該也都聽到了機車的聲音，每個人都閉上了嘴，周圍的空氣頓時陷入了緊張。

沖從引擎蓋上跳了下來，轉頭對所有成員說：

「聽好了，我之前也說了，在我下令之前，不可以輕舉妄動。」

之前已經決定，要等對方所有人都到齊後才動手。雖然事先已經通知了所有人，但沖再次叮嚀。因為可能有人沉不住氣，貿然採取行動。

廢棄工廠位在國道岔路的盡頭。

幾輛機車衝在前面，沿著通往這片空地的筆直道路駛來。

天色已經暗了下來。

車頭燈很刺眼。後方機車燈光照亮了這些暴走族身上的特攻服，和之前在柏青哥店對幹的那票人一樣，都是黑色的。

沖半個身體滑進Cedric的後車座。在坐上車之前，再次看向背後。

所有人都坐在機車上，做好了備戰的準備。雖然尚未發動引擎，但都做好了充分的準備，只要沖一聲令下，就可以立刻出動。

沖坐進後車座，關上了車門。坐在駕駛座上的三島看著前方嘟噥說：

「真讓人著急啊。」

從他的背影，可以感受到他內心的興奮。

沖從後方拍了拍三島的背，讓他心情平靜下來。

「你聽好了，我剛才也說了，在所有蝦兵蟹將都入甕之前，不要輕舉妄動。」

一輛又一輛機車駛入廢棄工廠。

二十、三十、四十——目前還看不到最後。

元重新戴好帽子，似乎繃緊了神經。

「好久沒有這麼大的陣仗打架了。」

一旁的三島也表示同意。

「對啊，上次是在碼頭搶五十子會安公子的時候。」

瀨戶內聯合會所有機車和汽車聚集之後，大哥就會開始訓示。沖早就決定要在這一刻開始襲擊。

沖從後車座把臉湊向三島的後背，小聲問：

「準備好了嗎？」

三島把叼在嘴上的香菸丟向窗外，把手放在排檔桿上，壓低聲音說：

「對，已經做好了萬全的準備。」

沖點了點頭。接下來就等看準時機，發號施令。他靠在椅背上，握起雙手。雙手在不知不覺中用力。

他直視前方，用力吐著憋住的氣。

咚咚──突然傳來敲車窗的聲音。

沖驚訝地看向身旁的車窗，發現有一個男人站在那裡。

那個男人戴著墨鏡，戴了一頂巴拿馬帽。

沖忍不住叫了起來。

「大上──」

大上彎下腰，向車內張望。他對沖舉起手，露齒而笑。

沖感到心慌意亂，腦袋一片空白。

「為什麼……？」

坐在副駕駛座上的元轉過頭，說不出話。

三島也微張著嘴巴。

沖的腦袋全速運轉。

——為什麼？

——哪裡洩漏了消息？

——大上為什麼會在這裡？

沖甩開在腦海中盤旋的疑問，立刻採取了行動。

他衝下車子，一把抓起大上身上那件黑色襯衫的胸口，還來不及思考，就脫口說了出來。

「你這個傢伙想幹嘛！」

沖把臉湊到大上面前，壓低了聲音怒問道。

即使被抓住胸口，大上也面不改色，仍然露出從容不迫的笑容說：

「好了好了，別這麼激動。」

元把三島推到一旁，從駕駛座旁的窗戶探出頭問：

「你為什麼在這裡？」

「嗨！」大上將目光移向元，簡短地打了聲招呼，「你頭上的傷已經好了嗎？今天要小心點，別又再被送去醫院了。」

大上顧左右而言他，元對他怒吼道：

「這種事不重要！你不回答自己為什麼在這裡嗎？」

「你不必這麼大聲說話，我也聽得見。這裡——」大上指著自己的耳朵說：「還沒問題，我還沒那麼老。」

三島抓著元的肩膀，硬是把他拉回副駕駛座坐了下來。

沖瞪著嬉皮笑臉的大上。

「你為什麼知道我們在這裡？」

大上直起了彎下的腰，推開了沖抓住他胸口的手說：

「我聽說今晚這裡有煙火晚會，所以來欣賞一下。」

「你聽誰說的？」

大上的話音未落，沖就再度逼問。

大上斜斜地重新戴好巴拿馬帽，把頭轉到一旁說：

「這可不能說。」

「你說什麼！你不把我們放在眼裡嗎？」

元再度趴在三島的腿上，發出幾乎像尖叫的聲音。

三島捂住耳朵，皺起了眉頭。

「說話小聲點，我耳朵都快聾了。」

三島在說話的同時，再度把元拉回副駕駛座。

大上低下頭，把墨鏡拉到鼻尖，鏡框上方的眼睛看著沖。

「公務員有保守祕密的義務，不能對外透露在公務中掌握的消息。」

雖然大上露出歉意的表情，但眼睛帶著笑意，顯然對眼前的狀況樂在其中。

沖正想逼問，周圍響起了機車的喇叭聲。

他看向空地，發現許多機車和汽車都集結在一起。

大致計算一下，有近百輛機車，光是可以看到的汽車，就有五輛。

瀨戶內聯合會的人不停地轉動機車手把，催著油門。拆掉消音器的車子發出了好像地鳴般的轟鳴聲，周圍的空氣也隨之震動起來。

瀨戶內聯合會的聚會即將開始。

所有人都到齊，即將要發號施令了。

沖瞪著大上，不滿地問：

「所以——你想怎麼樣？」

剛才在昏暗天空下思考的事變成了現實。不知道大上看到眼前的景象會怎麼回答？

大上揚起嘴角，拿下墨鏡，從容不迫地放進襯衫胸前的口袋說：

「沒想怎麼樣，我只是來欣賞煙火。你們想幹嘛都悉聽尊便，你們這些混混就儘情自相殘殺吧。」

大上看著沖的眼神中帶著冷酷。

「千萬別手下留情。」

冷汗順著後背流了下來。

大上果然就是這種人，他完全不在意績效分數或是立功這種事。大上和沖認識的警察屬於完全不同的類型。

為金錢和立功鑽營的警察並不可怕，只要給他們想要的東西，就可以收買他們。可怕的是無法用普通的方法對付的傢伙，不追求名利的傢伙——而且還不知道他在想什麼的傢伙最難對付。

既然他並不是來勸架，為什麼來這裡？

這個疑問就像溶化的柏油般黏在腦海中揮之不去。

大上從長褲口袋中拿出香菸，抽出一根後點了火。他吐出一大口煙說：

「但是，如果要幹架，那就雙方的大哥單挑，如果死傷太多，之後會很麻煩。單挑時必須赤手空拳，即使不使用武器，也不能大意。無論是拳打還是腳踢，一旦打中要害，也會送上小命。不過到時候我會幫忙送終。」

大上說到這裡，冷笑了一聲。

送終——從大上的這句話，可以感受到他認為即使有一方死了也無所謂。

揮之不去的疑問再度在內心抬頭。

——這傢伙為什麼會知道襲擊的事？

瀨戶內聯合會的人不可能知道今晚的事，黑道也不知道。自己的確綁架了笹貫組的幹部安藤將司，但即使笹貫組知道這件事，也不可能知道襲擊的計畫。

既然這樣，就只有一個可能。

沖用力咬緊牙關。

——身邊有叛徒。

元的怒罵聲打斷了沖的思考。

「我們才不想聽你的囉嗦！我們向來都是想做什麼就做什麼，少在那裡說三道四，煩死人了，豬頭！」

三島看向前方不發一語。沖認為他和自己在思考同一件事。

比剛才更響亮的喇叭聲響徹整片空地。

沖看著在那群人前方的男人。

其他成員都穿著黑色特攻服，只有一個男人穿著白色特攻服。

男人走下機車，面對其他成員。

大上對著那個男人揚了揚下巴說：

「那就是他們的大哥吉永，我在他小時候就認識他，我去和他談。」

沖還來不及回答，大上就從倉庫後方走了出去，走向那個男人。

沖無能為力，只能注視著大上的背影。三島問他：

「小沖，該怎麼辦？」

回頭一看，發現三島把手臂放在敞開的車窗上看著自己，聲音中帶著疑心。

不知道三島是在問單挑的事，還是叛徒的事？

沖稍微想了一下後，抬頭向元下達了指示。

「改變計畫，通知所有人，先靜觀其變。」

元一臉驚訝地問：

「難道要乖乖聽那傢伙的話嗎？」

「乖乖聽話」這幾個字刺激了沖的自尊心。

——自從學壞之後，自己從來沒有乖乖聽過任何人的話。

雖然他也對聽命於大上感到很不爽，但既然大上已經採取了行動，就不可能展開突擊。

吳寅會雖然人數不多，但個個驍勇善戰。無論對方有多少人都必勝無疑，但是，既然對方已經掌握了我方的情況，就會造成我方更大的損失。考慮到之後和黑道的戰爭，沖不想耗損太多兵力。

沖對著元粗聲說道：

「你只要執行我的命令就好，少在這裡廢話，趕快把指示傳達給其他人。」

元聽到沖嚴厲的聲音，身體抖了一下。他急忙下車，跑向後方去通知其他人。

留在車上的三島靠在椅背上，仰頭看著天空說：

「小沖，你會贏這場單挑，但問題是誰告的密。」

三島果然在思考相同的問題。

沖看向空地。大上在身後車頭燈的照射下，正向這裡走來。

「等這場仗結束之後——」沖瞪著大上漸漸靠近的黑色身影說，「一定要把叛徒揪出來，然後消滅他。」

三島吞著口水，喉結動了一下。

大上對著吉永輕輕舉起了手。

「嗨，好久不見啊，你看起來還是這麼活力充沛啊。」

吉永看到大上突然出現在眼前，顯然極度驚慌。

「你為什麼會在這裡？」

其他成員看到有人破壞他們的聚會，紛紛對著大上催著機車油門。

大上無視那些成員的威脅，向吉永說明了情況，但其實也不是什麼複雜的情況，簡單地說，就是雙方的大哥單挑，輸的一方被納入贏的一方旗下，就只是這樣而已。

「真是讓人不爽。」吉永聽完大上的話，對著地面吐著口水，「我從來沒有聽過這個姓沖的人，也第一次聽到吳寅會的名字，我為什麼要和這種無名小卒單挑？」

吉永說的話很有道理。廣島最大暴走族的大哥，和在廣島默默無聞的新人，地位的確有天壤之別。

吉永皺著眉頭，斜眼看著大上。

「那個姓沖的傢伙還真彆扭，如果想加入我們的旗下，只要來下跪求我們就好了。我猜想他想要在手下面前耍一下威風，但對我來說，根本是在找麻煩。我才不想收這種麻煩鬼當手下。」

吉永應該對自己打架很有自信，還沒有開打，他就覺得自己穩贏不輸。

大上看著吉永的特攻服。這件特攻服應該傳了好幾代，白色布料上有幾處汙漬，那些黑色的汙漬應該是血跡。不知道是他自己流的血，還是對方流的血濺到了身上。總而言之，他應該打過不少架。

大上輕鬆地敷衍道：

「你不必這麼激動，我能夠理解你表達的意思，但我也有各種難處，而且以你的本領，一拳就可以把他搞定了。」

大上言不由衷地奉承後，把臉湊到吉永面前說：

「今天就給我一個面子，我不會虧待你。」

吉永聽了大上的話，臉頰抽搐了一下。

吉永今年二十歲。

大上在吉永十五歲時就認識了他，吉永當時的身高已經超過一百八十公分，而且長相也很成熟，臉上長滿青春痘，經常被誤認為是高中生。

大上第一次逮捕吉永，是在他初中三年級的時候。他恐嚇其他學校的學生，搶奪財物後，還朝著對方的臉揮了三拳。被害學生的父母得知後，向派出所報了警。

吉永雖然只是初中學生，卻很會打架，四處惹事。廣島北分局少年股所有人都認為，他以後會成為麻煩人物。

在吉永讀高一時，遭到第二次輔導。

笹貫組的成員安藤將司和瀧井組的成員宮島博在廣島的流大道上，因為芝麻蒜皮的小事發生口角。雙方的成員都立刻趕到現場，在鬧區的馬路上大眼瞪小眼，一觸即發。當時吉永也在安藤的陣營中。

後來才知道，瀨戶內聯合會的現任特攻隊長安藤俊彥是安藤將司的親弟弟，吉永可能認識了暴走族的朋友俊彥後，開始追隨俊彥的親哥哥將司。

吉永在牛仔褲後方的口袋裡藏著折疊刀，隨時都可以和別人打架。

那把折疊刀的刀刃有五公分，也可以認為他違反了刀槍法。

大上不僅逮捕了瀧井和笹貫組的成員，也逮捕了吉永。

那是吉永第二次接受輔導，而且還扯上了黑道。這次讓他付出代價，以後或許會走正道。

大上原本這麼想，沒想到最後只是將吉永函送檢方。

吉永的父親是市議會的議員，可能孩子越不爭氣，父母就越疼愛，他的父親動用了關係說情，最後關說奏了效，高層讓了步。

雖然吉永不走正道，但或許還有羞恥心，自從因為父親的關係逃過了被送去少年輔育院的命運之後，每次遇到大上，都會不悅地轉過頭。

只不過吉永並沒有停止為非作歹。高二的時候，他打了經常出沒的遊樂中心店員，導致對方受了重傷，必須休息兩個星期才能痊癒，但店員可能擔心遭到報復，所以並沒有報警。

大上從自己的線民手中得知了這件事。他認為即使作為刑事事件展開偵辦，也會和第二次的時候一樣，被高層壓下來。與其如此，不如把這起事件作為把柄握在手上。

傷害罪的追訴時效是十年，吉永有恐嚇和違反刀槍法的前科，一旦這起事件曝光，就會被判有期徒刑，所以大上認為可以把這起事件當作控制吉永的一張王牌，在關鍵時刻發揮作用。

吉永隱約察覺到大上掌握了那起傷害的事件，因為事件發生後，他們在路上巧遇時，大上曾經委婉地叮嚀他。

——別太囂張了，我隨時可以送你去吃牢飯。

那次之後，吉永就不敢違抗大上。

這次他也很不願意，但既然大上出面，他就必須點頭。他轉頭對身後的成員大聲說：

「改變計畫！等一下要收拾吳原的鄉巴佬！」

周圍的暴走族成員都嚷嚷起來，眾人的驚訝經過口耳相傳，很快就傳到了後方。

大上談妥之後，走回沖那裡。

根據肉眼觀察，吳寅會大約有五十名成員。

瀨戶內聯合會有將近一百五十人。

雙方的人數有壓倒性的落差，但大上並不認為沖帶領的人馬會輸。即使無法贏，絕對可以不分勝負。

就讓混混自相殘殺。大上內心的這種想法並沒有改變，但他盡可能不希望有任何人受傷。

大上從長褲後方的口袋拿出香菸，用打火機點了火，吐了一口煙之後對沖說：

「我已經談好了，你就去大顯身手一番。」

沖瞪著大上，眼神中充滿殺氣。

「你為什麼來多管我們的閒事？」

「多管閒事？」

大上吐著煙反問道。

沖逼近一步說：

「不管是在咖啡店還是酒店，還有在這裡，你為什麼老是找我們麻煩？」

沖的聲音中難掩焦躁。

大上揚起嘴角說：

「我向來喜歡管閒事，每次看到向黑道拚命的笨蛋，就覺得他們很可愛。」

空地傳來了響亮的喇叭聲，好像在催促沖他們趕快應戰。

沖對著地面吐著口水。

「好吧，晚一點再來處理和你之間的事。」

沖說完這句話，走向瀨戶內聯合會的那片機車。

剛才走下車，看著大上和沖對話的元好像終於回過了神，對著沖的背影問：

「小沖，我們——」

元還沒說完，大上就伸手制止了他，對著坐在駕駛座上的三島大聲地說：

「你還在愣什麼？你的大哥要去和人單挑了，趕快追上去助陣啊。沖虎再怎麼厲害，那裡是敵營，搞不好會被對方的人馬包圍起來吃悶虧！」

三島從車窗探出身體，揮著手，指示後方的成員向前衝。

吳寅會的成員接到指示，同時發動了機車和汽車的引擎，四周響起好像地鳴般的聲音。

吳寅會的機車都是偷來的，並沒有經過改裝。因為是正常的排氣管，所以聲音和暴走族的不一樣，但站在機車旁，還是覺得發出的咆哮聲很刺耳。

三島打開了汽車的車頭燈，燈光照亮了走在前方的沖的背影。

大上打開了Cedric的車門，坐在後車座上。

三島臉色大變地回頭看著大上說：

「你憑什麼隨便坐我們的車子！」

大上輕輕咂著嘴，靠在椅背上說：

「沒憑什麼，沒有裁判，就沒辦法比賽。廢話少說，趕快把車子開過去。」

三島不知道是難以接受，還是不願聽大上的指揮，並沒有踩油門。

大上踹向駕駛座的椅子說：

「你還在這裡磨蹭，比賽不是就要開始了嗎？趕快聽我的指揮！」

三島可能覺得在這裡爭執也無濟於事，於是叫著元：

「快上車！」

元慌忙坐在副駕駛座上。

在車門關上的同時，三島踩了油門。

車子從倉庫後方駛出後，三島加快了速度。

地面的碎石彈了起來，打到擋風玻璃上。

三島持續加速，衝進敵人的陣營。

他超越了同伴的機車，一馬當先。

坐在副駕駛座上的元從車窗探出半個身體大叫著：

「喂、喂，閃開！吳寅會來了！如果不閃開，就把你們全都撞死！」

一百數十輛機車和汽車的引擎聲和喇叭聲淹沒了元的怒吼聲。

元毫不在意，繼續威嚇著敵人。

「喔咿喔咿喔咿——」

吳寅會的成員也在後方發出奇怪的叫聲。

坐在Cedric後車座的大上捂住了耳朵。

「就是因為這樣，我才討厭小鬼幹架。」

雖然他嘴上說得似乎很吃不消，但內心的想法不一樣。

打架和廟會、放煙火一樣，越熱鬧越有趣。

他察覺到自己的嘴角上揚。

車子沒有放慢速度，朝向敵營挺進。

就在即將撞到之前——瀨戶內聯合會的機車讓出了一條路。

三島讓車子漂移，然後用力踩了煞車。

大上重心不穩，脖子差點扭到，他忍不住對三島大吼：

「能不能停穩一點！」

後方傳來尖銳的摩擦聲和煞車擠壓的聲音。

然後，四周突然陷入一片寂靜。

只聽到引擎在怠速運轉發出的聲音。

沖和吉永站在機車和汽車包圍的中心，周圍的車頭燈照在他們身上，就像照亮站在舞台上的演員。

三島和元把手放在敞開的車門上，凝視著前方，隨時做好衝出去的準備。

大上轉動著脖子說：

「如果我脖子扭傷，就要以違反道路交通法的罪嫌，把你們全都送去吃牢飯。」

他自言自語地嘀咕著，打開了車門。

大上走下車，緩緩走向眾人包圍的中心。

裁判出現，比賽即將開始——周圍的人可能都感受到這件事。

雙方人馬同時催著油門，夾雜著吆喝和聲援，變成了震耳欲聾的咆哮刺入耳朵。

大上忍不住把手指塞住其中一個耳朵，站在相互瞪著對方的沖和吉永之間，對他們兩個人說：

「叫他們安靜，吵死了，耳朵都快聾了。」

沖和吉永都對目中無人地發號施令的刑警感到不滿，都用毫不掩飾敵意的雙眼瞪著大上，但似乎覺得現在違抗他也是浪費時間，於是對著各自的手下大叫著：

「不要催油門！」

「安靜！」

雙方的成員聽到大哥的聲音後，就像在玩傳話遊戲般向後方傳達指示，威嚇聲漸漸安靜下來，又只剩下怠速運轉的聲音。

當四周陷入安靜後，大上用在場的所有人都能夠聽到的聲音說：

「你們聽好了，接下來是雙方大哥單挑！輸的一方要被納入贏的一方旗下，沒問題吧？」

沒有人回答，所有人都陷入沉默代表同意。

大上確認所有人沒有異議之後，轉身面對沖和吉永說：

「為了以防萬一，我要搜身，雙手都舉起來。」

沒有任何規定的幹架，一根釘子都會成為武器。

沖和吉永都舉起雙手，大上輕輕拍著、摸著他們的全身。

兩個人都高舉雙手，看著對方的眼睛。

吉永不屑地笑了笑說：

「吳原的鄉巴佬──少在那裡得意忘形。」

沖用冷靜的語氣回答說：

「大草包，你給我屁話少說！」

兩個人撂狠話的本事平分秋色。

但是，大上確信沖會贏得這場比賽的勝利。

吉永的身高超過一百八十公分，體重應該超過一百公斤，他的興趣是拳擊和重訓，體格健壯。

沖雖然也很壯，但身高不如吉永，最多只有一百七十五公分，最重要的是手臂的長度不一樣。手臂的長度通常和身高成正比，看兩個人高舉的手臂，也可以發現吉永的手臂明顯比較長。

論體格，吉永穩占上風，但打架並不是靠體格，誰更有膽量，就能夠贏得比賽。即使吉永會拳擊，也無法打贏沖。兩個人的氣魄不一樣，吉永根本不可能有膽量去黑道的賭場搶劫或是恐嚇黑道。

寵物狗終究贏不過飢餓的流浪狗。

大上確認雙方身上都沒有武器後，看著他們問：

「兩個人都準備好了嗎？」

沖和吉永瞪著對方，點了點頭，身體微微前傾，做好了準備。

「好！那就開始吧！」

大上大叫一聲，立刻退後。

所有人都屏住了呼吸。

沖先動了手。他大喊著衝向吉永。

吉永揮動粗壯的手臂，打向沖的腦袋。

勾拳——而且速度很快。

吉永的拳頭打中了沖的臉。

沖的身體用力搖晃，重心不穩。

沖的身體向前衝時，吉永對準他的下巴揮了一記上勾拳。

沖在千鈞一髮之際閃過了那一拳，趁勢倒在地上，抱住了吉永的腿，然後用蟹挾的要領，把吉永拉倒在地。

沖騎在吉永身上，掐住了他的脖子。

吉永用雙臂打向沖的臉。

沖鬆了手，兩個人都在後退的同時站了起來。

沖的肩膀用力起伏著，但吉永的呼吸很平靜。

吉永揮出刺拳，向沖逼近，接著是用盡渾身的力氣的直拳——沖的膝蓋一軟。

吉永整個身體撞了上去，把沖推倒在地上。

他騎在倒地的沖身上，拳頭像雨點般揮向沖。

沖用雙臂保護著臉，然後利用空檔反擊。他像做仰臥起坐般坐了起來，用頭撞向吉永。

咚咚——周圍響起了骨頭相碰的可怕聲音。

吉永可能認為這樣無法解決，於是站了起來，抬腿踢向沖。

馬汀鞋朝著沖的臉踢了過來——沖轉身閃過了這一踢，在轉身的同時站了起來，反踢回去。

沖的球鞋鞋尖踢中了吉永的腹部。

吉永跪在地上。

沖立刻撲向吉永，抬腿踢向彎著腰的吉永下巴，吉永向後一仰，後背著地，倒了下來。

沖騎在吉永身上，連續打向他的臉。

但是，吉永畢竟練過拳擊，防守很嚴謹。

沖又氣又惱，高高舉起手臂，想用渾身的力氣向吉永揮拳。

就在他拳頭落下的剎那——吉永身體一轉。落空的拳頭打在地上。拳頭可能打在碎石上，沖皺起了整張臉。

吉永用雙手從下方推向沖的胸口。

兩個人幾乎同時站了起來。

也許是因為體力大量消耗，吉永的膝蓋在發抖，沖也一樣。

大上心浮氣躁地看著他們打架。

——別玩這種花拳繡腿，又不是在格鬥比賽。

大上原本以為沖可以輕鬆解決吉永。

不良少年打架仍然講仁義，就像大上在學生時代和人打架時，會遵守不打對方要害、不會在對方身上留下後遺症這些最低限度的規則。

但是，沖並不是普通的不良少年。

他是敢主動挑釁黑道，不怕死的流浪狗。

這種只有拳打腳踢的優雅打架不像是沖的作風。

照這樣下去，會一直重複剛才的情況。

時間一久，在體力上有優勢的吉永將會占上風。

瀨戶內聯合會的成員也從他們兩個人的狀況察覺到這一點，紛紛催著油門，發出了怪叫聲。

大上用力咂著嘴。

如果沖輸了，就會破壞他原本的計畫。

他原本打算籠絡吳寅會，約束瀨戶內聯合會那些壞蛋，如今形勢似乎顛倒了。沖和他的手下將會被納入瀨戶內聯合會，反而壯大了那些壞蛋的勢力。

吉永揮著刺拳，再度向沖逼近。

左刺拳，右直拳。

沖忙於保護臉部時，吉永一拳打向他門戶大開的上腹部。

吉永打出了完美的組合拳。

沖的臉扭曲著，嘴裡發出了呻吟。

吉永的上勾拳打中了他的下巴。

沖雙膝跪地。

吉永一腳踢了過去。

沖想要用右手保護腹部，吉永單腳把他的右手踩在地上，然後把他的左手像足球一樣踢開。

沖的左手應該無法發揮作用了，手指八成折斷了。

吉永的雙眼露出猙獰的眼神。

他用力踩在沖的臉上，馬汀鞋的鞋底擠壓著沖的臉，沖的腦袋看起來好像被埋進了地面。

吉永就像踩死毛毛蟲般，一次又一次踩著沖的臉。

這是要慢慢把沖折磨至死。

周圍不知道什麼時候陷入了安靜，沒有人說話，也沒有人在催油門，所有人都被吉永的殘暴震懾了。

只聽到鞋底和臉部摩擦發出的嘎嘰嘎嘰聲。

吉永更用力踩在沖的臉上，好像在踩熄菸蒂般扭動著鞋底。

大上用力咬著叼在嘴上的香菸濾嘴。

到此為止了嗎？

他看著地上，踩在抽完的菸蒂上。

正當大上邁步準備以裁判身分叫停時，突然聽到了慘叫聲。

抬頭一看，發現吉永按著褲襠，滿地打滾。

沖不知道什麼時候站了起來。

月下踢桃——

倒在地上的吉永像蝦子一樣蜷縮著身體，不停地顫抖。

沖跳到他的身上，騎在他弓起的腹部。

然後高高舉起右手的兩根手指。

「去死吧！」

話音剛落，他的手指就插向吉永的雙眼。

一陣好像垂死掙扎般的慘叫。

大上根本來不及制止。

無論是空手道還是其他武術都禁止戳眼球，一旦被戳到眼球，搞不好可能會一輩子失明，但手指不可能真的戳到眼球，因為眼瞼的動作比手的動作更敏捷。

更何況沖事先高舉起兩根手指。話雖如此，這個舉動足以讓對方喪失戰意。

大上當場高舉起雙手說：

「好，到此為止！」

他宣布打架結束。

在場的所有人都一下子不知道發生了什麼事。

Cedric的汽車喇叭打破了寂靜，在一陣喇叭聲後，三島高呼著勝利。

「怎麼樣！我們贏了！」

吳寅會的人聽到三島的聲音，也都紛紛大叫起來，發出好像怒吼般的歡呼聲。

元最先衝向沖，他的手輕輕放在精神恍惚，跪立在那裡的沖的肩上。

「小沖，你沒事吧？」

沖的頭微微上下移動。他在點頭。

三島也跑了過來，一臉擔心地從背後探頭望著沖問：

「要不要叫救護車？」

沖這次明確地搖了搖頭。

大上對一片寂靜的瀨戶內聯合會成員大聲叫道：

「你們在發什麼愣！趕快送他去醫院啊！」

前排的幾個人終於回過神，互看了一眼後，跑向吉永。

吉永雙手捂著眼睛，繼續發出呻吟。

那幾個人扛著吉永，把他搬上了車子。

載著吉永的車子以驚人的速度衝出了廢棄工廠。

大上環顧著仍然留在現場的瀨戶內聯合會的人說：

「勝負已定，從今天開始，你們就是沖的手下。」

瀨戶內聯合會的人都站在那裡，似乎不知道該怎麼辦。

大上大聲叮嚀：

「規矩就是規矩，必須遵守！」

瀨戶內聯合會的人都垂頭喪氣地低下了頭。

吳寅會的人見狀，再度高聲大喊起來。

大上察覺到身後有動靜，回頭一看，沖在元和三島的攙扶下，慢慢向他走來。

整張臉都腫起來的沖來到大上面前時，斷斷續續地說：

「這裡、已經、解決了，接下來、輪到、你了。」

第十三章

沖把香菸塞進腫起的嘴唇。幸好牙齒沒有被打斷，他輕輕咬著濾嘴，因為光靠嘴唇無法夾住香菸。

元立刻為他點了火。

沖吸了一口尼古丁，但嘴巴無法用力，大部分尼古丁無法進入肺中，簡直就像在抽受了潮的無味香菸。

「女王蜂」的店內響起由貴的歌聲。

她從吧檯椅上站了起來，握著麥克風，得意地唱著花腔，只不過都走了音，但這也是她的可愛之處。

媽媽桑香澄和真紀都坐在吧檯。

媽媽桑邊喝酒，邊翻著卡拉ＯＫ的歌單。真紀很在意沖和其他人，她慢慢喝著兌水酒，不停地回頭看過來。

和瀨戶內聯合會的大哥吉永打完架後，沖帶著三島和元來到「女王蜂」。

——你們拿這些錢，找個地方去喝酒。

沖在廢棄工廠時，把皮夾丟給了林。他的皮夾裡隨時都放了十萬圓，吳寅會的其他成員現在應該都在居酒屋舉杯慶祝。

沖和其他成員分頭行動是有原因的。

那就是大上。

大上此刻就坐在對面的沙發上。他心情很好，不停地把自己調的兌水燒酒送到嘴邊。來這家店還不到兩個小時，桌子上已經有兩個燒酒的空瓶子，其中一瓶是晚到的大上一個人喝完的。元坐在沖的身旁，三島坐在元的斜對面。除了沖以外，其他三個人正興致勃勃地討論著今天打架的事。

大上一口氣喝完杯中剩下的燒酒，隔著桌子探出身體說：

「話說回來，你真是太厲害了。雖然我原本就認為你會贏，但沒想到竟然用月下踢桃和戳眼睛這兩招，我也被你嚇到了。」

這是有口無心的奉承。

和黑道打交道的刑警什麼大場面沒見識過，不可能因為月下踢桃這種事感到驚訝。已經有幾分醉意的元完全相信了大上的客套話。

「大叔，你終於知道小沖有多厲害了嗎？吉永那個王八蛋，在小弟面前被打得那麼慘，應該已經顏面盡失了吧。說到盡失，他的這裡也被廢了吧。」

元說到「這裡」的時候，摸著自己的褲襠。

大上放聲大笑起來。

三島緊接著說：

「他恐怕一輩子都沒辦法生孩子了。」

三個人捧腹大笑起來。

沖拿起了自己的酒杯。只要稍微沾濕嘴唇，酒精就刺痛了傷口。他一咬牙，吞下了肚子。

呃——他忍不住發出短促的呻吟，皺起了眉頭。

那就像牙醫在挖蛀牙一樣，是直接刺激神經的疼痛。

坐在吧檯前一直看著這裡的真紀跑了過來，戰戰兢兢地問：

「你還好嗎？冰敷一下比較好。」

真紀在說話時，從後方遞上冰冷的小毛巾。

沖粗暴地接過小毛巾，轉頭瞪著真紀說：

「我不是叫妳去那裡嗎？妳唱一些歡快的歌就好。」

就像牙齦打了麻醉一樣，嘴唇無法自由活動，口水順著嘴角流了下來。

真紀看到沖用力瞪視的眼神，嚇得肩膀抖了一下。她是覺得沖現在發脾氣聽起來也沒有威力，所以很同情他嗎？

剛才被吉永又打、又踢、又踩的臉慘不忍睹。眼皮腫了起來，滿臉瘀青，嘴唇都破了，口腔內更是滿嘴的傷。

真紀看到沖完全變了樣的容貌驚慌失措，哭著哀求他去醫院，由貴也執拗地勸他去看醫生。只有媽媽桑可能在夜生活的世界打滾多年，見多了慘烈的場面，所以鎮定自若。

——女人都給我閉嘴。

沖完全不理會真紀和由貴的懇求。

真紀用小毛巾和店裡的碘酒消毒傷口後，真紀擦著眼淚，衝了出去。

十分鐘後，真紀上氣不接下氣地跑了回來，脫下了沖身上滿是血跡的襯衫、長褲和沾滿了汗水的內褲，為他換上從家裡帶來的乾淨衣服。

坐在吧檯的香澄轉頭看著真紀說：

「真紀，妳別管他，他打架受傷是自作自受。」

真紀露出擔心的眼神看著沖，走回吧檯。

沖命令女人唱歌。因為他不希望女人聽到他們的談話。

香澄憑直覺察覺到現場的氣氛，於是就提早打烊，隨便選了歌。由貴最先唱了起來，她最喜歡唱歌，即使不請她唱，她也經常唱個不停。

只不過……

沖將視線移回大上身上。

打敗吉永之後，沖內心的疑問更深了。

接下來要和大上之間做一個了結。沖帶著這個想法走去大上面前，沒想到大上顧左右而言他，走向了Cedric。他繞到車後，看著沖和其他人，拍了拍後車廂說：

「裡面的人就當作是我的伴手禮，你沒意見吧？」

沖瞪大了眼皮腫起，視野變得很小的雙眼。

大上為什麼知道後車廂內有人？

元和三島也一臉不解地互看著。

大上看到他們三個人都不吭氣，改變了語氣說：

「喂！沒有聽到嗎？趕快把後車廂打開。」

至今為止，曾經多次聽過大上的咆哮聲和威嚇聲，但大上當時說話的聲音和以前完全不一樣，聲音中帶著殺氣，似乎暗示如果不聽從他的指示，他會不惜動手殺人。

沖第一次感受到和黑道打交道的刑警有多麼可怕。

三島不由自主地打開了後車廂。

安藤的手腳被綁，嘴巴也被綁了起來，頭上套了布袋。襯衫都被鮮血染紅了，長褲都破了。被繩子五花大綁的上半身微微扭動，但下半身完全不動。因為沖打斷了他的大腿骨。不知道他是否尿失禁，長褲的褲襠黑了一片。一眼就可以看出他曾經遭到虐待。

大上面不改色地拿下布袋。

安藤被綁住嘴巴的縫隙發出了鬆了一口氣的呻吟。

他拚命轉動眼珠子求助。他的牙齒被打斷，整張臉都變成了鐵青色。

大上一看到安藤的臉，立刻皺起了眉頭，小聲地說：

「我會救你，你先不要動。」

大上關上後車廂，對三島說：

「車子借我。」

不等三島的回答，大上就坐進駕駛座，轉動了插在鑰匙孔上的鑰匙。

大上發動引擎時，用嚴厲的眼神瞪著他們三個人。

「無論對方再怎麼混蛋，這也未免太過頭了。」

大上催著油門。

「你們去「女王蜂」，我等一下也會過去。」

大上留下這句話就離開了。

沖把香菸在菸灰缸中捺熄。他的動作不太靈活。

他甩開了回想，回到了最初的疑問。

大上為什麼會知道後車廂內有人？

當大上走進『女王蜂』，沖最先問了這個問題，大上若無其事地裝糊塗。

他說他坐上Cedric時，聽到後面有動靜——大上自己也知道，這種明顯的謊言騙不了人。

安藤被繩子五花大綁，根本動彈不得。更何況廢棄工廠到處都是石頭和水泥碎片，即使安藤晃動身體，也會被車子的震動和周圍的噪音淹沒，大上根本不可能聽到。

大上一開始就知道安藤被塞在後車廂內。

他在拿下布袋時皺起眉頭，應該是對非黑道人士竟然用這麼殘忍的暴力對待黑道的人感到驚訝。

沖又叼了一根菸，咬住了濾嘴。

——果然內部有奸細。

元遞上了火，沖伸手制止，看著大上。

大上故意不正面回應，看著吧檯說：

「喂，媽媽桑，再來一瓶。」

真紀猛然站了起來，拿了一瓶新的酒來到半開放式包廂座位。

真紀拿起大上的杯子，想要為他調兌水酒，沖惡狠狠地推開了她的手。

「不是叫妳別管這裡的事嗎？」

沖叼著沒有點火的香菸怒斥道。

真紀低著頭，咬著嘴唇。

元安慰她說：

「真紀，我們男人在說話……小沖的心情還沒有平靜。」

真紀默默點了點頭，垂頭喪氣地回到了吧檯。

大上似乎想要擺脫尷尬的氣氛，用歡快的語氣說：

「話說回來，你真是太強了。」

他把燒酒倒進杯子，今晚第三次說這句話。

元也很捧場地回答了相同的話。

「對啊，小沖的心臟很大顆。」

元在說話時，拍著自己的胸口。

大上調完兌水酒後問沖：

「你有練過空手道之類的嗎？」

大上第一次問他有沒有練柔道，第二次問劍道，這次又問空手道。

沖越來越心浮氣躁。

他已經忍無可忍了。

他自己點了菸，把手放在雙腿上，身體向前傾，斜著脖子，抬眼瞪著大上問：

「大叔，你為什麼會知道這次的事？」

沖的聲音中充滿了憎惡。

大上對沖的問題充耳不聞，笑著對元說：

「任何人無論怎麼練身體，卻沒辦法練眼睛和卵葩，打架的祕訣，就是要對準對方的弱點下手。元，你說對不對？」

已經喝醉的元心情很好，也迎合著大上說：

「對啊，我以前就見識過小沖的月下踢桃，只要一出招，對方就完蛋了。只有少年輔育院的根本在中招後，還有辦法站在那裡。」

大上露出了意外的表情問：

「你說的根本是那個阿健嗎？」

「對啊，就是根本健。」

三島在一旁插嘴說。

大上發出感嘆的聲音說：

「根本健是目前嶄露頭角，也很能幹的大哥。」

根本目前帶著以前愚連隊時代的朋友，一起加入了瀧井組。

大上向元揚了揚下巴，示意他繼續說下去。

「那一架打贏了嗎？」

「當然啊，」元挺起胸膛說：「不是我在吹牛，小沖打仗從來沒輸過。」

元神氣地說著，好像在說自己的事。

「這樣啊，那在你眼中，誰是最厲害的對手？」

「無論怎麼說，都是——」

元還沒說完，沖就用手肘打他的頭。

元驚訝地抱住了自己的頭。

「吵死了，你閉嘴。」

元和三島似乎從沖壓抑的聲音中感受到他的怒氣，兩個人都臉色大變。

現場陷入了沉默。

由貴可能察覺到半開放式包廂座位的氣氛緊張，停下了唱歌的聲音。

沖對著吧檯瞇起眼睛說：

「怎麼了？忘了我叫妳們唱歌嗎？」

由貴的身體抖了一下，慌忙跟著歌詞繼續唱了起來。

沖在菸灰缸內捺熄了抽到一半的香菸。

——無論如何都要揪出大上養的走狗。

沖靠在沙發上，丹田用力。

「如果你不回答，我會一次又一次問你。你為什麼盯上我們？」

這個問題是關鍵，只要了解這個問題，自然就可以打開糾成一團的結。

大上沉默片刻，似乎在思考什麼。

他重新斜斜地戴好帽子，用手指把墨鏡拉到鼻尖，嘆了一口氣說：

「我以前認識一個人，名叫刀疤政。你們應該也聽過這個名字吧？」

刀疤政——沖從來沒聽過這個名字。三島和元也都微張著嘴，歪著頭。

大上皺起眉頭，露出了意外的表情。

「這樣啊，原來你們沒聽說過。」

他喝了一口兌水酒，咕嚕一聲吞了下去。

「這是你們出生前的事，你們不知道也很正常。」

大上說完，露出凝望遠方的眼神。

「那是我讀初中的時候，車站後方還可以看到戰後的黑市。」

廣島車站的西側目前仍然有一些看起來髒兮兮的店家，大部分都是蔬果店、魚店或是小五金行等賣食物或是日用雜貨的零售店，沖也知道戰後的黑市就在那一帶。

人上向他們說明，小西政治——也就是刀疤政在廣島被稱為是愚連隊之神，是一票不良少年的老大。那時候二十五、六歲——有超過三百個人拜他為大哥。刀疤政的綽號來自遭到敵對的愚連隊的偷襲時，眉間被砍一刀留下的傷痕。

「我第一次遇到政，是在以前流大道上的一家電影院後門……」

大上仍然露出凝望遠方的眼神，娓娓訴說起陳年往事。

大上叼著菸，點了火，在吐出一大口煙之後，繼續說了下去。

「那時候，我也很逞勢，不管對方是誰，只要看誰不爽就打架。」

大上才開始說，元就打斷了他。

「逞勢是什麼意思？」

大上雖然被打斷，但並沒有不悅，反而覺得很有趣地看著元問：

「你連逞勢都不知道嗎？」

元尷尬地看著沖和三島問：

「你們知道嗎？」

沖沉默不語，表示自己不知道，三島輕輕搖了搖頭。

大上身體前傾，用好像在教導小孩子般的眼神看著他們三個人說：

「逞勢就是逞威風的意思。你們不是也會吆喝，喲吼喲吼，衝啊衝啊，王八蛋，混帳。只要有人敢找麻煩，絕對要把對方打得屁滾尿流。不管是黑道還是不良少年，如果勢頭落人後，就會被看輕，無法在這個世界生存。」

「那你不是現在還在衝啊衝啊嗎？還介入我們的打架。」

元再度插嘴。

大上靠在沙發上，用夾在手指上的香菸依次指著他們三個人笑了起來。

「是你們在打架，我可沒有打架，而且我現在也不會隨便找別人麻煩，因為我是警察，我只會對付欺負善良百姓的混蛋。」

「所以呢？你在電影院後方找那個叫政的人麻煩嗎？」

元把話題拉了回來。

沖喝了一大口兌水的燒酒。

聽故事時，有人發問，故事的劇情發展會比較快。平時覺得元很囉嗦，今天很感謝他。

大上上下搖動著叼在嘴上的菸說：

「不，並不是我主動找麻煩，而是政手下的年輕人找我麻煩。」

沖也知道那家名叫昭和館的電影院，不久之前拆掉了，但當時才建好不久。

大上連續看了三部有關黑道的電影後，走出電影院撒尿。雖然電影院內也有廁所，但在看電影時都憋著尿的男人在廁所大排長龍，大上等不及了，走出電影院，就走去很少有人的電影院後方。

昭和館和旁邊大樓的夾縫內已經有人搶先了，就是政手下的年輕人。

「我都快尿出來了，於是就在離他們有一小段距離的地方尿了起來。不知道他們哪根筋不對，拉起褲子的拉鍊，就來挑釁我。」

「只因為你在那裡小便嗎？」

元皺起眉頭問。

大上提高音量說：

「挑釁需要理由嗎？看了一眼，不喜歡長相，都可以成為挑釁的理由，你們不也一樣嗎？」

大上環顧沖和其他兩個人，揚起嘴角說：

「我也不是完全不知道原因，八成是──」

大上說到這裡，抿嘴笑了起來。

「因為我的寶貝比他們大。」

元大聲笑了起來，三島也撇嘴笑了起來。

沖並沒有笑。大上的寶貝是大是小根本不重要，趕快說下去。沖在內心咒罵道。

不知道大上是否感應到沖內心的想法，他繼續說了下去。

政的小弟總共有六個人，都很年輕。不知道是否經常打架，個個身手矯捷。

大上對自己的體力和腕力很有自信，但對方是愚連隊，而且人多勢眾，形勢對他很不利。

他們對大上又推又踢，大上的臉腫得像足球一樣，身上的襯衫也被撕破，長褲都髒了。即使這樣，大上仍然沒有服輸。

「打架對我來說根本是家常便飯，我當然不可能乖乖挨打。我立刻反擊，月下偷桃、用頭撞、咬人，什麼招數都用上了。有兩個人被我打趴了，在場的五個人都受了傷。」

「六個人中，你對付了五個人嗎？你還真厲害！」

元興奮地叫了起來。

大上喝著兌水的燒酒潤了潤喉後，點頭淡淡地說：

「是啊。」

沖對大上的英勇事蹟半信半疑。每個人在吹噓自己的戰績時都會誇大其詞，有人甚至可以把米粒說成飯糰，但姑且不論枝微末節，整件事應該並非虛構。因為大上有可能會做這種事。

「但是，」大上吐了一大口煙後皺起眉頭，「最後那個傢伙很棘手。我事後才知道，他原本是職業拳擊手，因為眼睛出了問題，所以就退休了，但他的拳頭真硬。俗話說，瘦死的駱駝比馬大，即使已經退休，職業拳擊手終究還是職業拳擊手。他一拳揮向我的肚子，我就吐了出來，再也站不起來了。我驚覺搞不好我的小命會斷送在他手上，卵葩都縮了起來，渾身冷汗直流。就在這時，聽到有人大吼一聲。」

大上粗聲粗氣地吼了一聲，好像在模仿那個聲音。

「你們怎麼在欺負小孩子！也太丟人現眼了！」

坐在吧檯的真紀和其他人大吃一驚，紛紛轉過頭。別管我們——沖瞪了她們一眼，她們又慌忙把頭轉了回去。

大上露出充滿懷念的眼神，望著遠方說：

「我蹲在地上，好不容易抬起了頭，看到一雙皮鞋的鞋尖出現在眼前，那雙皮鞋擦得像鏡子一樣亮。事後聽說那雙皮鞋是義大利的高級貨，他手下的年輕人花了兩個小時才擦得那麼亮。」

政看到眼前的狀況，立刻了解了狀況。他大喝一聲後，就用他手下的耳光。

「即使是倒在地上的傢伙，他也一把抓住胸口，像這樣——」

大上舉起右手，做出來回甩巴掌的動作。

「他打完那幾個手下，走到我面前，單膝跪在我面前，從內側口袋拿出夾了紙鈔的鈔票夾。那疊鈔票有好幾十張，他從裡面抽出一張五千圓放在我面前，叫我拿著錢去醫院，買一件新的衣服。當時的五千圓可是一大筆錢。而且他太帥了，穿著白色雙排釦西裝，戴著墨鏡，頭髮用髮蠟固定，幾根瀏海像這樣——」

大上在說話時，抓了一撮、兩撮瀏海在額頭上。

「他的瀏海垂了下來，剛好遮住眉間的刀疤。於是我知道，他就是刀疤政。」

沖終於忍不住笑了出來。

「大叔，這是哪一部電影？」

怎麼可能有這麼巧的事？就連現在演黑道電影的演員，也不會穿雙排釦的白色西裝再配墨鏡。

大上無視沖的打岔，把香菸在菸灰缸捺熄後繼續說了下去。

「政是廣島不良少年心目中的神，即使面對黑道也照樣衝。他就像砂石車，勢如破竹地踏平黑道的地盤，占為己有。有一陣子，廣島的勢力版圖一分為二，西半部是政的地盤，東半部是綿船組的地盤。」

元向來沒什麼耐性，一開始還探出身體聽大上說故事，但很快就失去了興趣。他打了一個呵欠，把頭轉頭一旁，不悅地說：

「大叔，你的故事也太長了。」

三島默默喝著酒。沖低下頭，發現三島的膝蓋抖個不停。他對遲遲沒有進入正題的大上感到不耐煩。

沖也不想再聽這些閒聊，瞪著大上問：

「那個叫政的人和我們有關係嗎？」

大上在冰塊已經溶化的兌水燒酒中加了滿滿的酒，然後把嘴湊到杯子前喝了起來，抬眼看著沖說：

「你的聲音和政很像。」

「你說什麼？」

沖忍不住反問。

大上在杯子中加了冰塊，拿起杯子轉動起來。

「起初我並沒有發現，只覺得好像在哪裡聽過你的聲音，仔細回想之後，才發現你的聲音和政　模一樣。」

沖瞇起眼睛，看著大上。

「所以你才這樣整天牽掛我嗎？」

大上點點頭說：

「沒錯，就是這樣。」

卡拉ＯＫ的歌曲剛好唱完。

沖把手上的杯子用力放在桌上說：

「你認為我會相信這種話嗎？」

他怒氣沖天的聲音響徹整家店，然後壓低了音量說：

「你說了一大堆屁話，最後說這種回答？你以為是小孩子在說藉口嗎？」

沖的話音未落，三島立刻說：

「八成是亂編的故事。」

大上會怎麼辯解？沖觀察著他的態度。

大上低頭看著自己的杯子片刻，然後抬起頭，看著沖揚起了嘴角。

「對啊，都是編出來的。」

大上絲毫不以為意地承認自己說謊的厚顏無恥，讓沖的憤怒達到了沸點。

「你的玩笑開夠了沒！」

沖從沙發上站了起來，他想撲過去抓住大上。比起身體的疼痛，他此刻更感受到強烈的憤怒。

三島慌忙制止，把手放在沖的肩上，用力讓他坐回沙發上。

「小沖，你不要激動。話說回來，大叔，」三島瞪著大上，「你到底在想什麼？你這樣耍我們的理由到底是什麼？」

元也挽起袖子，做好了打架的準備。

大上舉起一隻手，安撫著氣鼓鼓的沖和其他人。

「先聽我說完。」大上露出嚴肅的表情繼續說了下去，「政的故事是真的，他當時的確很神氣，也的確很帥，只不過一度勢不可擋的政，最後的下場很悲慘。」

大上微微低下了頭。

「他搶了太多黑道的財路，結果成為廣島所有黑道的眼中釘，所以就遭到了追殺。他被逼得走投無路，最後躲去情婦家裡，卻在情婦家被綁走，大卸八塊，丟進了那可川。」

大上注視著自己的手。

「聽說政的手指和腳趾全都被砍了下來，眼珠子也被挖了出來。」

元皺起眉頭。

大上露出嚴厲的眼神看著沖。

「黑道靠面子吃飯。黑道打架就是你死我活。」

「不需要你說，我當然知道。」

沖氣勢洶洶地說。

「我說沖虎啊，」大上看著沖的臉，語帶規勸地說，「無論你的實力再怎麼壯大，一旦對金字招牌的黑道出手，明天就可能成為太田川或那可川，或是三途川的浮屍，就像政一樣。」

元語帶挑釁地大聲說：

「黑道又怎麼樣！我們吳寅會向來天不怕，地不怕！」

大上無視語帶激憤的元，厲聲說道：

頭。

「我說這些話是認真的。」

大上的盛氣凌人讓沖忍不住吞著口水，就連前一刻先聲奪人的元也閉上了嘴。三島低著頭。

大上隨即用平靜的語氣說：

「三年前，五十子會的安非他命被搶，和一年前，綿船組的賭場遭到搶劫，他們都慢慢鎖定了目標。一旦他們找到當初襲擊的對象，那些人絕對只有死路一條。因為那些人在黑道的臉上抹大便，還淋小便，吐口水，到時候一定會死得很慘，會覺得政的死法還比較好。」

大上又叼了一根菸，點了火。

「那些人成為浮屍只是時間早晚的問題。」

元的肩膀抖了一下。他應該在想像自己被凌虐至今的臨終，三島的臉色也有點蒼白。

沖很想怒聲打斷大上說的話，但他的喉嚨好像卡住一樣，無法發出聲音。

大上把菸灰彈在菸灰缸裡。

「聽我說……」

沖、元和三島同時看著大上。

「我只說一次，所以你們要聽清楚。你們要去擋黑道的財路，被幹掉也不關我的事，但絕對不要招惹吳原的尾谷組，和綿船組旗下的瀧井組。我再提醒一句，如果你們敢對善良老百姓動手，我絕對不會手下留情，讓你們吃一輩子牢飯，覺得還不如死了更好。」

沖皺起眉頭。

大上說，絕對不能招惹的黑道幫派之一，是吳原的尾谷組。這件事他完全能夠理解，聽說尾谷組的老大尾谷憲次是重情重義的老派黑道老大，受尾谷薰陶的太子一之瀨守孝，也是大上所說的，很「逞勢」的黑道兄弟。

只是他無法理解為什麼不能招惹瀧井組。瀧井組是金字招牌的綿船組旗下的幫派，笹貫組也一樣，而且綿船組的旗下還有其他幫派。在這麼多幫派中，為什麼大上只說不要招惹瀧井組？

大上可能從沖看他的眼神中察覺了疑問，他笑了起來，露出好像搗蛋鬼的表情說：

「因為瀧井是我的朋友。」

沖在內心咂著嘴。這傢伙真是太狡猾了。

「安藤現在怎麼樣了？」

三島看著大上，低聲問道。

沖也很關心安藤的情況。在和吉永單挑結束後，大上載著塞在後車廂裡的安藤，不知道把車子開去了哪裡。

「喔喔，」大上應了一聲，對著天花板吐出了香菸的煙，「你們不必擔心，我把他送去我認識的醫生那裡。如果把他帶回分局，就必須作為一起事件立案調查。那個醫生雖然貪錢，但口風很緊，放心吧。」

元可能仍然心有餘悸，戰戰兢兢地插嘴問：

「所以安藤會怎麼樣？」

「安藤嗎？」

大上露出看著遠方的眼神說：

「我會收編他。」

沖內心揮之不去的疑問再度浮現。大上應該也收編了自己身邊的人。那個人到底是誰？

要讓安藤成為線民嗎？

「你是不是把我身邊的人——」

沖正打算問出內心的想法，大上突然站了起來。

坐在吧檯前的女人聽到動靜，都轉過頭。

大上從皮夾裡拿出一萬圓，放在桌子上。

「我和你們不一樣，我是公務員，明天還要上班，所以差不多該走了。」

沖猛然起身說：

「話還沒說完！」

大上不顧沖的挽留，走向門口。

「你到底要耍我們到什麼時候！」

沖試圖追上去。

大上握著門把，轉頭看著沖。

他重新戴好巴拿馬帽，把另一隻手插在長褲口袋裡，神情嚴肅地說：

「你們聽好了，千萬別忘記我說的話。最近先安分一陣子。黑道的人一旦決定要幹掉一個人，無論發生任何狀況，都會追殺到底。尤其像你們幾個，絕對不會讓你們好死，一定會把你們活活折磨死。」

大上的視線很銳利。

沖不由得感到害怕。大上的這番話讓原本感覺很遙遠的死亡變得很有真實味。

我會遭到追殺嗎？會遭到黑道嚴刑拷問而死嗎？死的時候會感到痛嗎？會痛苦嗎？還是渾然不覺地送命？

——走出這家店，五十子會或是綿船組的人可能就等在外面。

汗水順著他的太陽穴流了下來。

「阿虎。」

聽到有人叫自己的名字，沖驚訝地往身旁一看，發現真紀一臉擔心地看著他的臉。

沖回過神，看向門口。

大上打開門，正準備走出去。

他竭盡全力虛張聲勢，從喉嚨擠出聲音說：

「大上，不要走！」

大上頭也不回地走了出去。

第十四章

——平成十六年（二〇〇四年）八月二日。

沖虎彥在一路走上來的石階中途停下了腳步。

他回頭望著剛才走過的路。

從然臨寺的高台，可以眺望瀨戶內海。

海面反射著夕陽。

沖瞇起了眼睛。

大海映照了天空的顏色，被染成一片橘色，傍晚的風仍然帶著白天的熱氣，以及周圍傳來的暮蟬叫聲都一如既往。

他把裝了水的提桶換到另一隻手上，再度沿著石階往上走。

然臨寺位在廣島市東端的一座小山上。

山坡的墓地上排放著五彩繽紛的盂蘭盆節燈籠，可能是在舊曆盂蘭盆節前來掃墓的人放的。

沿著石階往上走，路旁的紫薇樹綻放著花朵。枝葉扶疏，樹齡應該相當可觀。

沖在紫薇樹前向右轉後，看向第三座墳墓。樸素的墓碑上刻著「大上家之墓」幾個字。不知道是否曾經有人來掃過墓，墳墓周圍打掃得很乾淨。雜草割掉了，供在墳上的菊花仍然開著花。

沖的腦海中浮現了晶子的臉。她是大上生前常去的「小料理屋 志乃」的老闆娘。

——上哥的墳墓很容易找到。在紫薇樹前右轉後的第三個。

沖打聽大上的墳墓時，晶子這麼告訴他。

沖看著墓碑旁的板狀石頭，上面刻著長眠在墳墓中的人的名字。從右到左是大上清子和大上秀一，旁邊是大上章吾。

沖用木杓舀了提桶內的水灑在墳墓上，然後把剩下的水倒在地上。

他從襯衫的胸前口袋中拿出香菸，點火之後供在墓前代替線香。

他又拿出一根菸點了火，深深吸進胸膛，對著墓碑吐了一口煙。

——大叔。

他在心裡叫了一聲。雖然叫了一聲，卻不知道接下來該說什麼，只能站在原地。

他在熊本監獄內得知了大上的死訊。

沖遭到逮捕後，進入鳥取監獄服刑。從鳥取監獄到福岡監獄，一個星期前，才從最後的熊本監獄出獄。他因為和刑務官發生衝突，所以多次移監，才終於服刑期滿出獄。

沖是在和瀨戶內聯合會的大哥吉永猛單挑獲勝，吳寅會的勢力迅速成長的隔年遭到逮捕。

他的罪狀是教唆殺人、違反刀槍法、公然聚眾且攜帶凶器罪、傷害罪、違反安非他命取締法。他花了大錢僱用的律師以他的不幸身世和家庭環境為由，希望法官能夠酌情減刑。檢方則認為沖帶領的不良團體是和黑道相同的凶惡集團，而且過去曾經被送去少年輔育院，所以請求二十年有期徒刑的重刑。法官做出了比檢方求刑減少兩年的十八年徒刑的判決。

吳寅會把瀨戶內聯合會納入旗下的一個月後，廣島的笹貫組開始追殺吳寅會。

在和吉永單挑之後，大上在「女王蜂」說的那番話，一直卡在沖的心頭。

——三年前，五十子會的安非他命被搶，和一年前，綿船組的賭場遭到搶劫，他們都慢慢鎖定了目標。

大上說這番話時的認真表情始終在沖的眼前，三島考康和重田元似乎也一樣。雖然吳寅會已經變成了超過兩百名成員的大幫派，但他們整天愁眉苦臉。

沖無法清楚了解自己當時的心境。不，其實了解，只是不願承認而已。當時支配自己的感情就是害怕。只要有些微的動靜，就會提心吊膽，食不知味。他開始害怕曾經保護自己的黑暗，夢見自己死狀悽慘地浮在河面上。

小時候，他每天都因為父親的存在而惶惶不安。父親死後，他不再害怕任何事，也忘記了害怕這件事。

無論黑道還是愚連隊都一樣。

大哥振作，小弟也會跟著振奮；大哥害怕，小弟也會畏縮。

原本以為封閉在內心的恐懼，像海浪般影響了手下。

即使召集成員激勵士氣，也沒有太大的效果。越是大聲疾呼，聽起來就越空洞。沖自己也感受到這一點。

對死亡的恐懼——以前極度忌諱的怯懦竟然悄悄滋生。

明明覺得自己隨時可以死，為什麼會感到恐懼？

他捫心自問，卻找不到答案。

在吳寅會的士氣開始動搖時，笹貫開始追殺他們。

高木最先遭到襲擊。

高木都睡在麻將館，是容易遭到攻擊的絕佳目標。麻將館打烊後的深夜，當他把垃圾袋拿去後門時，遭到三個人的攻擊。

戴著笹貫組徽章的男人對高木嚴刑逼供，對他拳打腳踢，要求他供出沖的下落。

高木曾經被關進少年輔育院三年，在吳寅會中也算是一條漢子。即使遭到笹貫組的凌虐，他也沒有吐實。

但是，當高木看到其中一個男人拿出的武器時，他投降了。那是一把藍波刀。

高木被兩個人從後面架住，撬開了他的嘴。

「既然你不說，留著也沒用。」

男人把高木的舌頭從嘴裡拉了出來，亮出了藍波刀。

高木立刻知道，對方並不是嚇唬他而已。

——這傢伙是來真的。

高木這麼想的同時，就脫口回答說：

「在廣島！他在廣島！」

「廣島的哪裡？」

男人把刀放在他的舌頭上逼問。

高木失禁了。只有三島和元知道沖住在哪裡，高木根本答不出來。

「我只知道他在廣島！其他真的不知道！求求你，拜託千萬別這樣！」

男人在他舌頭上割了一刀。

高木流著口水的嘴裡發出了慘叫聲，但被撬開的嘴巴只發出了喉嚨抖動的模糊震動聲。

男人一次又一次問高木，但高木只能搖頭。他每次搖頭，刀子就在他舌頭上割得更深。

無論高木怎麼回答，那些男人從一開始就決定要怎麼修理他。他們毫不猶豫地割下了高木的舌頭。

送報的少年發現了渾身是血的高木。

元在隔天衝進了真紀的家裡。那時候沖睡在那裡。

「高木出事了！是笹貫組幹的！」

沖得知高木遭到慘絕人寰的凌虐，忍不住感到戰慄。

他的耳邊響起了大上的話。

——黑道的人一旦決定要幹掉一個人，無論發生任何狀況，都會追殺到底。尤其像你們幾個，絕對不會讓你們好死，一定會把你們活活折磨死。

沖瞪著滿是汙漬的牆壁。

——事到如今，只能在被幹掉之前，先幹掉對方。

沖竭盡全力，努力自我振作。

他用盡全身的力氣瞪著眼睛，對元下達了命令：

「把所有人都召集去老地方。」

老地方就是之前和吉永單挑的廢棄工廠。在吸收瀨戶內聯合會之後，沖把那裡作為吳寅會集會的地方。

「然後你叫三島和林來這裡，對，叫他們馬上過來。」

元臉色蒼白，嚇得縮成一團。

沖看到元臉色發白站在那裡，勃然大怒地罵道：

「你在發什麼呆！趕快行動！戰爭已經開打了！」

元聽到沖的怒吼聲回過了神，急急忙忙穿了鞋子，衝了出去。

吳寅會的成員在一個小時左右就全員到齊了。雖然是白天，但有超過兩百名成員聚集在之前和吉永單挑的廢棄工廠。

沖張開雙腿站在Cedric的車頂上，對著所有成員大聲地說：

「我們要和笹貫組全面開戰！只要打贏這場仗，廣島的天下就是我們的！你們要下決心，跟著我衝！」

一度人心渙散的吳寅會在那一刻很團結。至少沖認為是這樣。

沖點了第二根菸，他看著大上的墳墓，這次出聲地說：

「我說大叔啊，你倒是說話啊，像之前一樣對我大聲咆哮。」

周圍一片靜寂——只聽到盂蘭盆節燈籠的掛飾在風中飄動的聲音，和暮蟬的叫聲。香菸的煙消失在風中。

在襲擊高木那天之後，笹貫組就以「獵虎」為命，正式追殺吳寅會。吳寅會的成員很快就接連遭到襲擊。有人被打斷了所有手指，有人腦挫傷，還有人在自己的女人面前被打得半死不活。

得知笹貫組採取行動後，原本是瀨戶內聯合會的那些人立刻就逃走了。他們得知其他成員慘遭凌虐，馬上逃得不見蹤影，甚至有人倒戈投靠敵方的笹貫組。短短半個月期間，吳寅會的成員只剩下四分之一，全都是吳寅會的元老級成員。

電視的新聞和報紙每天都報導笹貫組和吳寅會的火拼。大部分媒體都把吳寅會視為準黑道幫派。

縣警當然也成立了特別搜查總部。事後才知道，廣島北分局的大上加入了笹貫小組，負責蒐集笹貫組的消息和偵訊笹貫組的成員。

綿船組則決定袖手旁觀，始終保持這是笹貫組單獨火拼的立場。因為如果隨意派人支援，絕對會遭到報復。

沖和其他剩下的成員不停地向笹貫組的成員報復，以牙還牙，以眼還眼，完全用相同的方式報復對方。

雙方都有很多人受傷，也有很多人遭到逮捕，但雙方勢均力敵——和笹貫組的火拼維持均衡。

在爆發火拼的一個月後，打破了原本的均衡。

跨越這一條線的起因是林遭到了襲擊。

因為吳寅會有人在火拼中送了命。

林向來不喜歡交際，對沖和其他幾個人的態度是例外，平時向來獨來獨往。即使和笹貫組的火拼白熱化之後，林仍然不改自己的行事作風。

那一天，林像往常一樣獨自吃完晚餐回家的路上，在自動販賣機買睡前要喝的酒，被三個人從背後攻擊。

那三個人帶了日本刀，下手毫不留情。

他們把林拖到沒有人的暗巷中，把他按倒在地，雙手反綁在身後。當林破口大罵時，他們用事先準備的毛巾塞住他的嘴。當林身體無法動彈時，三個人用殘酷的手段對他施暴凌虐。

林雖然僥倖撿回一命，但肋骨和大腿骨都被打斷，最後還被砍斷了右手。

對靠偷竊車上東西過日子的林來說，等於打破了他的飯碗。

沖勃然大怒，三島和元也一樣。林平時很照顧的昭二和昭三比沖等人更加怒不可遏。

「我要把笹貫組的人殺光！現在就衝去他們的事務所砍人！」

雙胞胎兄弟想要衝出他們的藏身地，沖制止了他們。沖能夠理解他們的心情，但即使他們兩個人去襲擊，絕對會因為寡不敵眾反遭攻擊。沖說會立刻召集吳寅會的成員，命令他們在人數到齊之後再一起行動。

昭二和昭三看起來似乎聽從了沖的說服，但他們還是嚥不下這口氣，最後瞞著沖，兩個人採取了報復行動。

他們衝去砍下林手臂的幹部家裡。

昭二和昭三一下子就死了。

雙胞胎兄弟成為那個幹部的槍下亡魂。

點四五口徑的柯特手槍——他們的肚子被打成了蜂窩，臉也被打爛了。

沖在昭二和昭三火葬的火葬場，遇到了兩兄弟的母親。他們的母親哭倒在地說，在轄區分局的遺體安置室確認兩兄弟的屍體時，就連她也分不清楚誰是昭二，誰是昭三。

沖離開火葬場後，激動地對元和三島說——

是點四五。去準備點四五！既然昭二和昭三成為點四五下的亡魂，但我就要用點四五轟掉笹貫的腦袋。

三島和元費了很大的力氣試圖安撫瘋狂大叫的沖。

沖被他們兩個人抓著用力揮舞的手，腦海中浮現了笹貫的臉。以前曾經在以真實報導為宗旨的週刊雜誌上看過笹貫的照片，讓人覺得原來這就是目中無人的長相。

對死亡的恐懼一度折磨他，此刻卻完全煙消雲散了。

從內心深處湧現強烈的憤怒岩漿，甚至熔化了對死亡的恐懼。

——和那時候一樣，和殺爸爸時一樣。

他的肩膀情不自禁顫抖。

沖清楚地意識到那不是恐懼的顫抖，而是興奮的顫抖。

沖把三島和元，還有從草創期就加入吳寅會的三名值得信賴的成員召集到藏匿處。

那時候，沖已經搬離了真紀的公寓。因為他考慮到自己出入真紀的公寓，有可能會為她帶來危險，於是就帶了被子去廣島市郊區的空房子，把那裡作為自己的巢穴。

所有成員都到齊後，沖周到地研擬了暗殺笹貫的計畫。

即使襲擊事務所，笹貫也未必會在現場，而且笹貫組的事務所周圍設置了好幾台監視攝影機，門上也鑲了厚實的鐵板，突破嚴密的監視和防衛，順利幹掉笹貫的可能性微乎其微。

雖然也一度考慮襲擊笹貫的住家，但可能會因此波及女人和孩子。

如果要幹掉他，就只能鎖定車子。根據林打聽的消息，車上裝了特別訂製的防彈玻璃，即使用機關槍連續掃射，也未必能夠百分之百成功，所以沖判斷在笹貫上下車時下手的成功機率最高。

笹貫無論回家或是去事務所時，都會在車庫上下車。住家有其他家人，事務所戒備森嚴，所以只能在其他地方下手。

到底要在哪裡下手？沖絞盡腦汁思考。既然要動手，就不再是可能性的問題，而是要考慮確實性的問題。雖然其他成員提供了很多想法，但都缺乏致勝的關鍵。

正當他們一籌莫展之際，元打聽到笹貫前往岡山參加喜慶活動的消息。他要去參加一岡組第三代組長的繼承儀式。

笹貫要出發前往岡山參加繼承儀式的前一天，剛好就是他們得知這個消息的一個星期後。

在移動中採取行動，可以減少傷及無辜的可能性，也無法像平時那麼森嚴戒備。這是幹掉他的唯一機會。

三島和元等其他參與襲擊行動的成員也都贊同沖的意見。

沖和其他人在笹貫前往岡山的前一晚就做好了襲擊的準備。

他們準備了日本刀、機關槍和手槍等武器。

他們襲擊一看就是黑道的車子，偷走藏在後車廂內的武器，或是威脅恐嚇混混，搶走他們的武器。也有的本來就是吳寅會成員的武器。

沖拿了一把點四五口徑的手槍，他從走在暗巷中的混混手上搶奪了這把槍，而且決定用這把槍為昭二和昭三報仇。

在休息站上廁所、等紅燈、等平交道——沖決定當笹貫的車子停下時，先用機關槍掃射，打破防彈玻璃，然後再用點四五口徑的柯特手槍致笹貫於死地。

如果無法在以上這幾個地方下手，最糟糕的情況，就是在圓井樓動手。圓井樓是岡山市區的一家高級日本餐廳，一岡組組長在那裡舉行繼承儀式。當笹貫抵達圓井樓門口時，就要把他推入地獄。

繼承儀式在上午十點舉行。笹貫的車子離開廣島時，他們就會一路緊跟。即使笹貫能夠幸運抵達岡山，他的命運也將會在那裡畫上句點。三島等三個人分頭行動，從早上八點開始，就會等在圓井樓附近待命，以防萬一。

前一天晚上，沖仔細檢查武器後上床休息。隔天一大早就要起床，必須多睡一會兒，做好萬全的準備。雖然這麼想，卻遲遲無法入睡。他努力讓自己心情平靜，但想像笹貫倒在血泊中的樣子令他興奮不已。

其他人似乎也一樣，所有人都睡在狹小的房間內，不停地聽到其他人翻身的聲音。

沖想知道時間，拿起了放在枕邊的鬧鐘。

塗了夜光漆的時針浮現在黑暗中。

深夜兩點。即使現在入睡，也只能睡幾個小時。

沖睜開了努力緊閉的雙眼。

他看著天花板垂下來的燈泡，注視著浮現在黑暗中的白色球體。

恐懼和驚愕——笹貫臨死前的臉閃過他的腦海。

他在腦海中用子彈打穿了燈泡。燈泡破碎四濺，頓時變成了慢動作，碎片像雪花般飄然而落。

這個景象和笹貫的死狀重疊在一起。

飄然而落的不是白雪，而是深紅色的血滴。

他想像著笹貫腦漿四濺的樣子。

他身體不由自主地抖了一下。

那是興奮的顫抖。

他這麼告訴自己。

他非但無法入睡，腦袋反而越來越清醒。

沖對著天花板伸出了手，在空中捏碎了燈泡。

既然睡不著，那就乾脆醒著等到天亮。不需要勉強克制憤怒和復仇的怒火，把在內心翻騰的憎惡注入手槍的子彈中，打進笹貫的腦袋，直到洩恨為止。

正當他如此下定決心時，房間的窗戶玻璃破了，強烈的光射入他的眼睛。

他一下子不知道發生了什麼事，但立刻想到是敵人的襲擊。

閃光彈——笹貫的襲擊。

他閉上眼睛，聲嘶力竭地大叫：

「武器！快拿武器！」

他摸索著放在枕邊的手槍。

大家匆忙摸索的手碰在一起，所有人都不顧一切地準備應戰。

在閃光彈的亮光消失的瞬間，許多人衝了進來。

投光器照亮了沖和其他人。

接著聽到男人大叫的聲音。

「警察！不許動！」

沖懷疑自己聽錯了。警察為什麼會來這裡？

「放下武器，把雙手舉起來！」

逆光中——雙眼漸漸恢復了視野。

穿著防彈背心的警察半蹲著，舉槍對準他們。

「一旦抵抗，我們就會開槍！」

另一個警察發出警告。

超過十名警察全副武裝。

「趕快放下武器！」

一名年輕警察不耐煩地粗聲說道。

他的手指放在扳機上。

手指在微微顫抖。

槍口隨時會噴火。

沖順從地緩緩把槍放在榻榻米上，舉起了雙手。

其他人也都放下了武器。

警察同時撲過過來。

「抓到了！」

「放開我！」

「你們要幹嘛！」

室內響起警察和成員大喊的聲音。

沖的雙手被反剪在背後。

幾個人合力制服了他。

眼前出現了一張熟悉的臉。

「大上——」

大上皺起眉頭，好像吃了什麼苦味的東西，用沙啞的聲音說：

「沖虎，報應來了，你就死心吧。」

沖頓時了解了一切。

有奸細。

他們搬來這個藏身處的日子尚淺，即使警察再優秀，也不可能在這麼短時間內找到這裡。即使找到這裡，也不可能在沖準備帶領其他人襲擊笹貫的前一晚這個時間點上門逮人。

沖內心湧起了不同於對笹貫憤怒的憎惡，他瞪著大上問：

「是誰？」他問了一直盤踞在心頭的疑問。「是誰出賣我們！喂！」

沖想要撲向大上。

三名警察用盡全力拉住了發狂的沖。

沖扭著身體怒吼道：

「你用花言巧語收買了誰！說啊！誰是叛徒！我要殺了他！」

警察抱著沖肩膀的手臂伸向了他的脖子，用力摟住他的脖子。

沖的喉嚨發出了呻吟，他的臉發燙，意識漸漸模糊。

他將下巴往下壓，努力掙扎，不讓自己昏過去。

他從費力睜開的眼皮縫隙中，看到了大上的臉。

大上的臉痛苦扭曲著，目不轉睛地看著沖。

「大、大、大上……」

沖費力地擠出聲音。他在喉嚨幾乎被掐住的狀態下，好不容易擠出這幾個字。

大上把視線移向沖的頭頂上方，小聲嘀咕說：

「你在說什麼？」

他竟然裝糊塗。

沖憤怒得七竅生煙，用被壓扁的聲音吼叫著：

「你……」

大上看著沖身後的警察，對著玄關揚了揚下巴說：

「帶走。」

那三名警察聽到命令，合力把沖拖了出去。

沖坐在警車的後車座，凝視著前方，但他的雙眼看不到任何景色，只有大上的影子。

大上看著自己時，臉上的表情到底是同情還是嘲笑？

沖咬緊牙關。

到底誰是叛徒？

他被手銬銬住的雙手因為憤怒而顫抖。

沖等六個人被警察帶走，所有人都遭判多年的有期徒刑。沖因為違反刀槍法、公然聚眾且攜帶凶器罪，以及持有藏在地板下，以營利為目的的安非他命，再加上之前的傷害罪，被判了十八年有期徒刑，三島被判了十五年，元被判了十年。另外有兩人被判八年，一個人被判五年。

吳寅會群龍無首，岌岌可危。

吳寅會規模最大時，曾經有超過兩百名成員，但在和笹貫組火拼後，持續有人遭到逮捕或是脫離幫派，當時只剩下四分之一左右的成員。沖和其他幹部遭到逮捕，無疑徹底打擊了其他成員的士氣。在沖等人遭到逮捕後不到半個月，吳寅會就徹底瓦解了。

在最初服刑的鳥取監獄時，沖每天都在思考。

到底是誰告的密？大上到底養了哪一條走狗？

他努力回想每一個成員，回顧他們當時的行動。

監獄的生活很規律，每天都重複相同的事。沒有變化的時間會讓人的思考一直在原地打轉，沒有出口的猜疑心無限膨脹，把沖推入水深火熱般的痛苦之中。

他懷疑其他成員、上床的女人，和常去酒店的坐檯小姐，懷疑每一個人，元、三島和林也不例外，他甚至懷疑可以稱為得力助手的幹部，但再怎麼左思右想，也無法找出誰是叛徒。

每天晚上，沖躺在被子中，都在內心重複同一句話。

——等著吧，等我出獄，一定會親手了斷這件事。

沖一心想要雪恥，所以並沒有因為漫長的監獄生活感到悲觀失望。他整天只想著要用盡所有能夠想到的方法折磨沒有具體身影的叛徒，致他於死地。

即使歲月流逝，他對大上和叛徒的憎恨絲毫不減，反而變得更加強烈。

他打算服完刑期出獄後的第一件事，就要去找大上。無論使用任何手段，都要讓大上開口，逼大上說出誰是叛徒。

但是，他的決心無法實現。

大上死了。

沖出獄時，只有三島來接他。

當沖走出熊本監獄的大門時，看到一個男人靠在圍牆上，低頭看著腳下。

即使經過二十年，三島瘦小的身軀，和微微駝背，雙手插在口袋裡的樣子仍然沒變。

當沖拎了一個行李袋站在三島面前時，他遞上了香菸。

沖把香菸叼在嘴上的同時，三島用一百圓的打火機為他點了火。

沖用力吸了一口。相隔二十年的尼古丁——他感到有點暈眩。

沖吐著煙，三島用好像昨天才見過面的語氣說：

「還好嗎？」

沖仔細打量三島後，發現他抹了整髮劑的頭髮已經有了白髮，臉上出現了細紋。仔細想一想，兩個人都超過四十歲了，沖不由得體會到已經過了二十年。

雖然感受到歲月的流逝，但沖用和二十年前相同的語氣回答。

「既不好，也不壞，你呢？」

三島輕輕笑了笑說：

「嗯，差強人意。」

三島穿著白色馬球衫和米色長褲，腳上穿著皮鞋。雖然不高級，但也不是便宜貨，至少不像是生活拮据的樣子。

他們一起走到車站，走進了後巷的定食餐廳。

餐廳不大，只有吧檯坐了一個看起來像上班族的男人。

沖看向掛在牆上的時鐘。現在是十一點半。

在餐桌旁坐下後，三島從胸前口袋中拿出一包沒有開封的香菸，和拋棄式打火機一起滑到沖的面前。

沖開了封，拍了拍菸盒，抽出一根。

三島拿出自己的打火機點了火，俐落地遞到沖的面前。老闆送水上來時，冷冷地說：

「先給我們兩瓶啤酒。」

三島將視線移向貼在牆上的菜單上。

「兄弟——」

三島改變了對沖的稱呼。

可能覺得這把年紀叫小沖有點難為情。

「你想吃什麼？我從廣島監獄出來後，最先吃了炸豬排丼。」

三島以前就很愛吃炸豬排丼。

沖看向菜單。

咖哩、炒麵、炸豬排丼、親子丼、雞肉蕃茄炒飯、蛋包飯，還有烤魚定食、紅燒魚定食，大眾食堂該有的餐點一應俱全。

「炒麵和蛋包飯。」

坐牢多年，很渴望吃甜食，也很想念蕃茄醬和醬汁。因為牢飯都很清淡，只用鹽、醬油和味噌調味。

三島聽到沖這麼說後，大聲向老闆點餐。他為自己點了炸豬排丼。

三島拿起送上來的瓶裝啤酒，為沖的杯子裡倒酒，然後也為自己倒了酒。

兩個人舉杯乾杯。

沖一口氣喝完了杯中的啤酒，感覺酒精滲入了五臟六腑。

他吸了一口菸，終於有了回到自由世界的感覺。

沖問了原本打算一見面就問的話：

「大上是被誰幹掉的？」

三島輕輕嘆了一口氣，移開視線說：

「據說是他自殺。」

報紙的角落曾經報導了這樣的內容，但監獄內所有廣島的黑道都不相信會有這種事。

——那個大上怎麼可能自殺。

每個人都這麼說。

三島喝著啤酒說：

「當時我也在蹲苦窯，所以也不太了解詳細情況，但在出來之後，有聽說是和五十子會有關。」

大上死後，五十子會的五十子正平遭到仁正會開除，尾谷組和五十子會，以及旗下的加古村組之間展開了火拼，最後以尾谷組大獲全勝落幕。

五十子正平遭到尾谷組的幹部槍殺，加古村組也有很多死傷者或是遭到逮捕。五十子會和加古村組幾乎遭到殲滅，目前吳原是尾谷組的天下。

事件發生後，沖聽進入鳥取監獄服刑的仁正會混混口中得知了這件事。

兩個人陷入了沉默，只聽到電視的聲音，和老闆用鍋子做菜的聲音。

三島默默為沖的杯子中加了啤酒。

沖喝了啤酒，連續抽著菸。

他還有很多問題想要問三島。

三島目前在做什麼工作？出獄之後，靠什麼維生？沖也通知了元出獄的日子，但他沒有來，目前在幹什麼？被砍斷手臂的林目前還好嗎？

最重要的是，他想知道真紀為什麼突然失去了音訊。

沖剛入獄時，真紀經常去面會，也三天兩頭寫信給他。七年前，真紀突然失去了音訊。沖寫了好幾次信，也都石沉大海。他曾經寫信向吳寅會的舊成員和「女王蜂」的媽媽桑打聽，但沒有人知道真紀的下落。

坐牢期間，女人變心是常有的事，應該說，這種情況反而比較多。

我會等你回來，不管等多少年都沒有關係——那些流著淚說這種話的女人，言猶在耳，就寄了離婚協議書。

雖然明知道這是很正常的事，但坐牢會讓人想要相信，至少自己不會遇到這種事。

沖甩開了胡思亂想。

「兄弟……」沖也改變了對三島的稱呼，「我在蹲苦窯期間一直在想一件事。」

沖壓低了聲音繼續說道：

「是誰向大上出賣了我們？而且那個人就在我們身邊，你知道是誰嗎？」

三島的眼神飄忽，似乎在猶豫。

沖正準備再問一次時，老闆把他們的餐點送了上來。

炒麵和蛋包飯。他肚子忍不住咕咕叫。

沖大口扒著飯和炒麵。

快速吃飯、快速排便是監獄生活基本中的基本。

轉眼之間，他就把兩個盤子都吃空了。

他為自己的杯子倒了啤酒，隔著手上的杯子，看著另一端，似乎看到了大上在「女王蜂」喝兌水燒酒的身影。

他一口氣喝完了杯中的啤酒，想要擺脫幻想。

他看向還在吃炸豬排飯的三島，突然問了一個自己也完全沒有料到的問題。

「你知道大上的墓在哪裡嗎？」

三島露出驚訝的表情。

「你為什麼想知道這種事？你要去掃墓嗎？」

沖靠在椅背上說：

「不是掃墓，是去宣戰。我無論用任何方法，都要查出誰是叛徒。我要去他的墳墓逼問他。」

雖然沖說話時開著玩笑，但有一半是真心。

無論用任何手段，都要逼問出誰是線民。

這種想法絲毫沒有動搖。

他去大上的墳墓，是要表達這種決心。

他的腦袋深處響起這個聲音。

三島不知道大上的墳墓在哪裡，但他說，大上生前常去的小酒館老闆娘可能知道。

「那家店在哪裡？」

沖問。

「在吳原。聽說在赤石大道那裡的小路內。」

三島說完這句話，放下了筷子，好像下定決心似地開了口。

「兄弟，你接下來有什麼打算？」

三島在問他日後要靠什麼生活，但沖接下來並沒有什麼打算。

沖沒有回答，把抽完的菸在菸灰缸中捺熄後，思考著多年前，從五十子會手上搶來的安非他命。

警察襲擊時，沒收了一部分安非他命，但沖在其他地方還藏了一些。一旦出售，應該有數千萬圓的進帳。

沖把打火機和香菸放進口袋，緩緩站了起來。

要再次在廣島打天下。

從三島那裡打聽到的那家小酒館位在安靜的小路上。

從赤石大道走進岔路，沿著河邊走了一段路，在一條安靜的小路深處，看到一塊老舊的日式招牌亮著燈。上面寫著「小料理屋 志乃」。

沖從小在吳原長大，當年學壞之後，曾經多次出入鬧區的赤石大道，但從來不知道有「志乃」這家店。沖以前經常出入的都是燈紅酒綠的地方，對這種成熟的大人愛去的小料理屋沒有興趣。

打開格子拉門，立刻聞到了醬油滷味的甜甜鹹鹹味道。

傍晚六點。他特地挑選剛開始營業的這個時段。因為如果有其他客人，可能就沒辦法問他想打聽的事。

鑽過細繩簾子走進店內，正在吧檯內的女人抬起了頭。

「歡迎光臨。」

她應該就是老闆娘。白色捻線綢的和服配黑色腰帶很好看，她年紀大約五十出頭。徐娘半老，但挽起頭髮的白淨脖子風韻猶存。

沖打量店內。店內的空間很狹小，吧檯只能坐四個人，牆上貼著啤酒公司的海報，身穿泳裝，拿著大杯啤酒的模特兒是沖在入獄之前的偶像，海報早已褪了色。

沖在吧檯角落的座位坐下後，老闆娘遞上了小毛巾。

「今天也很熱。」

沖默默接過小毛巾。小毛巾很熱。他擦了擦手，然後放在臉上。他已經忘了多久沒有用熱熱的小毛巾擦臉了。記得最後一次是在「女王蜂」用小毛巾。他再度體會到二十年的漫長歲月。

「我要啤酒。」

他用冷淡的語氣說道。

老闆娘把冰過的杯子放在沖的面前，站在吧檯內為他倒酒。

下酒菜是小竹筴魚南蠻漬。

「今天有很不錯的白帶魚，要不要做成生魚片？」

沖默默點了點頭。

「你是本地人嗎？」

老闆娘用菜刀切食材時問他。

老闆娘得知他是本地人，立刻和他聊棒球代替寒暄。

「不知道鯉魚隊今年是否也沒有起色。」

只要聊廣島鯉魚隊的話題，無論客人是縣內哪個地方的人，都可以聊得下去，面對初次見面的人更是如此。

沖在昭和六十一年（一九八六年）入監服刑，鯉魚隊的總教練從古葉竹識變成了阿南準郎，從前一年度的第二名雪恥，獲得了冠軍，但之後曾經實力很強的鯉魚隊陷入了長期低迷，在山本浩二第二次擔任總教練邁入第四年的今年夏天，排名竟然敬陪末座。

沖雖然並不是鯉魚隊的熱衷球迷，但還是很關心本地球隊的成績，在服刑期間，每天都會看報紙的體育版。

「浩二當選手時很厲害，但當總教練就不怎麼樣了。」

「是啊，難怪俗話常說，出色的選手無法成為出色的總教練。」

雖然沖第一次來這家店，但老闆娘可能消除了戒心，像對待熟客一樣招呼他。

「這是招待的。」

老闆娘端上生魚片時，把毛豆放在吧檯上。

沖理著五分頭，雖然是夏天，卻穿著長袖襯衫和長褲，多年沒曬太陽的皮膚很蒼白，內行人一看就知道他出獄。即使不了解內情的人，從沖渾身散發出的危險氣氛，也應該察覺到他不是普通人。

但老闆娘絲毫不感到害怕，畢竟是大上生前經常出入的店家老闆娘，果然見過大風大浪。

沖在聊天後發現，老闆娘比他大了兩輪。女人即使謊報年齡，只會把自己說得比較年輕，沒有人會故意把自己說老。如果她沒有說謊，代表已經過了花甲之年，但完全看不出來。

沖點了日本酒的冰酒。

「妳叫什麼名字？」

老闆娘聽到沖突然發問，露出了不知所措的表情，隨即恢復笑容說：

「我叫晶子，如果不介意，可以請教你的名字嗎？」

沖只報上了自己的姓氏。

「聽說大上以前經常來這裡。」

晶子原本平靜的表情立刻露出了愁容。

「你認識上哥？」

沖說了事先想好的回答。

「以前他很照顧我，但那時候我在蹲苦窯，所以也沒辦法去參加他的葬禮。」

說大上曾經照顧自己，並不完全是說謊。

晶子停頓了一下，似乎終於了解了狀況，嘆了一口氣說：

「原來是這樣。」

沖聽她說話的語氣，覺得原本隔在他們之間的薄紙消失了。

「我剛出來，也還沒有去為他掃墓。」

「上哥不會在意這種事，只要你有悼念他的心，他應該就很高興了。」

晶子看著半空，充滿懷念，語氣溫柔地說。

沖不知道他們之間是什麼關係，但可以感受到他們之間的牢固感情。

晶子沒有問沖和大上的關係。大上曾經照顧的人——不是警察就是黑道或是不良分子。

酒盅空了，晶子問他：

「要不要再來一盅？」

身體好久沒有喝酒，兩百毫升喝下去，就已經有了醉意。

差不多該離開了。

沖說明了來意。

「妳知道大上的墳墓在哪裡嗎？」

晶子停下了正在砧板上忙碌的手，抬起了頭。

她沉默片刻，似乎在思考什麼，然後幽幽地說：

「在廣島的然臨寺。」

據說在廣島市區的東邊。

「你要去掃墓嗎？」

「改天會去。」

他隨口回答。

他把放在吧檯上的香菸叼在嘴上。

晶子用打火機為他點了火。

「紫薇樹——」

晶子小聲嘀咕。

沖一時不知道她在說什麼。

晶子抬起原本看著下方的雙眼，看著半空說：

「然臨寺在一座小山上，墓地就在山坡上。上哥的墳墓很容易找到。在紫薇樹前右轉後的第三個。」

她露出凝望遠方的眼神，沖猜想她陰鬱的雙眼可能看到了紫薇花。

晶子轉頭看著沖說：

「現在剛好是紫薇盛開的季節，只要環顧墓地，馬上就可以找到位置。心動的日子就是好日子，你明天就去吧。」

雖然沖並不在乎所謂的好日子或是壞日子，但他並沒有其他急著需要處理的事，而且覺得如果不去向大上宣戰，做一個了斷，一切都無法開始。

沖從褲子後方的口袋裡拿出皮夾說：

「我明天就去看看。」

他請老闆娘結帳。

晶子用長袖圍裙擦著手說：

「一千圓。」

沖大吃一驚。

生魚片、啤酒和日本酒——不可能只要一千圓，照理說，至少也要兩千圓。

「真便宜啊。」

晶子的臉上露出了少女般的笑容。

「因為你是上哥的朋友，而且你說要去掃墓，這麼有心的人當然要打折。」

沖剛出獄，她猜想沖身上並沒有太多錢。

雖然沖藏了安非他命，但身上的現金的確有限。

他從皮夾裡拿出一張一千圓，放在桌子上，然後輕輕鞠了一躬，站了起來，走向門口。

「謝謝。」

沖沒有回頭，反手關上了拉門，走了出去。

沖把菸蒂丟在墓前的地上，用腳踩熄了菸蒂。

既然大上已死，就無法從他口中得知誰是他的線民。

但是，沖完全不打算作罷。他無法原諒背叛自己，毀滅吳寅會的人。

無論用任何手段，都一定要查到叛徒，親手幹掉他。

沖瞪著墳墓。

——大叔，廣島一定會成為我的天下。

他在內心大聲說道。

——你就在地底下好好看著。

他拿著空提桶準備離開時，察覺到背後有動靜。

回頭一看。

鮮豔的黃色和白色映入眼簾。

一個男人站在那裡。

男人手上拿著提桶和鮮花，剛才映入眼簾的顏色是男人手上的菊花。

男人微微側著身體站在那裡，目不轉睛地注視著沖的臉。

沖瞇起眼睛，回望著男人。

他的年紀看起來和沖不相上下。

他的白襯衫領子塌了下來，長褲也很皺，沒有繫領帶，一頭短髮很凌亂。不知道他是沒有花心思，還是他根本不在意衣著打扮，但這身衣著很適合他。

雖然他的外表看起來也有點像下班後，滿身疲憊的上班族，但身上散發的感覺看起來不像是普通人。

最重要的是，他臉頰上的傷痕充分證明他是在黑道打滾的人。

至今為止，沖曾經見識過無數傷痕，所以一眼就可以看出男人臉頰上的是刀疤。那是舊傷，已經快看不見了。

沖雙眼用力，向前一步問：

「你是哪一個組的人？」

男人稍微收起了銳利的眼神，揚起下巴，低頭看著沖說：

「我嗎？我那個組織的代紋是——」

果然是黑道嗎？

沖不由得繃緊身體。

男人揚起嘴角說：

「是櫻花。」

櫻花的代紋——所以是刑警？

雖然猜想他不是普通老百姓，但沒想到這個可疑的男人竟然是警察。

男人把拎在一隻手上的菊花放在肩上說：

「你是沖吧？」

沖倒吸了一口氣。

——他為什麼知道我的名字？

男人覺得很有趣地笑了起來。

「我記得你吃了十八年的牢飯。雖然老了些，但和年輕時一樣帥啊。」

男人盛氣凌人的態度，讓沖想起了躺在墳墓裡的那個人。眼前這個男人簡直和在沖面前徹底裝傻，就這樣死去的大上一模一樣。

「你是黑道組織股的刑警嗎？」

如果是黑道組織股的刑警，很有可能從資料卡中知道沖的長相。表面上，監獄方面只會通知受刑人指定的親朋好友出獄的日子，但保護司當然知道，也會暗中通知轄區分局。

男人沒有回答沖的問題，默默走到墓前。

沖靜靜地退到一旁。沒必要急著逼問男人。

男人放下手上的提桶，用木杓舀水灑在墓碑上。灑完水後，把原本的供花挪到一旁，把自己帶來的菊花插在花器中。

他仔細整理鮮花後，從胸前口袋裡拿出一束線香和Zippo的打火機，抽出幾支線香點了火，插在線香台上，合起雙手。

男人閉上眼睛，深深低頭一分鐘左右。

傍晚還帶著熱氣的風吹過墓地。

寂靜籠罩周圍，耳邊只有暮蟬的叫聲。

男人鬆開雙手，抬起了頭。

他看著沖。

「沖虎彥——你之前是吳寅會大哥的沖虎，對不對？」

「以前」這兩個字讓沖聽了很不開心。

「你是黑道組織股的刑警吧？你那張目中無人的臉上這麼寫著。」

男人鼻孔發出冷笑聲。他的默然不語代表了承認。

「你在轄區分局？還是縣警？」

男人老實回答說：

「是吳原東分局。」

「你怎麼會認識我？」

「我之前看過上哥做的筆錄。」

既然他用了暱稱，顯然和大上很熟。

「你叫什麼名字？」

只有對方知道自己的名字，自己卻不知道對方的名字讓人不舒服。

男人從長褲後方的口袋裡拿出香菸，用手上的Zippo打火機點了火。

點完火後，他好像在撥什麼東西般，把Zippo向旁邊甩了一下。

叮——蓋子發出清脆的聲音蓋了起來。

男人叼著菸，看著手上的Zippo打火機。

沖也順著他的視線看著打火機。

打火機上雕刻了一條狗。不，是狼。那頭狼前腳用力踩地，對著月亮吠叫。

男人把Zippo打火機放進胸前口袋，把香菸拿了下來，吐了一口煙。

他看著沖說：

「我姓日岡，你要好好記住。」

第十五章

夏日的天空中飄著厚厚的雲，瀨戶內海風平浪靜。

拋下釣竿已經三十分鐘，浮標始終沒有下沉，甚至完全沒有下沉的跡象。

日岡秀一盯著沒有動靜的浮標。汗水順著脖子流了下來，午後的烈日當頭，他把遮陽帽壓得更低了。

日岡正在多島港的角落。這個吳原市的海港位在向瀨戶內海突出的高浦半島前端。

多島港以養殖牡蠣為主，海面上有一整排養殖浮筏。每逢六、日，有很多人來到此地，在浮筏上釣魚，但今天是非假日，所以沒什麼人，只有零星幾個人在遠處釣魚。

一個小時前，日岡吃完簡單的午餐後，走出了公寓。

他在租屋處吃飯時，十之八九都是吃泡麵。他隨時都會買十碗泡麵放在家裡，平時幾乎不會自己下廚。

以前在縣北的駐在所時經常下廚。因為那裡幾乎沒有可以外食的餐飲店，雖然村莊內有一家拉麵店，但他完全不打算去那裡。

在左鄰右舍都很熟的鄉下地方，從外地調來駐在所的員警立場很微妙。無論去哪裡，都會成為村民討論的話題。如果去拉麵店，村民都會在背後議論，那個駐在所的員警很懶，平時都不下廚，或是說他娶不到老婆很可憐，對他表示同情。他不希望發生這種情況。

無論在哪個鄉下地方的駐在所，附近的鄰居都會送東西上門。出門巡邏回來時，經常發現駐在所門口放著蘿蔔或是菠菜。他根本不知道是誰送的，所以也無法道謝。在鄉下地方，這是理所當然的事。

十五年前，昭和時代結束的那一年，日岡因為袒護以前的上司，大上章吾巡查部長，反抗縣警高層，結果被調去了縣北的比場郡城町的中津鄉駐在所。

在平成年代的大合併時，比場郡被合併到次原市。平成四年（一九九二年），實施了暴對法。

在昭和末期，日本最大的黑道幫派明石組為了爭奪第四代組長的位置導致分裂，和從組中出走的心和會之間展開了激烈的火拼。

一年後，被派去縣北駐在所的日岡遇見了國光寬郎。他是暗殺明石組第四代組長的主謀，是心和會旗下的義誠聯合會會長。

——我還有事情要處理，但是，等我搞定之後，一定讓你親手為我銬上手銬。我向你保證。

遭到通緝的國光在第一次遇到日岡時，對他說了這句話。

日岡的耳邊響起國光獨特的沙啞聲音。

國光遵守了約定。他遵守約定，被判處無期徒刑，前往旭川監獄入監服刑。

日岡的腦海中浮現了國光親切的笑容，以及不時露出像冰鑿般銳利的眼神。

日岡抬起頭，看著海平面的遠方。

兄弟……

他甩開了回憶，看著手錶。下午兩點。約定的時間到了。

日岡把只剩下濾嘴的香菸丟進海裡。

身後傳來有人走在浮筏上的聲音。

「這樣不是會把魚嚇跑嗎？」

那個人是在說把菸蒂丟進海裡的事。

日岡又從襯衫胸前口袋裡拿出一根菸，用使用多年的Zippo打火機點了火。柴油打火機即使在風中也不會熄滅。

日岡吸了一口菸之後，才抬頭看聲音的主人——一之瀨守孝。

「我只是在打發時間，釣不釣到魚根本不重要。」

之前是尾谷組太子的一之瀨在昭和六十三年（一九八八年）成為尾谷組的第二代組長，那也是日岡第一次在吳原東分局任職的時候。

尾谷組是在吳原以開賭場為主的老字號幫派，以前和明石組有密切的關係。

因為第一代組長尾谷憲次曾經和明石組旗下的北柴兼敏交杯結拜。

但是，北柴加入了從明石組出走的心和會，在尾谷引退之後，一之瀨加入了和明石組敵對的仁正會。

曾經是北柴組太子的國光和一之瀨，與他們的老大一樣，也是結拜兄弟。

雖然發生了很多事，但國光和一之瀨都貫徹了黑道的義氣。

全縣最大的黑道組織仁正會成為暴對法管理對象的指定列管黑道組織，顛峰時期曾經有超過六百名成員。

今年六月，廣島縣和廣島市在全國最先制定了排除黑道組織條例，針對公營住宅的入住資格，規定本人或是同住親屬不得為暴對法規定的黑道組織成員。

這種排除黑道組織的條例將會在日後越來越嚴格。

日岡認為，不久之後，很可能會因為是黑道分子，就無法在銀行開帳戶。

今年春天，仁正會的第三代會長高梨守引退，由原本擔任理事長的高梨組第二代組長和泉秀樹繼承。這次很順利地決定了第四代組長的繼承人選。

仁正會每次會長交接，都會發生激烈的內鬥，但自從暴對法實施之後，即使幫派內部意見不和，也不會讓外人知道。

這十年來，廣島縣內並沒有發生任何大規模的火拼。

這也是仁正會第一次在和平的狀態下改朝換代。

和泉成為仁正會第四代組長後，原本是幹事長的一之瀨成為組內第二把交椅的理事長。其他黑道幫派的人和警察原本都以為會由理事長輔佐、高梨組第二代太子的石原峰雄擔任理事長。

因為當次級幫派的組長繼承整個幫派的老大職位時，由原本手下的太子坐上第二把交椅，是鞏固領導地位最合理的方式。只要手下知道自己能夠繼續往上爬，就不會輕易造反。

然而，和泉拔擢了旁系的一之瀨坐上第二把交椅。

和泉應該切身體會到警方對黑道取締逐漸強化的趨勢，不到四十歲的石原沒有足夠的威信維持整個組織的管理。遲早會站在廣島黑道頂端的男人——一之瀨曾經讓大上有如此評價，他的才幹在仁正會內也很引人注目。

海鷗在天空中鳴叫。

日岡用眼角瞥向一之瀨的身後。三個男人站在不遠處。那是一之瀨手下的年輕人，他們正在監視周圍。周圍沒有其他人影。

一之瀨穿著黑襯衫和黑色長褲。這麼熱的天氣，他一滴汗也沒有流，一臉輕鬆的表情。

日岡再度將視線移回浮標。

一之瀨站在那裡開口問：

「沖虎怎麼樣？」

日岡回想起昨天的事。

沖在大上的墳墓前瞪著日岡。日岡已經很久沒有見到這麼咄咄逼人的眼神了。

日岡把菸灰彈到海裡。

「雖然老了些，但完全都沒變，一眼就認出他了。」

日岡透過報紙和偵查資料知道沖的長相。

在吳寅會和笹貫組展開激烈的火拼時，日岡還是大學生。

雖然他不可能得知詳細的來龍去脈，但那場震撼廣島市民的流血火拼深深烙在他的記憶中。

和笹貫組正面衝突的吳寅會並不是正式的黑道組織，只是不良分子集結的愚連隊這件事，令他留下了深刻印象。

他是在昭和五十九年（一九八四年），沖遭到逮捕時，才知道沖的長相。報紙上刊登了沖的照片，雖然一臉凶相，卻像蠟人般毫無生氣，應該是遭到逮捕時拍下的資料照片。

站在大上墓前的沖外貌和二十多歲時相同，日岡親眼看到沖時，發現他和照片上不同，渾身充滿鬥志。雖然因為剛服完多年的刑期，臉色很蒼白，臉頰削瘦，但一雙細長的眼睛發出銳利的眼神，兩片薄唇抿得很緊。

沖第一次是因為和對抗的不良少年團體打架的傷害事件，被送進少年輔育院。雖然對方哭著下跪求饒，但他持續毆打對方五個小時，最後把對方丟棄在公園的長椅上，白色長椅都被鮮血染紅了。遭到毆打的對象頭蓋骨骨折，身受重傷，幾乎送了半條命，要六個月才能痊癒。

偵查資料上顯示，沖不發一語，持續不斷地毆打對方。這件事可以充分證明沖的殘暴。

一之瀨在離日岡有一小段距離的地方坐了下來，從胸前口袋拿出了Ziganov菸，叼在嘴上點了火。這種香菸很矯情，但一之瀨抽這種菸也不會讓人覺得討厭。

一之瀨看著海平面。

「雖然他現在剛出獄，還有點搞不清楚狀況，但他遲早會東山再起。他以前的同夥和不少年輕人都來吳原了。」

沖出獄後，吳原夜晚的街頭出現了不少一臉凶相的新面孔。有年輕人，也有和沖年紀相仿的人。

在沖遭到逮捕後，吳寅會也就自然滅亡了。原本吳寅會的成員，有的加入了黑道，也有的改邪歸正，過著正常的生活，但大部分幹部都逃去外縣市。因為繼續留在廣島，會被黑道幫派追殺。

吳原東分局認為，和沖年紀相仿的那些男人以前應該是吳寅會的成員，那些年輕人則可能是沖在監獄內結拜的義弟。

只要沖打定主意，他們這個愚連隊和黑道幫派之間很可能再次發生血債血還的火拼。

沖虎不可能忍氣吞聲。

黑道組織股的資深刑警一臉很了解狀況的表情說。

吳寅會不屬於指定列管的黑道組織，為了監視吳寅會，東分局二課一早就成立了吳寅會對策小組。

日岡擔任這個對策小組的組長。

日岡叼著菸問一之瀨：

「仁正會有什麼打算？」

沖之前曾經和綿船組旗下的團體，第一代笹貫組發生火拼。

笹貫組的組長在第二代的接班問題時被迫引退，但笹貫組由原本的太子宮嶋宗德繼承，成為第二代笹貫組，加入了仁正會。宮嶋在仁正會擔任理事，如今成為一之瀨的助手。

仁正會如何看待沖出獄這件事。

「仁正會還能怎麼樣。」

一之瀨抽著菸，慢條斯理地回答。

「宮嶋那時候在廣島監獄服刑，並沒有和沖發生過正面衝突。」

仁正會打算靜觀其變嗎？

「對了，」一之瀨改變了話題，「志乃的媽媽桑還好嗎？」

暴對法實施之後，一之瀨不再去志乃。因為他擔心有黑道人士出入，會造成晶子的困擾。

日岡很欣賞國光的男子氣概，他們曾經交杯結拜，是平起平坐的兄弟。國光和一之瀨雖然分別在不同的幫派，但也是兄弟，所以日岡和一之瀨也算是兄弟關係。

一之瀨得知這件事後，請日岡到事務所，開口就對他說：

「既然是兄弟，以後我們說話不必客氣。」

那天之後，日岡和一之瀨說話就不分上下。

日岡從一之瀨口中得知了仁正會內部的消息。

但一之瀨並不是日岡的線民。

他們之間是平起平坐的關係，彼此交換能夠向對方提供的、最大限度的消息。

沖去了晶子店裡這件事，當天就通知了一之瀨，也告訴他，沖打算去為大上掃墓。

日岡低頭看著釣竿。

「嗯，她很好，還是整天愛開玩笑。她說自從你們那些人不上門之後，客人的素質提升了不少。」

日岡轉頭看向一之瀨，發現他露出苦笑。晶子當然不可能說這種話，一聽就知道是在開玩笑。

晶子在前天晚上打電話給日岡。

晶子在電話中說，沖去了店裡。

『沖剛才來店裡，才剛離開。我起初不知道他是誰，他向我打聽上哥的事，我這才發現以前曾經在報紙上看過他，他就是吳寅會的沖虎彥。』

日岡用力握住了電話，一口氣問道：

「沖說了什麼？他看起來怎麼樣？」

『他說明天要去為上哥掃墓，事情看起來好像不太單純，所以我想通知你一下比較好。』

日岡道謝後，掛上電話。

他監視大上的墳墓一方面是基於職業意識，但個人的好奇心更強烈。

當初一連串火拼的來龍去脈和沖的偵訊筆錄，他都牢記在腦海中。

大上完成的筆錄簡潔平淡。但是，光從筆錄的概要，就可以發現事件本身很驚人。

第十六章

沖把抽完的菸蒂抽在地上，然後用鞋尖踩熄了仍然冒著煙的菸蒂。

他環顧周圍。路上沒有來往的車輛，也沒有人影，只有夏末的陽光照射。

他拿下墨鏡，走下水泥樓梯。

灰塵和霉味撲鼻而來。

只有一盞日光燈照亮地下一樓的通道，燈泡可能快壞了，滋滋地閃爍不停。

沖來到地下一樓後，敲了敲右側的第一道門。那是一道老舊的木門，門上雕刻著常春籐的圖案。

裡面傳來動靜，他對著門內說：

「是我。」

門打開了，發出擠壓的聲音。本田旭從門縫中探出頭。那是沖在最後移監到熊本監獄後結拜的兄弟。不到三十歲，年紀還很輕，但很有膽量。他因為傷害罪、違反刀槍法、違反火藥類取締法，使用安非他命和營利目的持有安非他命等罪行，被判處八年有期徒刑。

本田曾經進入被稱為是九州黑道分子登龍門的佐賀少年監獄，在出獄後不久，就和九州熊本睦會幹部交杯結拜，成為那名幹部的義弟。那是十年前，他十八歲時的事。他的大哥販賣安非他命，本田負責管理那些藥頭。

大部分販賣安非他命的藥頭自己也會吸食安非他命。因為如果不親自嘗試，就無法判斷品質的好壞。本田從中學時代就開始吸香蕉水，很快就愛上了安非他命。

幾乎所有大規模黑道幫派都禁止碰安非他命，但背地裡都默認。因為安非他命得手容易，而且賺錢很快，但吸食則又另當別論，一旦因為吸食遭到逮捕，就會立刻被逐出幫派。

本田所屬的熊本睦會也不例外。

一旦被逐出幫派，就無法繼續混黑道。

本田被逐出幫派後走投無路，所以投靠了並不是黑道幫派的沖。

當時，沖在熊本監獄的Ｇ標章——黑道之間也打響了名號。在那些仰慕沖而聚集在他身邊的那些人中，就連當地的黑道分子和他相處時也都小心翼翼。

沖出獄的兩年前，本田服滿八年的刑期出獄。在出獄的前一天晚上，沖交代他在出獄之後，去找留在吳原的高木章友。高木是吳寅會的成員中，唯一留在當地，從事正當工作的人，目前在他叔叔的麻將店內擔任店長。沖把麻將店的店名和地址告訴了本田。

高木是一個很重情義的人，無論沖被移到哪一個監獄，他每隔半年就會去探監，每兩個月就會寫信。探監時會向沖報告吳寅會成員的近況，寫信時關心沖的身體。每次寫信，都會在信末寫相同的話。

——我引頸期盼你早日回來。

高木的關心讓沖感到高興，但每次想到真紀的事，就忍不住痛苦。

——我會永遠等你，等你回來。

真紀在面會時哭著對沖這麼說，但在七年前的某一天之後，突然音訊全無。不知道她結交了新的男人，還是找到了自己的歸宿。她不再去探監，即使寫信給她，所有的信都因「查無此人」遭到退回。

他並不憎恨真紀。曾經身處牢獄的沖最清楚二十年的歲月有多麼漫長，更何況真紀原本對他來說，就不是特別的女人。在他入獄之前，還有其他女人。

但是，男人一言既出，駟馬難追。既然說好要永遠等對方，就會永遠等下去。只不過女人並不同。女人會若無其事說謊，這件事令沖感到嫌惡。

「辛苦了。」

本田接過沖手上的超商袋子，退到門旁。

沖走進屋內。

水泥牆壁的房間內瀰漫著菸味和男人身上酸臭的汗味。

目前在事務所內的是吳寅會的幹部三島、林、高木，還有沖在監獄時結拜的兄弟，四個以前曾經加入愚連隊的不良分子和本田——這八個人目前是核心成員。

吳寅會目前作為事務所使用的這個房間，以前曾經是一家酒店。

老闆把酒店收掉時，幾乎留下了所有的傢俱和備品，紅棕色的桌子和酒櫃都還在，相同顏色的吧檯前有五張吧檯椅。紅色布沙發雖然已經褪色，但坐起來的感覺並不差。

這個事務所所在的住商大樓是一棟六層樓的建築，差不多是兩間店面的寬度，但縱深不夠，是一棟細長形的房子。

以前經濟景氣時，這條路很熱鬧，這棟大樓也和周圍的住商大樓一樣，有居酒屋、酒店、理容店和漁會的事務所。

如今經濟不景氣，有許多待租的店面，整條路也很少有人經過，變得很冷清。

雖然這棟大樓租金便宜，但離鬧區有一段距離，地點很不理想，再加上是屋齡四十年的舊房子，所以沒有人願意在這裡租屋開店。

這棟大樓目前只有一家小型清潔公司的事務所，和另一家委託發送業務的奇怪公司。從來沒有看過任何人出入這兩家公司，可能是為了節稅而設立的幽靈公司。

三島配合沖的出獄時間，租用了這間事務所。

比沖更早出獄的三島可能很清楚出獄後的辛苦，所以只問了沖，希望找什麼樣的地方落腳，然後三島出錢出力，包辦了租下這間事務所的所有事。

林似乎並不滿意沖挑選的地方，他第一次踏進事務所時，用力皺著眉頭，忍不住發牢騷說，同樣的房租，明明可以租樓上的房間，為什麼挑選這種充滿霉味的地方？這個房間沒有窗戶，沒有陽光，心情會很差。

沖並不理會林的不滿。

沖挑選這個房間的原因，就在於沒有窗戶。因為一旦有窗戶，他覺得警察隨時會打破窗戶衝進來。

坐在前方桌子旁的高木看到沖從外面走進來，立刻站了起來。

「辛苦了。」

高木少了半截舌頭，所以說話不太輪轉。

自從沖出獄之後，高木白天都在這裡，晚上去擔任店長的麻將館，白天和夜晚在吳原市區內穿梭。

沖在三島和林所在的那張桌子最深處的座位坐了下來。那裡是他的固定座位。

他嘴上叼了一根菸，高木立刻為他點了火。

「大哥，你不必自己去買東西，叫年輕人去就好了啊。」

高木瞥了那幾個年輕人一眼，那幾個年輕人都尷尬地移開了視線。

沖吐了一口煙說：

「我說要自己去，你不是也看到了嗎？」

沖說要去附近的超商買菸，手下的年輕人爭先恐後站了起來，但沖伸手制止了他們。

去超市和超商成為沖最近的樂趣之一。雖然一方面是希望自己趕快適應外面的生活，但更因為他喜歡接觸那些以前從來沒有見過的商品。

俗話說，十年如隔世，沖坐牢的二十年期間，這個世界變化太大了。

最令他驚訝的就是手機。

當三島交給他一隻用別人名義申請的手機時，他瞪大了眼睛，很懷疑這種東西真的有辦法打電話。當他得知用手機寫的內容也可以傳給對方時，覺得自己簡直就像是浦島太郎。

食品、飲料和零食也一樣。

如果在二十年前，他應該會對看起來好像快溶化的冰淇淋，或是超辣的零食不屑一顧，但沒想到現在這類食物大行其道。

沖以前並不喜歡吃零食，但現在不同了，反而很愛吃零食。因為在監獄時，很少吃到甜食或是麵包，所以可能是反作用力。

他仔細打量貨架，思考要買什麼。雖然也曾經想過要買從來沒有吃過的東西，但最後總是挑選明治阿波羅巧克力，或是洋芋片這些以前就有的零食。

除此之外，還有另一個他想獨自出門的理由。

因為他想親眼確認有沒有被警察監視。

吳原東分局知道沖出獄這件事，而且應該也知道三島租用了這間事務所，即使有刑警監視也很正常。

但是，他並沒有發現遭到監視的跡象，如果有刑警在跟蹤，他們的跟蹤手法一定很高超。

沖的腦海中想起一個星期前，在然臨寺遇到的那個男人。

他是吳原東分局的刑警日岡。

那天在大上的墳前遇到他是巧合，還是他原本就等在那裡？沖並沒有問這個問題，因為即使問了，對方也不可能回答。

我們還會再見面。

日岡的臉上寫著這句話。

「沖哥，請用。」

本田把沖買來的東西排放在桌子上。今天他買了兩組六罐一組的啤酒，百奇巧克力棒和餅乾，還有一條香菸。

沖撕開啤酒的包裝時，看著其他人說：

「你們也一起來吧。」

少了右手臂的林用左手靈活地打開了啤酒罐上的拉環。

當啤酒都喝完後，本田從吧檯內拿來了燒酒、水和冰塊，放在沖面前，開始調兌水酒。他的動作有模有樣。因為他在十幾歲學壞之後，曾經在熊本的酒吧打過工。

沖拿起只剩下少許燒酒的酒瓶，轉動了瓶中的酒。

「下次要不要買人頭馬或是麥卡倫？大家偶爾也想喝好酒吧？」

坐在對面的高木用眼角偷偷觀察著沖，難以啟齒地說：

「大哥……皮夾裡的錢……有點拮据……快要見底了。」

沖抬頭看向吧檯。吧檯後方的架子上放著金庫，裡面放了安非他命。那是二十多年前，從五十子會手上搶來的那批貨剩下的。

當時搶來的安非他命總價值六千萬圓左右，其中一大部分和為了與笹貫組火拼所準備的武器一起被警方沒收了。金庫內這些為數不多的安非他命，是目前吳寅會的所有資金。

坐在一旁的林插嘴說：

「要不要去查一下烈心會的貨都藏在哪裡？」

烈心會掌握了吳原所有的安非他命買賣。

五十子會和加古村組遭到消滅後，餘黨組成了烈心會。烈心會的第一任會長是橘一行，以前是五十子會的頭號義弟，目前由第二代會長石野次郎掌管，共有三十名左右的成員。

目前在廣島，處於「非仁正會者非黑道」的狀態，但廣島第二大都市的備後福中市由老字號的衣笠組支配，第五代組長三好真治和全國各地的黑道組織都有很深的交情。

第一代組長衣笠義弘是成為仁正會基礎的綿船組組長綿船幸助的義弟，福中從戰前開始，就是衣笠組的穩固地盤。

三好和石野交杯結拜這件事，在廣島的黑道之間引發了很大的震撼。

烈心會和仁正會對立，原本就有親戚關係的仁正會和衣笠組之間就像是締結了互不侵犯條約。

三好不計前嫌，收石野為義弟。烈心會四面楚歌，當然很希望有後盾支援，但外人猜不透三好的意圖。

衣笠組有八十名成員，具有相當規模，是自古以來就嚴守地盤的獨立組織。無論是黑道人士還是警察，都難以理解三好火中取栗的真正用意。當時身在監獄的沖得知這件事時，當然更無法猜測其中的原因。

但是，烈心會和衣笠組結緣後，仁正會也就無法輕易對烈心會出手。

林甩著空空的右手袖子，向沖探出身體說：

「大哥，你應該很清楚，只要我願意，甚至可以查到警察局長老婆內衣褲的顏色。要調查烈心會藏安非他命的地方，簡直就是小菜一碟。」

林提議像以前一樣黑吃黑，去搶烈心會的安非他命。

沖之前就在考慮這件事。一旦手上的安公子賣完，吳寅會就馬上失去了資金來源。獨立的組織目前只能靠地下錢莊和毒品賺錢，地下錢莊雖然很賺錢，只是缺乏本錢。尾谷組一手掌握了柏青哥店的獎品交換和保護費的生意，所以買賣毒品是最快的賺錢方式。

尾谷組從第一代組長開始就嚴禁毒品，目前吳原的毒品買賣是烈心會的獨門生意。

沖轉動著杯子，杯子裡的冰塊發出了吭噹的聲音。

如何才能在烈心會的安公子獨門生意中摻一腳？

坐在沖斜對面聽著他們說話的三島開了口。他用責備的語氣對高木和林說：

「兄弟才剛出來沒多久，現在和以前不一樣，條子管得很嚴。現在行動太囂張，萬一被逮就完蛋了。目前時機還不成熟。」

林嘟著嘴說：

「像之前一樣夜襲不就好了嗎？」

高木也表示贊同。

「對啊，反正他們也不會去報案。」

三島露出無奈的表情嘆了一口氣說：

「萬一有人傷亡怎麼辦？條子不可能坐視不管。烈心會有衣笠組撐腰，仁正會不可能去找烈心會的麻煩，別人很快就知道是我們幹的。」

前一刻還振振有詞的高木和林可能認為三島的分析很有道理，兩個人都閉了嘴。

本田打破了沉默。

「不能嫁禍給別人嗎？」

「嫁禍給誰？」

三島瞪著本田問。

本田窺視著三島的臉色，繼續說了下去。

「聽說最近有很多中國人的不良分子在廣島橫行霸道，只要偽裝成是他們幹的就好。」

好主意。

沖在內心拍手叫好。

他探出身體，環顧室內所有人說：

「好啊，這個方法不錯，就這麼辦。」

沖從桌上的菸盒內抽出一根菸，在叼在嘴上之前，用香菸指著自己的腦袋說：

「你雖然看起來傻傻的，這裡很靈光嘛。」

本田頓時像被父母稱讚的小孩子般眉開眼笑。

「兄弟。」

沖聽到三島嚴肅的聲音叫了一聲。

轉頭一看，發現三島瞪著他。

「如果你這次被逮，恐怕會死在牢裡，你要好好思考之後再——」

他的話還沒說完，就聽到了敲門聲。

所有人都看向門口。

沖看向以前是不良少年的富樫明，因為他離門口最近。

沖用眼神示意他去應門。

富樫動作緩慢地走向門口。

「誰啊？」

他把耳朵貼在門上問。

門外傳來一個男人的聲音。

『我是神戶的峰岸，我兄弟在吧？』

意外的訪客讓沖感到驚訝。

富樫用眼神向沖請示，沖對他揚了揚下巴。

「開門。」

富樫打開了門鎖。

門外站了三個男人，都穿著深色西裝。

站在中間的是一張充滿懷念的面孔。峰岸孝治——那是沖在熊本監獄認識，之後結拜的兄弟。

峰岸率眾殺了對立組織的幹部，以教唆殺人罪遭判十三年有期徒刑，他比沖早三年出獄。雖然年紀和沖差不多，但幾年未見，他看起來派頭十足。剃掉的眉毛和露出凶光的雙眼，剃得很高的額頭露出的刀傷，都更加襯托出他渾身散發的凶狠。

峰岸看到坐在房間深處的沖，露出了滿面笑容。

「喔，兄弟。久違的自由空氣怎麼樣？」

峰岸舉起一隻手，邁著緩慢的步伐走向沙發。跟在他身後的年輕手下立刻掃視室內，跟在峰岸身後保護。

聽到「兄弟」的稱呼，高木和林立刻察覺到峰岸和沖的關係，從沙發上站了起來，向峰岸鞠了一躬，走到沖的身後。

三島也跟著從沙發上站了起來，正準備離開時，沖拉住了他。

「阿三，你坐。」

三島、林和高木三個人都是吳寅會的幹部，但三島是沖的得力助手，和另外兩個人的地位不同。沖讓林和高木站在自己身後，要求三島坐在自己身旁。

三島在沙發上坐下後，沖搭在他的肩膀上，看著峰岸說：

「這就是我在裡面時向你提到的三島。」

「喔，原來就是你啊。」

峰岸打量著三島，似乎在評估他這個人。

三島把手放在膝蓋上，深深鞠了一躬說：

「我叫三島考康，請多指教。」

峰岸聽到三島打招呼，也鞠了一躬說：

「我是明石組的峰岸，請多指教。」

附有鍊子的白金徽章在他的西裝衣領上發光。白金徽章代表是直參成員，鍊子代表他是執行部的一級幹部。

峰岸是根據地設在神戶的廣域黑道組織明石組的太子輔佐。

他以前是明石組旗下團體成增組的太子，在和從明石組出走的心和會發生明心戰爭時建立了功勳。

峰岸幹掉了心和會的幹部，打響了身為武鬥派的名號。雖然因此付出了坐牢多年的代價，但在三年前出獄後不久，就因為當年的功勞而被提拔為直參成員。一年前，他升級成為鍊子所代表的執行部一級幹部。

坐牢期間，很難從外界寄來的信件或是面會時了解黑道相關的消息，因為書信都必須接受檢查，面會時，監所管理員會在一旁監視，但可以從入獄服刑的黑道分子口中打聽到詳細的情況。沖在監獄時，很快就得知了兄弟出人頭地的消息。

峰岸拿起桌上的零食說：

「酒、飯、零食都很好吃吧？還有女人──」

峰岸說完，瞇眼笑了起來。

「俗話說，山上的男妖來到俗世，看到母豬也覺得賽貂蟬。我剛出獄時，看到打掃廁所的老太婆時，小弟弟也會硬起來。男人真是麻煩啊。」

在場的所有人都露出了苦笑。大家都感同身受。

峰岸把零食放回桌上。沖問他：

「你竟然知道我在這裡。」

黑道的世界，消息傳得很快。峰岸得知沖出獄的消息並不令人意外，但沖沒有想到他這麼快就知道自己的住所，而且親自上門。

峰岸從西裝口袋裡拿出了JPS的菸盒，叼了一根菸在嘴上後，站在他身後的年輕手下立刻遞上了火。他對著天花板吐了一口煙後，看著沖問：

「同行知門道，內行知內幕。我代替老大去福岡辦事情，想說回程時順便來看你。話說回來——」

峰岸用香菸的前端指著沖說：

「你也太見外了，為什麼沒有通知我你出來了？如果我知道，一定會帶手下去接你。」

沖聽了峰岸的話，輕輕笑了笑說：

「因為我不喜歡大張旗鼓。」

本田拿來了小毛巾、冰啤酒和三個杯子，但峰岸的年輕手下客氣地拒絕了。黑道的保鑣絕對不會喝酒。

三島拿起啤酒瓶，為峰岸和沖的杯子裡倒滿了啤酒。

峰岸乾杯後，一口氣喝完了啤酒，從懷裡拿出了紅包袋。放在桌上後，推到沖的面前。

「這是一點小意思，慶祝你重獲自由。」

紅包袋很厚實。裡面應該有一百萬。

在皮夾裡的錢即將見底的節骨眼，這筆錢就像是及時雨。

「不好意思。」

沖拿起了紅包，交給了身後的林。

站在旁邊的本田雙手拿著啤酒瓶，為峰岸的空杯子倒酒。沖發現他的手微微發抖。他面對明石組的一級幹部，應該很緊張。

峰岸喝了一口啤酒後，擦了擦嘴角的啤酒泡，露出像搗蛋孩子般的笑容問：

「闊別了二十年的自由世界怎麼樣？有沒有嚇到腿軟？」

沖低下了頭，抓了抓鼻頭說：

「是啊，這個真的讓我嚇到腿軟了。」

他從長褲後方的口袋中，拿出折疊式手機，不停地打開又闔起。

「沒有想到竟然會出現這種東西。」

峰岸豪爽地笑了起來。

「我也被這個嚇到了，現在已經習慣了，起初每次手機一震動，我的身體也跟著抖一下，真是傷透腦筋。」

峰岸在說話時，從西裝內側口袋拿出手機問：

「你的號碼是多少？」

沖不記得自己的手機號碼。雖然其他人曾經教他查號碼的方法，但他完全記不住。

他看著三島的臉。

「小沖的號碼——」

三島在不知不覺中，用以前的小名叫沖。

沖和三島是平起平坐的兄弟，沖和峰岸也是平起平坐的兄弟，三島和峰岸當然也平起平坐，但沖判斷三島可能覺得堂堂的明石組一級幹部和自己的地位相差太懸殊，所以有所顧慮。

三島拿出了自己的手機，把沖的手機號碼告訴了峰岸。

峰岸聽三島說號碼的同時，按著手機。

沖的手機響了，但馬上就掛斷了。

峰岸把手機放回懷裡說：

「這是我的號碼，你可以輸入通訊錄。」

沖甚至不知道怎麼查自己的手機號碼，當然不可能知道要怎麼輸入別人的號碼。

沖默默把手機交給了三島。

一打開門，店內的卡拉ＯＫ、男人揶揄坐檯小姐的笑聲，和女人的嗲聲就傳入耳朵。

「天青石」內賓客滿堂，總共七張桌子，有六張都坐滿了人。

晚上九點，正是店內生意最好的時候。

其中一名坐檯小姐聽到門鈴的聲音，立刻跑了過來。

林上前一步說：

「我是剛才打電話預約的林。」

「正在恭候各位，請進，請進。」

坐檯小姐請他們入內。

既然她記得預約客人的名字，想必是媽媽桑或是小媽媽桑。沖從她看起來三十出頭的年紀和容貌，判斷應該是後者。

沖等一行人被帶到店內最深處的桌子。

「天青石」是位在赤石大道上的酒店，聽說已經開了五年。

在相互寒暄、閒聊了一陣子後，沖帶著三島和林離開了事務所，和峰岸以及他的兩名手下，總共六個人一起來夜店。

林預約了這家店，據說這是目前吳原最紅的一家店。可以唱歌，而且坐檯小姐的素質都還不錯。

客人峰岸坐在上座，沖和其他人坐在下座。峰岸的手下沒有坐下，仍然站在峰岸的身後。明石組很有規模，所以手下也都很懂規矩。

有三名坐檯小姐坐在沖他們那一桌，兩個人坐在峰岸的兩側，另一個人坐在沖旁邊。

二名小姐拚命獻殷勤取悅客人，但她們臉上的笑容有點僵。可能她們一眼就看出這些客人是混黑道的。

其中一名小姐聽到峰岸說關西腔，問他：

「請問你是哪裡人？」

「我嗎？我是關西的鄉下人，目前在神戶開烤肉店。」

「你真會開玩笑。」

峰岸的回答一聽就知道是開玩笑，坐在他右側的小姐輕輕拍著峰岸的肩膀說。

沖聽到烤肉店，想起了「佐子」。那是廣島的一家內臟燒烤專賣店，也是吳寅會聚會的地方。

聽林說，「佐子」在十年前歇業了。張羅那家店大小事的阿姨生病去世了，在店裡幫忙的今日子也離開了廣島，目前完全沒有消息。

流大道上的「女王蜂」、柏青哥店「Parlor Crown」也都歇業了。雖然對沖來說，這幾家店稱不上是重要的地方，但總覺得少了一些屬於自己的地方。

上了年紀的男客唱著像是時下流行的歌曲，但有點分不清男客到底在嘶吼還是在唱歌。峰岸看著幾名坐檯小姐，用不輸給男客的聲音大聲問：

「妳們有沒有去過熊本？」

所有小姐都搖著頭。

「雖然熊本被稱為火之國，但冬天冷得要命，可以結出——」峰岸說話的同時，張開了雙手，「這麼大的冰柱。」

坐在峰岸身旁的坐檯小姐瞪大了眼睛問：

「真的嗎？」

「當然是真的。」

峰岸抓著坐檯小姐的手，摸向自己的褲襠說：

「雖然和我的寶貝相比就遜色多了。」

坐檯小姐輕輕拍著峰岸的褲襠，發出了嬌滴滴的聲音。

沖把叼在嘴上的香菸菸灰彈在菸灰缸裡。

無論哪個監獄，冬天都很冷，熊本特別冷。因為地處盆地，夏天悶熱，冬天冷得快結冰了。每到一月和二月，雜居房的窗戶就會垂下二十公分左右的冰柱。

「你怎麼會知道熊本的事？你出差去過那裡嗎？」

坐在沖身旁的坐檯小姐問，但她臉上的表情顯示答案並不重要，她只是找話題聊天而已。

「出差？才不是呢，我是被派去那裡工作，而且一去就是十三年，整天吃麥飯。」

峰岸把花生殼丟在桌上的垃圾桶內。

「竟然在那種鬼地方呆了那麼久。」

峰岸看著半空，似乎在回想往事。

坐檯小姐臉上露出了僵硬的笑容，她們可能猜到是在說監獄。

三島用委婉的語氣問：

「但你是名人，待遇應該還不錯吧？」

峰岸是明心戰爭的最大功臣，不僅在關西打響了名號，他的名聲傳遍了全國各地的黑道組織。

「遇到如假包換的道上兄弟，管理員也不敢隨便亂來吧。」

林用一隻手為峰岸的杯子裡倒了啤酒。

峰岸拿起杯子，讓林為自己倒酒時，露出了苦笑。

「姑且不論管理員，熊監有很多無期仔。現在和以前不一樣，每三個人中只有一個人能夠獲得假釋，而且至少要先蹲三十年。姑且不論年輕人，如果是上了年紀的無期仔，根本天不怕地不怕，兄弟，你說對不對？」

峰岸突然問沖，沖點了點頭。

「那些傢伙反正要在裡面關一輩子，不管你是不是黑道，他們都會不由分說地攻擊。」沖在服刑期間，即使監獄內發生傷害事件，也很少會遭到起訴而增加刑期。更何況被判無期徒刑的人，只要不會被認定犯了殺人罪，刑期並不會有任何變化，所以即使犯下傷害致死罪也根本無所謂。

「無期還不是最惡劣的。」峰岸拿起新的花生剝著殼，不滿地說：「最麻煩的是無期無期。」

「烏漆烏漆是什麼？」

剛才靜靜聽峰岸說話的坐檯小姐戰戰兢兢地問。

沖代替峰岸回答說：

「無期無期就是被判無期徒刑後假釋出獄，結果又在外面犯案，然後再次被判無期徒刑的人。」

峰岸補充說：

「無期無期會在裡面被關到死，所以什麼都不怕。」

峰岸說到這裡，壓低聲音說：

「兄弟，那次如果沒有你，我現在也沒辦法坐在這裡了。」

沖沒有吭氣，靜靜地抽著菸。

他們兩個人是因為峰岸遇到了他口中的無期無期，才會結拜為兄弟。那個男人——姓原的無期仔在熊本監獄內被稱為瘟神。

原在無期無期中特別惡劣，搶其他受刑人的食物是家常便飯，不僅如此，他在工作時會趁管理員不注意時偷懶，有時候會把其他受刑人的工作工具丟進垃圾桶，扯別人的後腿。

峰岸入獄後，就一直保持觀察的態度。沒必要主動接近瘟神。他和其他人一樣，和原保持了距離。

沒想到峰岸入獄的半年後，莫名遭到了波及。原當著峰岸的面，把他的工具丟進了垃圾桶。

峰岸怒不可遏，一把抓住了原的衣領，把他丟向堆在牆壁旁的磚塊，然後用盡渾身的力量，把他的腦袋撞向磚塊。這個重擊導致原的後腦杓破裂，失去了意識。峰岸的怒氣並沒有平息，當原倒在地上時，他用鞋尖一次又一次踢向原的腹部。事後才知道，原斷了五根肋骨。

峰岸被趕來的管理員制伏，遭到三個月的懲罰，但獄方也了解狀況，在兩個多月後就結束了對他的懲罰。

在峰岸解除懲罰的一個月後，發生了那起事件。

那天是個好天氣，許多受刑人在上午就完成了工作，來到操場上。有人活動身體，有人躺在草皮上。

峰岸坐在操場角落的長椅上。沖發現有一個人影出現在峰岸背後。人影躡手躡腳向峰岸靠近。

是原。

被峰岸教訓了一頓的原在傷勢好轉之後，調去了其他工廠。

不知道是因為不想讓別人看到自己的糗樣，還是害怕見到痛扁自己的峰岸，原有一陣子沒有出現在操場。這一天，原也來到操場上，眼中發出異樣的光，而且一隻手藏在身後。

沖產生了不祥的預感，他定睛看向原藏在身後的那隻手，發現有什麼東西發出了亮光。是武器。他憑直覺意識到這件事。

他還來不及思考，身體已經採取了行動。

沖撲向站在峰岸身後的原，原在地上摔了一個狗吃屎。

沖坐在原的身上，用力搶走了原緊握在手上的東西。

原來是一根釘子。釘子超過十公分。如果從背後用力刺進去，搞不好會刺到心臟。

「幹嘛？放開我！」

原趴在地上大叫著。

管理員聽到吵鬧聲趕了過來。拚命掙扎的原被聚集而來的管理員雙手反鎖在背後帶走了。

沖也被兩名管理員從兩側架住，兩個人遭到隔離偵訊，了解打架的經過。在沖被帶往管理員室時，身後傳來峰岸的聲音。

「如果沒有你，我會在打瞌睡時就上西天了。」

沖在菸灰缸內捻熄了香菸。

「你很厲害，即使沒有我，你也一定可以脫身。」

峰岸也在菸灰缸內捻熄了前一刻抽的菸，他站起身，走到沖身旁。

坐在沖身旁的林起身讓座。

峰岸對坐檯小姐揮了揮手說：

「妳們去那裡。」

幾個小姐順從地離開了。

峰岸在沖身旁坐下後，抽住了他的肩膀說：

「我說兄弟，你要不要來神戶？」

「神戶？」

沖抬起頭看向身旁。峰岸點了點頭。

「廣島現在是仁正會的天下，根本沒有愚連隊的立足之地。現在和以前不一樣，警察和輿論都盯得很緊，如果你繼續留在廣島，不是又被抓，就是死於非命。」

沖看著峰岸的眼睛，可以感覺到自己皺起了眉頭。

峰一臉嚴肅地繼續說了下去。

「自從暴對法實施之後，黑道的世界也和以前完全不一樣了，殺來殺去的時代已經結束了。這是我這三年來的深刻體會。」

兩個人互看著。

峰岸拿起桌上的啤酒瓶，為沖的杯子裡倒了啤酒。

「我說兄弟，你要不要來神戶和我一起打拼？我會安排你正式和老大結拜，如今只有像我們這樣的大規模組織才有辦法生存。」

峰岸上門難道不是為了敘舊而已，還想要挖角嗎？

沖喝了一口峰岸為他倒的啤酒，也為峰岸倒了酒。

「很感謝你的心意，但我在這裡還有需要處理的事。」

峰岸皺起了眉頭問：

「還有什麼事要處理？」

沖沒有回答。

他轉動著杯子裡的啤酒。

「等我拿下廣島的天下之後，就會去找你。」

峰岸輕輕咂著嘴。

「你沒有聽到我說的話嗎？時代不同了，你才剛出來，可能還不太了解。愚連隊已經沒辦法生存了，我說——」

峰岸堅持己見，沖伸手制止了他。

「先不說這件事，我有一件事想要拜託你。」

「拜託我？」

峰岸正視著沖，示意他說下去。

沖低著頭，斷斷續續地說：

「有一個叫重田元、的人，躲在鎌之谷、那一帶，可不可以、請你幫我找出這個人？」

雖然三島很不想說，但三天前，沖還是從三島口中問出了元的下落。

當事務所只有他們兩個人時，沖逼問三島這件事。

三島遲遲沒有回答，最後敵不過沖的再三追問，終於鬆了口。

「聽說他在大阪。」

「大阪的哪裡？」

「有人說曾經在鎌之谷見過他。」

沖說要把元找出來，三島制止了他。

「小沖，元的事就算了吧，不要管他了。他出獄之後，已經八年沒有任何消息了，事到如今，也不可能回來了。」

沖並不是想把元找回來，只是想確認元是不是叛徒。

沖低著頭，用眼角看向坐在身旁的峰岸。

「二十年前，有人向條子告密，把我們的事說了出去，我無論如何都必須為這件事做一個了斷。」

「小沖。」

三島用強烈的口吻叫了沖一聲，試圖用眼神制止。

峰岸喝完剩下的啤酒後站了起來。

「好，一有線索，我就會通知你。」

峰岸說完這句話，就帶著年輕手下離開了。

峰岸離開後，沒有人開口說話。三島和林都沉默不語。

「沒錯，我無論如何都必須為這件事做一個了斷。」

沖小聲嘟噥後，一口氣喝完了啤酒。

第十七章

日岡坐在自己的辦公桌前寫報告。

可以說，警察工作有一半是文書作業。第一線的警察寫完報告後交給上司蓋章。雖然整天把正義、防止犯罪這些冠冕堂皇的廢話掛在嘴上，其實每天都在做一些耗費時間和人力的常規工作。

日岡在今年春天被調到吳原東分局搜查二課擔任黑道組織股的主任。

和之前的上司大上章吾擔任相同的職務純屬巧合，但他在內心深處也覺得是宿命。

相隔十五年，回到了以前任職的單位，除了茶水間、廁所和空調修好以外，並沒有太大的變化。二課的辦公桌配置也和當年一樣。

日岡停下筆，打量著辦公室內。

朝會結束後，大部分同事都出門了。有一半座位空著。

平時這個時間，日岡也會外出，但今天不一樣。因為他必須在十點之前，完成值夜班的偵查員交上來的報告。

雖然只是兩個男人深夜在赤石大道上打架的簡單事件，但其中一個人是烈心會的嘍囉。牽涉到黑道分子的案子幾乎都交給二課處理。

這件事本身並沒有問題，但問題就在於值班的刑警並不是二課的偵查員，而且在交通課內，也是經驗尚淺的年輕人，報告寫得亂七八糟，就這樣交了過來，日岡必須從頭開始寫。

日岡的個性很不擅長文書作業。

日岡的報告寫不下去，下意識地把手伸向襯衫胸前的口袋，正想把菸盒拿出來，才想起分局內禁菸這件事。

他忍不住咂著嘴。

不光是吳原東分局，縣內所有的分局都禁止在室內抽菸。無論在哪個分局，都必須到戶外的吸菸空間才能抽菸。

雖然知道這是時代的趨勢，但這個規定對菸槍日岡來說實在太痛苦。他認為在辦公室無法抽菸，是讓他寫不出報告的原因之一。

日岡放下了手上的筆。

正當他起身打算去外面抽菸時，背後有人叫他。

「組長！」

他回頭一看，原來是司波翔太。司波是黑道組織股的下屬，目前是日岡的搭檔。

司波走進辦公室，跑到日岡身旁，遞給他兩張紙。

「組長，中了。那天的黑道分子就是明石組的峰岸。」

日岡從司波手上接過了那兩張紙。

其中一張是照片的影本，另一張是傳真過來的經歷照會書。這是昨天要求司波和兵庫縣警聯絡調查的事。

司波可能有點興奮，向日岡報告時的聲音也變尖了。

「組長，你說對了，沖和峰岸是熊本監獄時的獄友。」

日岡迅速瀏覽了影印紙，朗讀了前科資料。

「暴力行為、傷害、恐嚇、違反刀槍法、違反火藥取締法、公然聚眾且攜帶凶器罪、教唆殺人——歷經浪速少年輔育院、岡山的特別少年輔育院、大阪監獄、熊本監獄。十八歲時加入成增組，二十九歲擔任太子，在幹掉心和會幹部出獄後，四十一歲成為明石組的直參成員，四十三歲成為太子輔佐……」

原本看著資料的日岡抬起頭，看著司波露出了得意的笑容。

「他簡直是流氓的榜樣，黑道中的菁英啊。」

「喔。」

司波呆滯地應了一聲。

看他的表情，似乎聽到日岡說峰岸是黑道的菁英，他也不知道該怎麼回答。

司波是當刑警才兩年的菜鳥，目前是巡查，半年前被分配到吳原東分局。

他在高中時代，曾經代表廣島參加柔道比賽，所以體格很壯碩。

黑道組織股的任務經常需要打鬥，大部分被挖角到黑道組織股的人，都有柔道或是劍道的段位。和黑道分子打交道，除了體格必須壯碩，還需要有相當的身手。

日岡雖然有空手道的段位，但黑道組織股內很少有像他這種只有中等身材，體格也不算太壯的人。

司波的身高一百八十公分，體重八十公斤，在體格方面完全沒有問題，卻有一張娃娃臉，已經三十多歲了，看起來還像是大學生。

他剛被分配到二課時，大家為他取了「小鬼」的綽號。司波為這件事很不高興，有一天理了五分頭走進二課辦公室。大家當場為他取了「毛栗頭」的綽號，現在則省略為「毛栗」。司波每次聽到別人這麼叫他，都會嘟起嘴說，我叫司波，不叫毛栗。

日岡比較著兩張影印紙，司波探出了身體。

「組長，你果然太厲害了，你猜中他會和黑道人士接觸這件事。」

司波可能很興奮，臉頰都紅了。

日岡抬眼看著司波。因為司波比他高七公分。

「這種事，誰都會猜到，只有你太遲鈍了。」

在監獄服刑的人或多或少都有點相似，不符合社會主流價值的共同意識，會讓他們在牢獄中建立牢固的關係，也就是所謂的獄友關係。

沖當年二十歲左右，是率領愚連隊和黑道幫派正面火拼的猛將，道上的兄弟沒有人不認識他。無論他自己是否願意，都會有同類聚集在他身邊。

日岡想起在大上墓前遇見的沖。

任何人被他瞥一眼，都會忍不住愣住。他有一種不同尋常的冷酷。野生的老虎——那雙眼睛顯示他殺人可以不眨一下眼睛。

即使他坐牢多年，他的心仍然沒有死，至今仍然想要稱霸廣島。

日岡看到他時，產生了這樣的直覺。

沖在監獄內很可能和有助於增加自己實力的人交杯結拜，這樣才合理。即使是小孩子，只要稍微想一下就知道，在他出獄之後，那些結拜兄弟一定會去找他。

日岡再次看著峰岸的經歷照會書。

他是從在加油站打工的計時工施主口中得知沖他們目前的藏身之處。

警察口中的施主就是消息來源。

施主和線民的不同之處，就在於施主是一般民眾，而線民通曉黑道的消息。

破案的線索並非都來自和事件有直接關係的消息，有時候看似毫無關係的一些日常小事，很可能成為破案的突破口。可以說，施主的多寡和刑警的能力成正比。

日岡從大上身上了解到施主的重要性，他也汲取了大上的經驗，平時就勤於拜訪商店的老闆娘和柏青哥店，讓對方記住自己。

大部分人遇到刑警都會心生警戒，必須讓對方喜歡自己，才能贏得對方的信賴，同時問出有用的消息。遇到菸店老闆娘數落和媳婦關係不好，日岡就會默默聽她說媳婦的壞事；柏青哥店膽小怕事的店長則會拜託他，請他不要讓惹事的客人去店裡。

首先必須滿足對方的要求，對方才會願意為自己做事，所以日岡經常不厭其煩地處理一些在別人眼中認為是雜務的事。如今，他是東原東分局內手上掌握最多施主的人。

在大上的墳墓遇見沖的隔天，日岡就開始去找和沖有關的施主。

日岡不經意地向這些施主打聽，有沒有聽到任何人看到或是撞見看起來像是沖的人，最後從加油站的工讀生口中得知了令他在意的消息。

那個打工的年輕人提到了去加油站加油的一輛車子。

那是一輛車窗和後方玻璃上都貼了黑色玻璃貼紙的黑色轎車，在加油時，兩個男人下車聊天。

工讀生不經意地聽到他們在討論不知道哪個剛出獄的人喜歡什麼，工讀生既害怕，又好奇，所以清楚記得那些聽起來有點可怕的談話內容。那兩個男人一直在討論要買什麼甜食。

日岡追問工讀生，那兩個人還聊了些什麼。工讀生想了一下後回答說，他們還提到了不二見大樓。那是一棟老舊的住商大樓。

那兩個人討論著為什麼要找那麼老舊的大樓，還說以前那裡有一家他們常去的店。討論完之後，就付了油錢離開了。

日岡認為那一帶剛出獄的人應該並不多，那個剛出獄的人一定就是沖，於是就帶著司波監視了不二見大樓。

日岡猜對了。他看到熟面孔走進不二見大樓。那個人就是三島。

日岡掌握了沖的落腳處之後，就在一個星期前開始在遠處監視。

根據三島等看起來像是吳寅會的成員也出入那裡，判斷那裡也是吳寅會的事務所。

日岡挑選不二見大樓對面的一棟公寓作為監視據點。雖然美其名為公寓，但只是一棟老舊的五層樓建築，除了沒有店家以外，構造和老舊程度與不二見大樓無異。

日岡發現沖的落腳處後，立刻和公寓的管理員談妥，可以從公寓的屋頂拍攝出入不二見大樓的人。

獲得管理員的同意後，日岡立刻和司波開始在屋頂展開監視行動。

看起來像是吳寅會成員的十幾個男人出入事務所，目前只確認了頭目的沖，和多年的幹部三島、林和高木四個人，還無法了解其他人的身分。

峰岸在前天造訪了吳寅會的事務所。

日岡看到一眼就知道是黑道的男人走向那棟大樓。

那個男人的一頭短髮抹了整髮劑，雙手插在深色西裝的口袋裡，兩個年輕男人在前面為他開道。

日岡用有望遠鏡頭的單眼相機觀察了那個男人。

那張臉似乎在哪裡見過，徽章在西裝胸前發亮。日岡連續按了好幾次快門。

那幾個男人走進大樓，日岡從相機的液晶螢幕確認了照片，發現那個男人戴的徽章上是用菱形設計明石組的「明」這個字，俗稱「明菱」的代紋，同時還有代表是一級幹部的白金鍊子。

根據照片中的長相和體格，日岡猜想那個人應該是明石組的太子輔佐峰岸孝治。

在看到附有鍊子的徽章後，這個推測變成了確信。為求萬無一失，要求兵庫縣警四課照會了黑道相關人士檔案（Z號），確定就是峰岸。

日岡從胸前口袋拿出香菸，叼在嘴上。

司波擔心被別人看到，小聲對日岡說：

「組長，分局內禁菸。」

日岡瞪著司波說：

「我知道，所以不會點火。」

即使只是叼在嘴上，也可以覺得自己在抽菸。

日岡再度打量峰岸的照片。

明石組的一級幹部沒有理由去吳原愚連隊的事務所，峰岸應該和沖有私交，八成是在監獄認識的獄友。

日岡看著手上的資料問司波：

「關於沖和峰岸的關係，你有什麼看法？」

司波想了一下後回答：

「峰岸特地來這種鄉下地方，應該代表他們並不是普通的獄友而已。沖和峰岸應該在熊本監獄內交杯結拜。雖然不知道峰岸是收沖為義弟或是小弟，但如果峰岸來和出獄的手下見面，聽起來就很合情合理。」

不可能。

日岡看著司波，用鼻子冷笑一聲說：

「你不是也看了沖的筆錄和法庭紀錄嗎？沖怎麼可能會去當別人的手下？」

司波有點不知所措地說：

「但是對方是明石組的幹部啊。」

日岡把資料丟在桌上，靠在椅背上說：

「不管是明石還是暗石，沖都不可能心悅誠服，如果他們真的結拜，一定是平起平坐的兄弟。」

「組長，恕我反駁——」

司波的話還沒說完，日岡就打斷了他。

「你一定要說，愚連隊和明石組地位太懸殊了。」

「對。」

司波經常這樣呆滯地回答。

只有十幾名成員的愚連隊和日本最大的黑道幫派簡直有天壤之別，不光是黑道社會，這個世界上向來盛行小型組織為大型組織服務的權勢主義，只不過這種常識無法套用在沖身上。

日岡靠在椅背上，抬頭看著站在那裡的司波。

「我告訴你，黑道的交杯結拜並不光是看彼此的身分地位，即使年紀或是地位相差懸殊，或是從事不同的行業，只要認定可以把自己的性命交給對方，就會結拜為兄弟。」

日岡雖然是警察，卻和義誠聯合會的會長國光寬郎——也就是殺了明石組第四代組長武田力也的人結拜為兄弟。

日岡想起了之前接到的一通電話。

那是在他從廣島縣北的比場郡駐在所被調到縣警總部搜查四課的兩年後，西部的櫻花開始綻放的時節。

凌晨四點時，家裡的電話響了。是一之瀨打來的電話。

一之瀨用平靜的語氣通知他，國光在旭川監獄被武田組的餘黨刺殺身亡了。

日岡用力握著電話，癱坐在榻榻米上。他的腦袋一片空白，無法理解一之瀨說的話的意思。

國光死了——不可能有這種事。

他的大腦拒絕接受現實。

在掛上電話後，內心才湧現無處宣洩的憤怒和懊悔。

在得知以前的上司大上章吾死訊時，他也有相同的心情。唯一的差別，就是這一次無處宣洩內心的憤怒。

對於有人為了利己的目的而幹掉大上這件事所產生的憤怒，成為之後阻止幫派火拼的激情而得以發洩。無論如何，都要消滅向大上下毒手的五十子會，和五十子會旗下的加古村組。他把這份幾近凶殘的憤怒刻在內心，廢寢忘食地展開偵查。

但是，國光的死不一樣。橫道重信殺了國光，是老大遭到殺害，身為小弟的他當然必須報仇。在黑道的世界，這種行為只會受到稱讚，不可能受到責難。報應——國光身為黑道人士，死在武田組的小弟手上也算是沒有遺憾了。

武田派原本是擁有超過兩千名成員的武鬥派集團，對於包括明石組執行部的政治判斷在內的協議提出了異議，堅持要取心和會會長的性命。

武田組背叛了第五代明石組，成為明石組總部鎖定的目標。武田組的事務所遭到襲擊、砂石車特攻、成員被挖角，最後只剩下不到二十名成員，只有顛峰時間的百分之一。

在武田力也去世之後，他的親弟弟武田大輝成為組長。日岡很擔心義誠聯合會立刻採取行動，傾全力向武田大輝報仇。

但是太子立花吾一沒有採取行動。正確地說，是他想要行動卻動彈不得。因為國光留下了遺囑。

——因為老大再三叮嚀，萬一他有三長兩短，也千萬不要報復。一旦整個幫派遭到瓦解，年輕人就無處可去了。

守靈夜時，立花哭紅了雙眼，用力咬住的嘴唇都滲著血。

日岡在日後從參加守靈夜的一之瀨口中得知了這件事。

日岡是警察，無法去參加守靈夜，也無法參加葬禮，只能在國光每年忌日時，去國光位在福中老家的墳墓掃墓。

「日岡。」

日岡聽到有人叫他的名字，回過了神。

黑道組織股的股長石川雅夫正看著他，黑框眼鏡拉到了鼻尖。不知道是否在意日益後退的髮際，硬是把瀏海往前梳，頭頂的稀疏反而更明顯了。

日岡揮了揮手趕走了司波，從椅子上站了起來。

他走到石川的座位前問：

「什麼事？」

石川在胸前抱著雙手，整個人靠在椅背上。

「吳寅會的事，有可能拿到績效分數嗎？」

石川指的是揭發檢舉安非他命、槍枝，以及違反交通規則和檢舉率等警察所有業務的業績問題。

和日岡同年的石川在一年前升為副警部，之後不是靠考試，而是靠業績和推薦才能升為警部。石川以警部以上的警階為目標，所以滿腦子只想著累積績效分數，討好高層。

「現在還很難說，但聽說他們在私下販賣安公子。」

「是嗎？」

石川皺起眉頭，露出滿臉愁容。

「交易量越多越好，暫時放長線，不要只是區區幾公克，最好是以公斤為單位。」

他整天只會說大話。

扣押安非他命時，以公克為單位決定分數。通常的扣押量都是五公克或是十公克，如果能夠扣押超過一公斤，就可以獲得總部長表揚，問題是並非整天都有這種好事，石川簡直是異想天開。

石川緊盯著日岡。

「當初是你提出要成立吳寅會對策小組，當然要做出一點成績。」

「嗯，我會努力。」

日岡也知道自己言不由衷。

「先不說這件事——」

石川可能根本不在意日岡內心的想法，若無其事地收起了表情，探出身體，壓低聲音說：

「有沒有辦法搜到手槍？哪怕只有一把也好。」

下個月是非法持有手槍取締月，績效分數可以加倍。

日岡在內心咂著嘴，把臉湊到石川面前小聲說：

「股長，你應該也很清楚，現在和以前不一樣，無法輕易踏進黑道幫派的事務所，也沒辦法輕易打聽到黑道幫派的消息。全縣一整年也搜不到二十把槍，怎麼可能馬上搜到？」

石川皺起眉頭，但立刻掩飾了不悅的表情，擠出笑容說：

「日岡弟，你的手上不是有很厲害的線民嗎？分局長最近快要調動了，我想讓分局長臉上有光。」

日岡聽到石川叫他「日岡弟」，忍不住感到反胃。

警界是由上往下管理的社會，必須絕對服從上司的命令，但日岡覺得繼續和石川說話，只會讓自己更不舒服。

日岡直起身體，抓了抓後頸說：

「如果持有者不明的槍枝也沒問題，我可以想辦法。」

日岡在腦海中盤算著，只能透過線民去黑市買槍。

以前大上還活著的時候，會和黑道幫派談妥，除了讓他們交出槍枝，同時讓幫派內的嘍囉自首，但在暴對法實施之後，根本不可能有這種事。

日岡和國光交杯結拜，私下和仁正會的一之瀨、瀧井交情匪淺，為了能夠在警界繼續生存，只能累積績效。

問題在於如何躲過監察的監視。

日岡手上有黑道的線民，也和黑道幫派有來往是眾所周知的事，他知道監視早就盯上了自己。如果不小心行事，很可能危及自己的警察生命。

大上把警察內部的醜聞都記在筆記本上，作為在緊要關頭時的王牌。雖然當初因為大上的遺言，把那本筆記本交給了日岡，但如今已經無法發揮作用。因為大部分被大上掌握醜聞證據的警察都已經退休了，大上留下來的那筆錢，也在用於支付給線民的協助費和蒐集消息後漸漸見了底。

只能靠自己的能力生存下去。

大上教了他生存的方式。

日岡站在原地小聲嘀咕說：

「沒錯，我會想辦法。」

只要自己花錢購買，黑道和罪犯手上的槍枝數量就會減少。安公子也一樣。只要減少在市面上流通的毒品，就是在幫助善良百姓。為了讓善良百姓遠離犯罪，必須不擇手段。

這就是大上的教誨。

日岡在不知不覺中，已經養成了這樣說服自己的習慣。

石川臉上露出了真心的笑容，他興奮地說：

「是嗎！真是太好了。日岡弟，你果然是我們部門的王牌。」

石川露出滿面笑容伸出手，想要和他握手。

日岡敷衍地和他握著手。

一心只想著往上爬的男人——日岡在內心向他吐口水。

第十八章

把車子停在小路的路肩後，坐在駕駛座上的三島轉過頭問：

「停在這裡可以嗎？」

坐在後車座的沖隔著車窗，打量著周圍。

「那棟公寓在這附近嗎？」

三島把身體轉了回去，指著前方說：

「那一帶就是新世界，那裡不是有一家摩鐵嗎？綠公寓就在前面。」

沖順著三島的指尖看了過去。

堆放著垃圾袋和廢棄腳踏車的小路右側，有一塊寫著「相思樹」的招牌。休息兩千五百圓，不限時間休息三千圓，住宿四千五百圓。從地點和建築的老舊程度，不難想像房間內的髒亂程度，即使帶絕世美女同行，恐怕也硬不起來。

沖和三島、林正在大阪的鎌之谷區，而且是在鎌之谷區內，以治安很差出名的野島地區，任何父母絕對不會讓自己的女兒來這種地方。

一下車，惡臭立刻撲鼻而來，那是灰塵、黴菌和腐敗食物混合在一起的酸臭味。

跟著沖下車的三島和林也都用力皺起眉頭，林更誇張地捏住了鼻子。

「臭死了。」

三島從上衣內側口袋內拿出菸，點了火。他似乎想用菸味蓋住惡臭。

雖然瀰漫的惡臭有一種寂寥感，卻讓沖感到懷念。因為他小時候住的大雜院也有相同的臭味。

沖緩緩走向要找的那棟公寓。

三島和林跟在他身後。

他聽到身後的林問三島：

「你有沒有鎖好車門？」

三島忍不住笑起來。

「沒想到你這個專偷車子的慣竊，竟然會擔心車鎖的事。」

林有點不耐煩地說：

「租來的車子遭竊最麻煩，賠償和保險的手續比你想像中更麻煩，搞不好明明是我們受害，還要賠錢。」

沖等人開著租來的車子來這裡。那是一輛白色可樂娜。他們在店內所有的車子中，選了這輛最不起眼的車子。

昨天，接到了明石組峰岸的聯絡。

『兄弟，找到了你要找的那個人。』

峰岸在電話彼端說道。

沖情不自禁用力握著手機。

「那傢伙——元在哪裡？」

『他在野島。』

沖聽到地名，就可以想像元目前過著怎樣的生活。

改邪歸正需要很大的毅力。

元從以前就是沒有骨氣的人，沖猜想他不可能過什麼像樣的生活，只是沒想到他竟然住在貧民窟。

距離上次拜託峰岸找人已經過了兩個月，街道上吹起了冷風，難以想像不久之前，夜晚的燠熱還讓人難以入睡。沖目前落腳處的地下室，更是冷得已經需要用熱水袋取暖。

昨天從中午開始下起了小雨，氣溫更低了，但沖接到峰岸的電話後，腋下滿是汗水。

「在野島的哪裡？」

沖問道，峰岸簡短回答說：

『在四丁目的小路上，有一家名叫「相思樹」的摩鐵，旁邊有一棟名叫綠公寓的公寓，他就住在二〇三室，好像和女人住在一起。』

沖道完謝後，闔起了手機。

今天早晨天亮之後，他找來三島和林，一起來到大阪。

他們坐三島的車子從吳原前往位在縣北的福中市，然後在那裡搭上新幹線。在新大阪車站下車後，在車站前租了車，前一刻才剛到這裡。

上午十一點半。沖猜想元上午應該在家。像元這種以前的不良分子，都會在傍晚之後才出門。

「三島，你怎麼了？」

身後傳來林的聲音。

回頭一看，三島站在那裡，用鞋尖踩熄菸蒂。

三島抬頭看著沖問：

「你的心意仍然沒有改變嗎？」

沖微微側著身體，雙手插在長褲口袋裡。

「對，沒有改變。」

這是這兩個月來，多次出現在他們之間的對話。

三島反對尋找元的下落。他認為既然以前的同伴失去了音訊，就沒有必要再去找他，反正還有很多其他事要做。

沖每次都搖頭表示不同意。這二十年來，他一心只想著要找出叛徒，要逮到當年出賣自己的傢伙，了斷這件事。如果不趕快了斷這件事，就無法實現稱霸廣島的野心。

三島心灰意冷地搖了搖頭，走到沖的身旁後，率先走在前面。

三島走過摩鐵後，抬頭看著前方第三棟公寓。那是兩層樓的木造公寓，一樓和二樓分別有四個房間。公寓很舊，一旦有地震，可能馬上就會倒塌。鐵製的樓梯和露出的管線都生了鏽。

三島走上樓梯，站在二〇三室前，看著沖。

沖站在三島身旁。門上沒有貓眼，也沒有門鈴。

三島和林站在沖的身後。

沖輕輕敲了敲門。

門內傳來動靜，接著一個女人的聲音應了一聲：

『來了。』

沖懷疑自己的耳朵。

難道聽錯了？

門內傳來剛才那個女人的聲音。

『誰啊？』

沖看向身後的林。林按照事先決定的說詞回答說：

「我是宅配，來送貨。」

聽到鬆開門鍊的聲音後，門打開了。

三個人一起衝進了房間。

女人尖叫起來。

沖看著後退的女人的臉。

是真紀。

忘了以前在哪裡看到，視覺的記憶會隨著時間漸漸模糊，但聽覺和嗅覺的記憶不會消失。

聽到女人的聲音時，沖以為自己聽錯了，但事實並非如此，眼前正是自己以前的女人。

真紀比沖更加驚訝，她瞪大眼睛，說不出話。

一進玄關就是一個小廚房，後方是房間，從掛在廚房和房間之間的布簾下方，可以看到榻榻米。

沖推開愣在那裡的真紀，沒有脫鞋子，就直接走進屋內。

三坪大的房間內有一個男人。

他就是元。

元穿著運動衣褲，外面穿著棉短褂，運動衣上沾到了像是吃東西留下的汙漬。

元眼神空洞，靠在牆上，似乎根本沒有看到幾個男人突然闖進屋內。

房間內很凌亂，隨意折起的被子堆在牆邊，脫下的衣服散了一地。廚房的流理台堆放著還沒洗的碗盤。

沖看向房間角落的小桌子上，上面放著針筒和夾鏈袋。

沖蹲在元身旁，一把抓住棉短褂的胸口，甩了他兩巴掌。

元似乎終於回過神，搖了搖頭，看著沖，眼睛稍微聚了焦，小聲嘀咕說：

「喔，小沖……」

沖揚起下巴，俯視著元。

「元，好久不見。」

元露齒一笑，露出一口缺損的黃牙。沖看到他的眼睛和牙齒就知道，他已經是安非他命重度成癮者，手臂和腿上的血管應該都是注射的痕跡。

元用和二十年前完全相同的口吻，輕鬆地對沖說：

「你什麼時候出來的？沒想到竟然知道我住在這裡，我也是前一陣子才出來，你通知我的話，我會去接你。」

元在八年前出獄，吸毒導致他神智不清了，所以無法了解自己目前的處境。

沖鬆開了抓住元衣領的手，踢向放了安公子的桌子。像玩具般的桌子撞到牆壁後壞了。

沖看了坐在門口的真紀一眼，又轉頭看著元。沖剛才那一踢可能讓元清醒了，他抬頭看著沖，渾身發抖。

沖直起身體，站在元面前。

「沒想到我在吃苦的時候，你倒是過得很爽啊。」

沖的後背突然被人推了一下。是真紀。她擋在沖和元之間，用後背保護著元。

「阿虎，不是你想的那樣！我老公沒有錯，是我勾引他！」

沖用力甩了真紀的左臉一巴掌。

真紀被這一巴掌打得身體倒向一旁。

沖對著倒在地上的真紀臉上吐著口水。

「妳在我面前叫元『老公』，真讓人想哭啊。」

「阿虎……」

真紀摸著被甩了巴掌的臉頰坐了起來，紅著雙眼仰望著沖。

元退到房間角落，身體縮成一團。

「真紀說的沒錯，我說不可以做這種事，想要制止她。」

元的額頭流著汗，低聲下氣地笑著。

「小沖，我說了你就了解了。你先不要激動，可不可以聽我說？」

沖踹向元的腹部。

元發出好像青蛙被踩死的叫聲，倒在榻榻米上。

真紀撲在元的身體，挺身保護元。

「阿虎，饒恕我們，請你原諒我老公，我可以為你做任何事。」

沖把真紀從元的身上拉開，像摔角一樣把她丟了出去。放在牆邊的衣櫃就像是摔角擂台的繩子。

真紀的後背撞到了衣櫃，發出了慘叫中帶著呻吟的聲音。

沖內心湧起了自己難以克制的憤怒。眼前這兩個人越悲慘，他的憤怒越強烈。

元抱住了沖的腿。

「小沖，求求你，原諒我們，求你了。」

沖用鞋子踩著元抱著自己的手上，把全身的體重都壓在鞋底上。

「嗚啊，嗚啊啊啊——」

元的眼中流出了眼淚。

「住手，住手！」

真紀抱著沖的後背。

沖揮動手臂，推開了真紀，然後用前一刻踩在元手上的那隻腳踢向真紀的肚子。

「沒妳的事，妳閃開！」

真紀發出呻吟，當場蜷縮在地上。

「喂！」

沖回頭看向身後的三島和林，揚了揚下巴。

默默看著眼前這一切的三島輕輕咂著嘴，從上衣口袋裡拿出手帕，把趴在地上的元上半身拉了起來，從後方綁住了他的嘴巴。

元揮動雙手抵抗，但吸毒過量的身體不堪一擊。三島稍微用力勒住他的脖子，他就昏了過去。

三島把失去意識的元扛在肩上。

此行的目的已經達成。

「走了。」

沖走向門口。

正當他準備開口時，真紀在身後大叫著：

「出獄又怎麼樣？」

沖轉頭看向後方。

真紀摸著剛才被踹的腹部站在那裡，一臉可怕的表情瞪著沖。

「雖然你自以為了不起，還在那裡耍什麼帥，但根本不會有人再理你這種人了。二十年的歲月，嬰兒也長大成人了。現在的你，和那些混混沒什麼兩樣！」

沖無視真紀，想要走出門外。

「怎麼了？怕我嗎？你對毒蟲出手毫不留情，看到我這個女人就夾著尾巴逃跑嗎？你就是優柔寡斷的娘娘腔！」

真紀喋喋不休地罵道。

「別說了。」

林不耐煩地說道，把手放在真紀的肩上，但真紀並沒有住嘴。

「什麼你在吃苦的時候，別以為只有你一個人吃苦，你根本搞不清楚狀況。你根本不知道照顧一個孩子有多辛苦！」

原本已經走到門外的沖又走了回來。

他再度走回屋內，站在真紀面前。

「怎麼樣？要打我嗎？」

真紀雙眼通紅，口沫橫飛地大叫著。

沖輕聲嘀咕問她：

「妳生了元的孩子嗎？」

真紀喘著粗氣回答說：

「那又怎麼樣？」

沖用盡全身的力氣打向真紀。

真紀倒在榻榻米上。

「小沖！」

林制止了他。

倒在榻榻米上的真紀抬起了頭。她的嘴角染成了紅色。是鮮血。

沖不屑地對真紀說：

「裝出一副正經八百的樣子，卻生什麼孩子。」

真紀坐了起來，露出空洞的雙眼看著沖說：

「怎麼樣？生孩子有什麼錯！」

沖的腦海中浮現一雙通紅的眼睛。那是父親的眼睛。

沖大步走向真紀，蹲在她面前，一把抓住真紀的頭髮，讓她抬起了頭。然後，把臉湊到她面前，鼻子幾乎碰到了她的臉，咬牙切齒地小聲說：

「妳根本不了解有一個毒蟲老爸的小孩是怎樣的心情。」

真紀瞪大了眼睛。

她注視沖片刻，喉嚨深處隨即發出了模糊的聲音。她抿嘴發出了笑聲，笑聲越來越大，最後變成了大笑聲。

林微張著嘴，看著真紀。

三島什麼話也沒說，默默看著沖。

沖對著笑不停的真紀甩了一巴掌。

真紀垂下了頭，然後又緩緩抬頭，面無表情地看著沖。

「我的孩子和你不一樣，才不會像你這麼笨。」

沖的拳頭打在真紀的頭上。

這一次，真紀沒有再站起來。

三島扛著元走下樓梯後東張西望。林也伸長脖子，確認周圍的情況。

沖在他們身後咂著嘴說：

「快走啊。」

三島頭也不回地說：

「別說的這麼簡單，被別人看到怎麼辦？」

沖冷笑起來。

在這一帶，發生糾紛根本是家常便飯，每天都會有人打架，根本沒人在意。比起被人看到，如果繼續磨磨蹭蹭，萬一昏過去的元醒過來，事情反而更麻煩。如果元大喊大叫，很可能被正在巡邏的員警聽到。

沖輕推了推兩個人的後背。

「廢話少說，快走吧。」

回到停在那裡的車子旁，三島用鑰匙打開門，把元塞進了後車廂，然後用事先準備的繩子，把像胎兒般縮成一團的元雙手雙腳綁了起來。

沖用膠帶把元微微張開的嘴巴和腫起的眼睛封了起來。

他把用完的膠帶丟在後車廂內，搓著手掌，搓掉手上的灰塵。

「嗯。」

沖對著林揚了揚下巴。

林大聲關上了後車廂。

來大阪時，他們中途搭了新幹線，但回程時打算全程開車。因為不能讓別人看到遭到綁架的毒蟲。

車子上了中國自動車道，經過神戶後，三島小聲嘀咕說：

「我說兄弟，真的要把他帶回吳原嗎？」

原本看著窗外的沖看向前方。正在開車的三島從後視鏡中看著沖。

沖將視線移回了窗外。

「不要讓我一再重複同樣的話。你應該很清楚，我向來說話算話。」

三島的視線從後視鏡中移開了。

車速加快。

後車廂內傳來動靜。不知道是元因為汽車的震動在後車廂內滾動，還是他醒來之後正在掙扎。

沖從懷裡拿出香菸。

林從旁邊為他點了菸，他的嘴裡吐出一大口煙。

他完全不在意後車廂內到底是什麼聲音。他必須為二十年前的事打上休止符，繼續往前走。

沖打開車窗，把抽完的菸蒂彈出窗外。

「喂，再開快點。」

車子繼續加速。

載著沖的可樂娜超越了前方的賓士。

吳寅會的核心成員都聚集在沖落腳的地下室。

高木和本田，還有四個以前是愚連隊的成員。燈泡的燈光下，人影在地上晃動。

當他們開著租來的車子回到吳原時，已經超過晚上七點了。原本對高木說，六點左右就會回到吳原，但路上遇到塞車，所以晚了一個小時。

沖把手臂放在沙發椅背上，看著放在室內正中央的椅子。除了沖和三島以外的七個人都圍著那張椅子。

元坐在舊鐵管椅上，他昏了過去，被繩子綁在椅背上，像死了一樣無力癱坐在椅子上，眼瞼和嘴巴上的膠帶撕了下來，所以周圍很紅。

沖從懷裡拿出香菸，點了火。

沖在車上思考著該如何了斷二十年來的恨意。該把元活活折磨至死，還是一口氣殺了他？

絕對不能同情叛徒。但是不管怎麼說，元是從小和自己一起長大的玩伴，他的腦海中閃過元小時候親暱的笑容。

三個人第一次偷東西時，比沖小一歲的元拿著戰利品的零食，露出求助的眼神，對著沖笑了笑。沖又想起在農田裡玩相撲遊戲，元被摔在地上，哭喪著臉的樣子。

每次回憶在腦海中浮現，沖就用力搖頭。如果只有自己一個人，或許會讓元輕鬆死去，但在其他成員面前絕對不能手軟。如果不讓其他人知道叛徒的下場，就無法帶領吳寅會。

自己把元當成弟弟——不，正因為把他當成弟弟，內心的憤怒才會如此強烈。然而，真的要殺他時，卻不由得湧起憐憫之情。

另一個自己在內心問自己。

——殺了父親的人，對弟弟下手會感到遲疑嗎？

沖靠在後車座的椅背上，用力咬著嘴唇。

——只能殺了他，而且必須把他慢慢折磨至死。這是這個世界的規矩。

沖下定了決心。

沖在沙發上用力吐出一大口紫煙後，在桌上的菸灰缸內捺熄了菸。

他命令一名以前是愚連隊的成員說：

「把他弄醒！」

沖在熊本監獄內和這個年輕人結拜，他手上戴著骷髏頭的銀戒指。

骷髏頭走去房間深處的廁所，用水桶拎了一桶水出來，從下方朝向垂著頭的元臉上潑了過去。

元恢復了意識，緩緩抬起了原本低著的頭。他似乎並不了解自己目前身處的狀況，一臉茫然地打量四周。

沖從沙發上站了起來，原本坐在沖旁邊的三島也站了起來。

沖站在元的面前。

「元。」

元的一雙充血的雙眼看著沖。

「喔，小沖……」

沖彎下腰，視線和元的眼睛保持相同的高度。

「感覺怎麼樣？」

沖努力用溫柔的聲音問。

元看著自己被綁在椅子上的身體，臉上的表情漸漸僵硬。他似乎了解了狀況。

元試圖站起來，但被繩子綁住了，所以無法動彈。他扭動身體，拚命想要掙扎。

沖從懷裡拿出新的香菸，骷髏頭為他點了火。

「元，你知道這是哪裡嗎？」

元一臉快哭出來的表情，歪著頭說：

「不、不知道，我的腦袋向來不靈光……」

元的嘴巴可能腫了起來，所以有點口齒不清。

沖輕輕笑了笑。

「是啊，你的腦袋向來少根筋。」

「嘿、嘿嘿……」

元也跟著笑了起來，似乎在討好沖。

「但是，」沖收起了臉上的笑容，「即使你腦袋再怎麼不靈光，應該也知道被帶來這裡的理由吧。」

元臉上的笑容也消失了。

沖踹向元的胸口。

元連同椅子，整個人倒向後方。

倒在地上的元發出了呻吟。

站在元後方的兩名年輕人把他連同椅子一起扶了起來。

元痛苦地喘息著，急切地說：

「真紀的事，真的很對不起，但真紀喝醉酒哭了，我覺得她很可憐……但我什麼都沒做，連一根手指也沒碰她，只、只是住在一起而已。小沖，我沒騙你。」

「是喔，你連一根手指也沒碰她，結果就生了孩子嗎？」

沖再度踢向他的肚子。

元這次沒有倒下。因為年輕人在後方扶著椅子。

元沾到血跡的額頭上冒著汗。那是冷汗。

元露出了那個求助的眼神看著沖，用幾乎快聽不到的聲音說：

「我打算在你出來之後，就向你道歉。我沒騙你，我打算在大阪重新做人。起初不務正業，現在在工廠上班，在工廠上夜班。我現在規規矩矩，認真做正派的人。」

元瞪大眼睛，對著沖大叫著：

「小沖，求求你原諒我，求你了。小沖，不管你說什麼，我都聽你的話！小沖，好不好！」

元連同椅子向前探出身體，站在他身後的兩個年輕人把他按住了，但元仍然在椅子上用力掙扎。

沖走到元的面前蹲了下來，捲起了元身上襯衫的袖子。

元的手肘內側黑了一片，都是注射的痕跡。

沖仰望著元問：

「就憑你這個手臂，還說自己是正派人？真是了不起的正派人啊。」

沖把嘴上的菸按在元的手臂上。元的慘叫聲響徹整個地下室。

元從腫起的眼瞼縫隙中看著沖說：

「聽我說……我會和真紀分手，把她還給你，所以請你原諒我。」

淚水從元的眼中流了下來。

這個搶了別人女人的傢伙，竟然說要把女人還給我，而且連本帶利，附贈一個小孩！

沖全身都想笑。他忍不住笑了出來。

元吸毒吸壞了腦袋。如果他的腦袋正常，再怎麼笨，也不可能說這種話。

沖站了起來，雙手插在長褲口袋裡。

「女人根本無所謂，就送給你吧。比起這件事——」

沖的手在口袋內握起了拳頭。

「我們來聊聊二十年前的事。」

「二十年前？」

元重複了沖的話問道。

他吸毒吸壞的腦袋應該無法順利回想往事。沖補充說：

「就是我們要去攻擊笹貫的前一天晚上，警察衝進我們藏身處的事。」

「那件事怎麼了……？」

元的聲音沒有起伏。他徹底裝傻。他完全沒有慌亂，是因為吸毒傷到了腦袋嗎？還是在演戲？如果他在演戲，演技實在太精湛了。

沖把手伸進懷裡，拿出了菸盒，但菸盒裡沒菸了。

站在右側的三島立刻遞上了自己的菸。沖從菸盒中抽出一根叼在嘴上。站在沖左側的林用打火機為他點了火。

沖用力吸了一口，把濾嘴塞進元的嘴巴。

元默默咬住了香菸，香菸的前端微微抖動。

沖用詳盡易懂的方式緩緩問道：

「元，我問你，為什麼條子知道我們的藏身處？那個地方只有幹部知道。」

元用力歪著頭。

「為什麼條子會知道我們要去幹掉笹貫的日子？」

元又向另一側歪著頭。

沖用平靜的聲音問他：

「你不知道嗎？」

元點了點頭。

沖抓了抓鼻頭。

「是嗎？我剛才也說了，你的腦袋向來不靈光，那我告訴你答案。」

沖把臉湊到元面前，小聲地說：

「有人向條子出賣了我們。」

沖雙眼用力瞪著元，然後加強語氣說：

「你應該知道那個人是誰吧。」

香菸從元的嘴唇之間掉落。被打的鼻青臉腫的他失去了血色。事到如今，他似乎終於察覺了被帶來這裡的真正原因。

元渾身發抖，搖著頭說：

「不、不是我，這是真的，真的不是我！」

沖在元的右側臉頰上甩了一巴掌。

元的臉飛向側面。

「是嗎？原來不是你啊，那你認為誰是警察的走狗？」

元啜泣著，帶著鮮血的鼻涕順著嘴角流了下來。

「不知道。雖然我不知道，但並不是我！」

沖再次一巴掌打過去。這次打在他左側的臉頰上。

元的嘴裡發出了嗚咽。

沖把臉湊到元的鼻尖。

「我說元啊，我再說一次，你聽清楚了。我是在那天晚上召集所有成員去藏身處，那些手下都是跟著你來的，他們不可能事先知道。只有我們這幾個幹部知道。這些內容你能夠理解嗎？」

元猶豫了一下，還是點了點頭。

沖依次看向三島、林和高木。

「他們這二十年來，都一直和我保持聯絡，所有幹部中，只有一個人躲了起來。我好心向你說明到這種程度了，你再怎麼笨，應該也知道了吧？」

元哭著大喊：

「不是！我是因為真紀的事才逃去大阪。因為我想如果你知道這件事，絕對不會放過我，所以我逃走了，但並不是我告的密！」

元用力吐了一口氣，低下了頭，用好不容易才能夠聽到的聲音說：

「小沖……請你相信我。我說的是真的，這是真的……」

「喂！」沖看向後方，對著高木揚了揚下巴說：「把那個拿過來。」

高木走向房間角落的鐵架。當他走回來時，手上拿了一把全新的園藝剪。

沖接過剪刀，走到元的身後，依次抓住了他被綁在椅子後方的手。

「要從右手的手指開始，還是從左手開始？」

元在椅子上用力晃動身體。

「小沖，別這樣！我們不是從小一起長大的朋友嗎？我怎麼可能背叛你？你爸爸那一次，我也——」

沖迅速抓住元的右手，用刀刃夾住他的小指，然後用全身的力氣把張開的握把閉合。

元的嘴裡發出了哀號聲。

林撿起了掉在地上的小指，露出好像在看髒東西般的眼神，從各個角度打量著。

失去一條手臂的林得意地笑著說：

「現在離我近了一步。」

「這是搶別人女人的份，接下來是沒有上門道歉，逍遙自在過日子的份。」

沖又抓住了元的左手，和右手一樣，剪下了他的小指。

地下室再度響起慘叫聲。

口水不停地從元的嘴巴滴落。

「接下來就是對毒蟲還生孩子的懲罰。」

「小沖——」

三島叫了起來。

沖隔著垂頭喪氣的元的肩膀，看著三島。三島走向沖，握住了他拿著園藝剪的手。

「這樣就差不多了。」

沖用眼角看著三島。

三島語帶安撫地說：

「兄弟，你仔細想一想，那時候我們如果真的採取行動，不是被殺，就是被抓，只有這兩條路。採取行動後被抓，會被判無期，搞不好會判死刑。無論是哪一種情況，我們都不可能沒事。」

三島抱著沖的肩膀說：

「過去的事已經過去了，這樣就好——」

「你什麼時候變得這麼圓滑了？」

三島撇著嘴角。

沖推開了三島抓住他肩膀的手，正視著三島說：

「這個世界上，一旦被看輕就完蛋了。活在這個世界，不是吃人就是被人吃掉，只有這兩條路。如果不用盡全力壓制，就會變成被吃掉的一方！」

三島嘟著嘴，皺起了眉頭，費力地擠出聲音說：

「時代改變了，不能光靠暴力解決問題。」

「你在說什麼屁話！」

沖把園藝剪丟在地上。

室內鴉雀無聲。

沖環顧所有人問：

「你們也這麼認為嗎？啊？」

沖依次站在每一個人面前問：

「你，還有你，還有你，都同意三島的意見嗎？」

沒有人回答，默默移開視線，不敢正視沖。沖在其他成員面前轉了一圈後，又站在三島面前。

他抓住了三島襯衫的胸口，用力拉到自己面前。兩個人的鼻子幾乎碰在一起，沖瞪著三島。

「我們一無所有，沒有學識，沒有錢，也沒有工作，我們只有暴力。」

沖把三島用力推開，對著室內所有人大叫：

「如果膽小怕事，就只有死路一條！」

沖拔出插在後腰的手槍，繞到椅子前方，把槍口對準了元的眉心。這時聞到一股臭味。地上濕了。元嚇得屁滾尿流。

元雙眼哭得腫了起來，抽抽噎噎地說：

「求求你……別殺我……我有小孩……還有小孩……」

「對小孩來說，沒有毒蟲老爸更好。」

沖扳開擊錘。

「不要！」

元大叫著。

「小沖，住手！」

三島跑向沖。

沖放在扳機上的手指用力。

他吐了一口口水。「你早就已經完蛋了。」

地下室的水泥空間內響起了槍聲。

第十九章

日岡大步穿越辦公室，走向自己的座位。他察覺到有人從辦公區上座偷瞄他。那是吳原東分局黑道組織股股長石川雅夫，他把手上的報紙拿到鼻子下方，看著日岡。兩個人四目相對。石川不悅地皺起了眉頭。即使看到下屬遲到很久，他也沒有說半句勸告的話。反正習以為常了。他繼續看手上的報紙。

不知道是因為他是覺得無論提醒多少次，日岡也改不了遲到的老毛病，所以已經灰心了，還是認為只要日岡能夠賺績效分數就好，不必在這種小事上計較。

無論是哪一種情況，日岡都無所謂。只要不干涉自己做的事，隨便他怎麼想。

下午的搜查二課辦公室內，有超過一半的課員都不在座位上。三十張左右的辦公桌前，只坐了十個人左右。

日岡坐在椅子上，發出了很大的聲響。

桌上放著資料。那是下屬交上來的報告。

日岡帶領的吳寅會對策小組總共有六個人，日岡是組長，有司波等五名下屬。目前組員輪流監視沖和其他同夥的行動。桌上是前一天值班的人寫的報告。

日岡翻開只有三頁的報告，忍不住嘆著氣。報告上幾乎沒有任何記述，和白紙差不多。昨天的報告也一樣。

日岡問坐在辦公區角落的司波：

「毛栗，上午有什麼報告嗎？」

今天由田川和坂東負責監視。

正在寫報告的司波輕輕嘆了一口氣，抬頭看著日岡說：

「中午過後接到了電話，目前並沒有任何動靜。」

日岡抱著雙臂。

從前天到今天，吳寅會的事務所沒有任何動靜，也沒有人出入。

——他們換地方了嗎？

目前的監視並不是一天二十四小時進行，而是從上午十點到天黑為止。因為沒有充足的人力和預算，在確認監視對象有明確的犯罪行為之前，無法二十四小時監視。雖然不了解沖等人夜晚的動向，但整整兩天的白天都完全沒有動靜顯然有問題。

司波從椅子上站了起來，走到日岡身旁。他瞥了石川一眼，壓低聲音說：

「組長，他們會不會真的逃走了？」

日岡輕輕點了點頭。

「很有可能。」

司波的眼神微微飄忽起來。

「那該怎麼辦？」

「怎麼辦呢？」

日岡好像事不關己地支吾其詞，靠在椅背上。

從零開始找出藏身處很費力。分析監視器影像、調查成員的銀行帳戶的資金情況需要耗費時間、人力和金錢，在目前的狀況下根本無法做到。

日岡咂著嘴。

「就像水池裡的鯉魚一樣。」

司波呆若木雞地張著嘴，露出聽不懂這句話意思的表情。

「反正遲早會跳起來。」

沖不可能從此改邪歸正，遲早會在哪裡鬧事，到時候再跟蹤他就好。

話說回來——日岡歪著頭。

日岡難以理解沖為什麼現在突然消聲匿跡。他們不可能發現到了監視。因為監視的地方離他們有一百公尺的距離，顯然是沖他們遇到了什麼迫切的狀況。

他雙手抱在腦後，閉上了眼睛。

突然聽到石川緊張的聲音。

「什麼？真的嗎？」

日岡瞪大眼睛看著石川。石川在講電話，稀疏頭髮下的額頭冒著汗，說話時噴著口水。辦公室內所有人都注視著股長的座位。

石川簡短附和後，掛上了電話，看向日岡。

「日岡，你過來一下。」

石川向日岡招手，神情很嚴肅。

日岡走向股長座位，窺視著他的臉色。

「怎麼了？為什麼臉色這麼難看？」

石川把手肘架在桌子上，在臉前握起雙手。

「出大事了，好像是沖幹的。」

日岡站在石川的辦公桌前問：

「他幹了什麼？」

石川用手背擦了擦額頭的汗水說：

「大阪府警剛才打電話來，已經以擄人綁架和傷害罪的嫌疑對沖發出了逮捕令。」

綁架——他到底綁架了誰？

「他綁架了誰？」

「重田，以前是吳寅會成員的重田元。」

日岡倒吸了一口氣。

「他綁架了重田——」

日岡說話的聲音也變尖了。

聽石川說，前天中午前，三個男人突然闖進重田位在鎌之谷區高宮町的公寓內，對重田和他的妻子真紀拳打腳踢，之後重田被那幾個男人用開來的車子帶走了。

根據真紀的證詞和監視器的影像，發現那三個男人是沖、三島和林。從超商的監視器影像中發現，那輛車子是白色可樂娜，是WA車牌的租用車。用車牌自動辨識系統N系統追蹤車輛的行蹤後，發現那輛車經過中國自動車道，在吳原交流道下了高速公路。犯案所使用的那輛可樂娜，在市區的高松町附近擺脫了N系統的追蹤。

「據大阪府警說，三島租了那輛車，隔天歸還給吳原車站前的租車公司關係企業。」

高松町就在吳寅會的巢窩所在的湊町旁。

「鎌之谷分局的偵查員會在傍晚來吳原，請東分局協助他們的偵查工作。」

石川露出銳利的眼神瞪著日岡，似乎用眼神質問，你負責監視沖，到底在搞什麼？

石川可能認為現在說這些也無濟於事，他移開了原本攬著日岡的視線，輕輕嘆了一口氣。

「在大阪府警來之前，你們持續監視。」

日岡雙手撐在石川的辦公桌上，探出身體說：

「股長，現在不能這麼悠哉！他們擄人回到吳原了，沖做事向來不會手下留情，現在可能還在他們的巢窩內拷問重田，磨磨蹭蹭的話，重田一定會被幹掉。如果不趕快行動，會錯失救人的良機。」

會被幹掉——石川聽到這句話，臉色大變。

日岡的話有一半是說謊。身為刑警的直覺告訴他，重田已經被幹掉了。沖突然離開巢窩這件事很不尋常，應該是在巢窩內幹掉了重田，然後把屍體丟棄在其他地方。

「請趕快安排人手，同時準備搜索令。」

「即、即使你這麼說……」石川的聲音在發抖，「這是府警的案子，我們不能擅自——」

石川畏縮起來。

他應該不希望和府警發生衝突。更正確地說，是擔心和他府的縣警發生衝突，引起高層的不滿。

日岡把臉湊到石川面前說：

「我們暗中偵查了這麼久，結果功勞全都被他們搶走也沒關係嗎？」

石川噘著嘴唇，抱著雙臂，好像在賭氣般把頭扭到一旁。

日岡壓低聲音，在他耳邊小聲地說：

「股長，你不是也想要績效分數嗎？這可是千載難逢的好機會。你就以拯救人命為優先這個理由去和高層交涉。我不會害你的。」

石川骨碌碌地轉動著眼珠子，似乎在思考，最後勉為其難地嘆了一口氣說：

「如果出什麼問題，你要負起責任。」

日岡轉過頭，用整個辦公室都可以聽到的聲音說：

「喂！出動了，要去搜索吳寅會的事務所！」

二課內所有人都同時看向日岡，室內響起一陣嘈雜聲。

日岡看著司波說：

「毛栗！你去請鑑識股的人做好準備。」

司波衝出辦公室。

「還有皆瀨！」

皆瀨是日岡的組員。

「你用無線和田川、坂東聯絡，要他們睜大眼睛好好監視。」

皆瀨點了點頭，立刻抓起電話，向無線指揮中心說明詳細情況。

日岡再次大聲對著辦公室內的課員說：

「你們聽好了，他們是不怕死的愚連隊，每個人都要穿上防彈背心、帶上手槍，立刻分頭準備！」

偵查員同時站了起來，跑向門口。

日岡輕輕轉動門把。門鎖住了，門把轉不動。

他看向身後。司波和其他二課偵查員站在他身後，機動隊在他們的後方待命。

日岡離開吳原東分局後，開著警車一路趕往沖的巢窩。因為攸關人命，沒時間慢慢等大阪府警來了之後再採取行動。

「有人在嗎？我是町內會的人，來送傳閱的公告板。」

沒有回答。

日岡把耳朵貼在門上，了解屋內的情況。完全聽不到任何動靜。屋內應該已經人去樓空了。

為了以防萬一，日岡再次用眼神向司波發出指示，要求他重複一次虛假的來意。

「你好，我是町內會的人。」

司波在說話的同時，再次敲了敲門，還是沒有人回答。

日岡向身後的機動隊靜靜點了點頭。

一名機動隊員拿著火焰噴槍走到門前，握著鐵製的把手，把安全帽上的耐熱玻璃罩拉了下來。

藍色的火焰從噴槍前端噴了出來。機動隊員把火焰的前端靠近鑰匙孔的部分，周圍濺出了許多火花。

機動隊員把門把周圍燒斷後，停止噴射火焰，轉頭向日岡請示。

日岡點了點頭。

兩名機動隊員用盾牌擋在前面，踹開了門。

在門打開的同時，機動隊員衝進屋內。日岡和其他二課的偵查員也跟了進去。

屋內一片漆黑。司波用手電筒的光尋找室內燈的開關。

司波找到後打開了電燈開關，白色燈泡搖晃著照亮了室內。室內空無一人，果然已經人去樓空了。

日岡看著地上。地上有漆黑的汙漬。他蹲了下來，近距離觀察。沒錯，是血跡。而且血濺四周。難道是用手槍嗎？

「康哥！」

他抬起頭，叫了鑑識股的木佐貫康夫。木佐貫是東分局鑑識股最資深的鑑識人員。

木佐貫撥開機動隊員，來到日岡身旁。

日岡站了起來，用下巴指著地上說：

「這裡拜託了。」

木佐貫把裝了鑑識工具的鋁合金硬殼公事包放在地上，默默開始作業。

「田川、坂東！」

兩名下屬跑了過來。

「你們去附近打聽，這裡是地下室，外面聽不到這裡的聲音。重點在外面、外面，去打聽一下有沒有人在這棟大樓附近吵架的聲音，或是有沒有看到可疑的人物。」

田川和坂東衝了出去。

日岡看著沾染了血跡的地面小聲嘀咕說：

「沖，你竟然真的下了手。」

吳原東分局的小會議室內充滿緊張的氣氛。

會議室的長桌子面對面分別放在窗邊和牆邊。

阿曾利紀坐在靠窗邊的上座，他是鎌之谷分局的副警部。鎌之谷分局的四名偵查員坐在他旁邊。

石川正在報告。他的額頭冒著汗。

「偵查員進入時，事務所地上有看似血跡——」

阿曾拍著桌子，怒氣沖沖打斷了石川的話。

他怒目相向，大聲咆哮起來。石川和日岡坐在靠牆壁的下座。

「你們為什麼擅自行動？我不是再三叮嚀，等我們來了之後再行動嗎？」

石川抓著頭，對和自己相同警階的副警部露出諂諛的笑容。

「雖然你這麼說，但這次的案子攸關人命。」

阿曾原本就很冷酷的臉變得更加嚴肅。他可能對不停辯解的石川感到很不耐煩，用指尖快速敲著桌子。

「這個案子屬於我們分局的管轄範圍，這裡或許是吳原東分局的地盤，但警察也是要講仁義的。」

日岡在內心冷笑起來。

阿曾說這些大道理或是冠冕堂皇的話，其實只是想自己立功而已。滿腦子只想著升遷的石川也一樣。日岡當然也一樣，只是理由和他們不一樣。每個人都半斤八兩。

日岡把手指伸進耳朵挖著耳屎。

他在嘴裡玩味著阿曾剛才說的話。

「又不是黑道，說什麼地盤、仁義。」

鎌之谷分局的年輕巡查長聽到了日岡的嘀咕，猛然站了起來。

「你這個鄉下警察在說什麼？敢小看府警，要你的好看！」

「好了，好了。」石川了插嘴，「大家都是警察，別激動——」

石川試圖打圓場，日岡伸手制止了他，然後依次打量著鎌之谷分局的偵查員，最後將視線停在阿曾身上。

「既然你們這麼說，那就這麼辦。這次的事件可以按照你們喜歡的方式處理，但是，如果在吳原東分局的地盤找到重田的屍體——」

日岡語帶威脅地說：

「那你們要承諾不會插手。」

阿曾似乎被日岡的氣勢嚇到了，用力吞著口水。

日岡站了起來。

石川叫住了他。

「日岡，等一下！事情還沒有說完，日岡！」

日岡不理會石川的制止，走出了會議室。

重田元的屍體十之八九會在吳原找到。沖是吳原人，很了解把屍體埋在哪裡不會被人發現。

日岡的眼前浮現阿曾像鬼一樣的樣子。

他一定很懊惱。

日岡內心湧起苦笑。

每個人都只關心自己。

日岡走在走廊上，雙手插在長褲口袋裡。

日岡把副駕駛座的座椅往後倒，靠在椅背上。

他翹起雙腳，放在手套箱上，從上衣口袋裡拿出香菸，用Zippo點了火。打開副駕駛座旁的車窗，把煙吐出窗外。

他看了手錶確認時間。晚上十一點半。他看向路燈照亮的拱頂街入口。日岡目前所在的赤石大道是吳原最大的鬧區，但終究是鄉下地方，這麼晚的時間，路上只有零星的人影。

日岡把香菸前端伸出窗外，用手指彈了一下。火星四濺，菸灰掉了下來。

今天是第三天和司波搭檔，在赤石大道上查訪。他們拿著在遠處監視時拍下的吳寅會成員的照片去酒店、咖啡店、電子遊樂場和商店打聽，但完全沒有任何收穫。

吳原東分局在十天前搜索了沖的巢窩，再加上之前的兩天時間，有將近半個月的時間，沒有任何人看到沖和其他幹部，以及手下那些年輕人。

日岡的肺部再次吸滿了尼古丁。駕駛座旁的門打開了。

司波在駕駛座坐了下來，遞給日岡一罐咖啡。

「你是喝黑咖啡吧？」

日岡輕輕點頭，接過了罐裝咖啡，在車內菸灰缸內捺熄了菸，打開拉環喝了一口。沒有香氣的苦澀咖啡流進喉嚨。

司波打開自己的咖啡時問日岡：

「有沒有接到分局的聯絡？」

日岡看著擋風玻璃的前方，嘆了一口氣說：

「完全沒消沒息。」

「前輩那裡的情況怎麼樣？」

日岡從額頭摸向後腦杓說：

「他們應該也沒釣到任何東西，如果有什麼情況會通知我們。」

他比喻成釣魚回答了司波的問題。

日岡組分成了三個小組，分頭清查轄區內吳寅會成員可能出入的場所。目前已經幾乎打聽完他們巢窩附近的小酒家、食堂、超商，卻完全沒有發現任何線索。

司波看著躺在座椅上的日岡說：

「聽說府警也去向沖的妹妹了解了情況。」

沖的父親以前是五十子會的成員，但在二十八年前就失蹤了。他的母親也在十年前生病去世，妹妹嫁給了吳原市的一名上班族。

如果要調查血緣關係那條線，只能找沖的妹妹。

日岡喝著只有苦味的罐裝咖啡，舌頭轉動一下之後，吞了下去。

「雖然聽說府警苦苦追問，但完全沒有問出任何消息。沖的妹妹和他已經有二十多年沒有來往了，她曾經去監獄申請面會多次，但沖都拒絕和她見面。」

「所以他和家人徹底斷絕了關係。」

司波嘆著氣說。

三島、林和高木也都沒有回自己的家。包括幹部在內，吳寅會所有成員都消失了。他們到底躲去哪裡了？

司波幽幽地繼續說道：

「地上的汙漬——」

日岡看著司波。司波把手臂放在方向盤上，看著前方問：

「沖的巢窩地上的汙漬是重田的嗎？」

科學搜查研究所調查後發現，沖的巢窩地上汙漬是血跡，和重田的血型一樣，都是B型。

司波轉頭看著日岡問：

「重田真的被幹掉了嗎？」

日岡一口氣喝完了剩下的咖啡，從上衣口袋裡拿出一包新的Hi Lite，從裡面抽出一根菸。

「又沒辦法拿到贖金，根本不需要把他當成人質。」

日岡正準備用Zippo點火時，警用無線電傳來了緊張的聲音。

『總部通知各車輛，緊急通知，緊急通知。吳原市高松町二之五之一，竹入興行大樓地下一樓發生槍擊事件，似乎有數人受傷。附近各車輛立刻趕往現場。重複一次。縣警總部發布緊急通知，緊急通知。高松町發生槍擊事件，嫌犯為四至五名男子，身穿黑色運動衣褲，頭戴黑色搶匪頭套。請各車輛立刻趕往現場。』

「吳原東三一，收到！」

日岡放下對講機後，看著司波說：

「毛栗，池裡的鯉魚可能跳起來了。」

司波繫好安全帶，發動了引擎，激動地問：

「我記得竹入興行是——」

日岡點了點頭說：

「沒錯，就是烈心會旗下的大樓。」

竹入興行大樓位在吳原市區的港大道上，那裡是很有歷史鬧區，感覺就像是小一號的赤石大道。由於位在碼頭附近，除了有船員出入以外，因為那裡可以吃到新鮮的海鮮，所以很多人都去那裡請客應酬。竹入興行大樓位在港大道上的一角，大樓內有酒家和餐廳。

司波可能很激動，呼吸急促地說：

「請繫好安全帶，我要飆車了。」

司波打開車窗，把可卸式紅燈裝在車頂上。

日岡繫好安全帶的同時，車子衝了出去。

竹入興行大樓前聚集了許多警車和警用車輛，周圍被一片紅色的光籠罩。

日岡撥開聚集在大樓周圍的圍觀人潮，從黃色封鎖線下方鑽了過去。

案發現場的酒吧「Le Bron」位在大樓的地下室。

身穿制服的警察站在通道上待命，一看到日岡，立刻為他讓了路。

日岡從敞開的門走進酒吧內，打量著店內。機動偵查隊已經趕到，正在調查現場，也看到了鑑識人員的身影。

「Le Brcn」店內的裝潢採用了歐式風格，中央有一台白色平台鋼琴，周圍是半開放式包廂座位，包括吧檯座位在內，最多能夠容納二十名客人。天花板的水晶燈閃著光亮。

日岡打量店內後，忍不住皺起了眉頭。天鵝絨的椅子四腳朝天，看起來很高級的花瓶也在地上摔得粉碎。吧檯內的櫃子都被打壞了，放在櫃子內的大部分酒瓶也都破了。

「真是大打出手啊。」

日岡自言自語地說。

「日岡組長。」

店內深處傳來叫聲。

抬頭一看，鑑識股的木佐貫康夫正在向他招手。

木佐貫站在逃生門後方。相機的閃光燈不停地在那裡閃爍。

日岡急忙跑了過去。

日岡來到木佐貫身旁時，木佐貫為他讓了路，看向逃生門後方。

看到厚實鐵門後方的情況，日岡忍不住皺起了眉頭。

逃生門後方是一個密室，有百家樂的賭桌和俄羅斯輪盤，牆邊有一張吧檯。這裡是一個地下賭場。

木佐貫彎下腰，地上用膠帶貼出一個人的形狀。木佐貫看著地上說：

「總共有三名被害人，兩名看起來是黑道分子，還有一名坐檯小姐。其中一名看起來像黑道分子的男人倒在這裡。雖然緊急送醫，但恐怕回天乏術了。因為胸口中了三槍，另外兩個人都是輕傷，已經送去醫院了。」

日岡打量整個密室，入口的門上方和吧檯的天花板附近都設置了監視器。

「目擊者呢？」

日岡問身旁的機偵隊員。

「已經移送去分局了。」

另一名偵查員補充說：

「事件發生時，店內有將近十名客人和酒保，嫌犯用手槍開槍後，要求打開金庫，搶走現金後就逃走了。」

「持槍衝進黑道的賭場搶劫嗎？」

「對。」

偵查員簡短地回答。

日岡壓低聲音說：

「違反刀槍法、強盜致傷，不，是強盜致死……搞不好會被判死刑。」

司波在一旁插嘴說：

「嫌犯也是黑道的人嗎？」

「別傻了，」日岡冷笑一聲說，「現在的黑道怎麼可能犯下這麼凶殘的案子？只要有人開槍，會連組長也一起抓起來。」

「請你看一下這個！」

「組長！」站在地下賭場吧檯內的田川突然大叫了一聲，打斷了司波的話，「那——」

日岡大步走進吧檯內。吧檯內有錄放影機和螢幕，鏡頭對準了地下賭場的房間。

田川指著螢幕說：

「這是監視器的影像，把整個過程從頭到尾都拍了下來。」

田川身旁的坂東正在倒帶，倒完帶後，播放了錄影帶。日期變成了昨天，時間是深夜十一點十一分。應該就是事件剛發生的時候。日岡目不轉睛盯著螢幕。

門鈴響了。原本在房間內的男人走向門口，打開滑動式小窗，確認來訪者。來訪者應該是老主顧。因為他們不可能讓陌生面孔進來這裡。

男人點了點頭，打開了門。就在同時，蒙面男子從來訪者身後衝了進來。其中一名蒙面男子對著天花板開了一槍，室內頓時響起尖叫聲。

「等一下。」

日岡要求將錄影帶暫停。

「這些人是怎麼進入酒吧的？」

為了預防警方上門搜索，酒吧內應該也設置了監視器。

「八成是——」

田川抬頭看著日岡說：

「在酒吧內假裝是客人，然後等待有人走進這裡賭場。」

「既然這樣，看酒吧內的監視器，不是馬上就知道他們的長相了嗎？」

田川難以啟齒地回答說：

「藏在酒吧吧檯下的錄影裝置被打爛了。聽目擊者說，他們在逃走的時候，隔著吧檯用槍打爛了。」

日岡噘著嘴，用鼻子吐了一口氣。

「有沒有酒吧客人的目擊消息？」

他的聲音中帶著急躁。

「只說是四個男人。」

「為什麼？」日岡大吼問道。

「因為事情發生得太突然，其他客人根本來不及記住他們的長相……」

田川滿臉歉意地回答。

日岡按捺著怒氣，用力嘆了一口氣。

「按門鈴的老主顧活著嗎？」

田川點了點頭說：

「他還活著，和其他目擊者一起去分局了。」

日岡不停地深呼吸，整理著思緒。

「所以搶匪事先調查，跟在老主顧身後嗎？還是那個老主顧也是共犯？應該只有這兩種可能。」

司波不解地歪著頭。

「他們為什麼沒有破壞這裡的監視器？」

日岡毫不猶豫地回答：

「除非殺了所有人，否則目擊者也會透露目擊的情況。他們戴了頭套，所以認為別人看不到他們的臉。」

日岡命令田川說：

「繼續播放錄影帶。」

田川正打算按下播放鍵，偵查員身上的無線電對講機同時響了起來。

無線電中傳來緊張的聲音。

「總部緊急通知，緊急通知。吳原市宮西町四之二的民宅發生槍擊事件，有多人受傷。重複一次，宮西町的民宅發生槍擊事件，四名嫌犯騎機車逃逸。所有人都身穿黑色運動衣褲，頭戴黑色搶匪頭套！」

在場的所有人都面面相覷，每個人都說不出話。他們無法相信竟然連續發生槍擊事件。

「組長，」司波叫著日岡，「請問是同一批人嗎？」

日岡沒有回答，按下了錄影機的播放鍵，目不轉睛地看著螢幕上的影像。

蒙面人闖入後，動作熟練地向被害人開槍，從吧檯內搶錢後逃逸。

其中一名搶匪離開前瞥了天花板一眼，似乎在確認什麼。

日岡看到那名搶匪從頭套中露出的眼睛，忍不住咬緊牙關。那雙炯炯有光的雙眼好像隨時要吃人。

——那是沖，絕對錯不了。

日岡注視著螢幕，握緊了拳頭。

第二十章

夜晚的多島港靜悄悄。

只聽到海岸打在岸上的聲音，以及高木等人興奮的說話聲。

沖、三島、高木和林，還有五名吳寅會的成員正在小船塢內。這個小船塢建在多島港的角落，他們圍坐在一起，中間放著昨晚的戰利品。

目前在小船塢內的九個人昨晚戰果輝煌，兵分兩路，分別襲擊了烈心會的賭場和藏安非他命的地方。

三島和高木帶了兩名年輕人衝進了烈心會的祕密基地，沖帶領三名年輕人搶劫地下賭場。這次的襲擊都由林一手策劃。烈心會把安非他命藏在不引人注目的空屋內，和「Le Bron」有地下賭場這兩件事，都是林掌握到的消息。

聽高木說，有三名烈心會的成員守在藏安非他命的空屋內。安非他命搶劫組拿出手槍，一槍打穿了抵抗的黑道分子肚子，其他兩個人嚇得舉起雙手投降，在毆打他們後，把他們綁了起來，把槍口對準了他們的腦袋威脅他們，逼問他們安非他命藏在哪裡。藏在壁櫥天花板內的小金庫裡有將近兩公斤安非他命。

逃逸用的車輛和機車，以及這個小船塢都由林一手包辦。以汽車慣竊馳名遠近的林即使失去一條手臂之後，功力仍然不減，偷車和偷機車根本是舉手之勞。

沖至今仍然不知道林到底從哪裡得到這些消息。之前曾經一度執拗地追問，但林顧左右而言他，露出不置可否的笑容。

林在黑道內應該有很強的人脈。因為林提供的消息犯案成功時，他可以分到和沖相同的金額。林不知道是花錢收買人心，還是掌握了對方的把柄。

沖認為林是個聰明人，為了避免自己被滅口，一定安排周到。他甚至不願向沖透露消息來源，應該是為了提升自己存在價值。

總之——林對吳寅會而言，是不可或缺的存在。

有用的人即使上了年紀，無論遭受怎樣的境遇，外形如何變化，仍然可以發揮作用。

沖突然想起元兒時的樣子。不求同年同月同日生，但求同年同月同日死。曾經如此發誓的元，竟然背叛了沖。腦海中浮現的親暱笑容變成了臨死前因為恐懼而扭曲的臉。

沖拿起眼前缺了角的茶杯，一口氣喝了下去，想要甩開痛苦的回憶。坐在對面的年輕人立刻拿起將近兩公升的燒酒瓶，跪著挪了過來，為他倒了酒。

沖再次一口氣喝完了剛倒的酒。

一陣強風吹來。

掛在天花板上的燈泡晃動，所有人的影子也跟著搖晃起來。

高木指著中央的白色塑膠袋。

八個透明塑膠袋包得密密實實——裡面裝滿了安非他命。

「沒想到他們藏了那麼多貨，你們看看，簡直是大豐收。」

高木大聲說道。他已經喝得相當醉了。

坐在沖旁邊的三島皺起眉頭，他瞪著高木，把食指放在嘴唇上。

這一帶離碼頭很遠，由於周圍都是岩石，就連釣客也很少會來這裡。以前當地的漁夫都把打漁的工具放在這裡，不知道是移去了其他地方，還是漁夫退休之後無人繼承，目前這個小船塢已經無人使用，只有野貓野狗偶爾會來這裡躲避風雨。

林這麼告訴大家後，揚起了嘴角。

凌晨兩點。深夜的這個時間，周圍不可能有人，但還是小心為妙。如果三島不提醒，沖也打算勸其他人收斂一點。高木尷尬地抓了抓頭，壓低了聲音說：

「這麼多安公子，到底值多少錢？如果零售的話，每公克要二十萬圓，總共——」

高木看著半空結巴著，他可能一下子算不出來。

「四億。」

三島代替他算出了答案。

「四、四億！」

所有年輕人都驚叫起來。

「喂，小聲點！」

三島壓低聲音，瞪著周圍的人。

「大哥，對不起。」

剛才大叫的年輕人慌忙鞠躬道歉，但即使挨了罵，嘴角仍然忍不住上揚。

沖拿著茶杯，再次帶頭說：

「我們再來乾杯。」

其他人紛紛開始倒酒，然後同時舉起杯子喝燒酒。

林淺淺地喝了一口酒後，目不轉睛地看著放在安非他命旁的行李袋。

「現金七百萬，再加上大約四億的安公子，我們暫時不必為錢發愁了。」

行李袋內裝了從地下賭場搶來的錢。三島再三計算的現金有七百零三萬圓。

「四億加七百萬……」

高木一臉陶醉的表情看著晃動的燈。

林把手放在身旁的高木肩上。

「這都是我的功勞。」

「對，沒錯，沒錯，你立了大功。」

高木摟著林的肩膀。

沖伸手為林的茶杯裡倒酒。

「林，你雖然少了一條手臂，你少了的那條手臂在這裡。」

沖拍了拍自己的一條手臂。

幾個年輕人一臉錯愕地看著沖。他們可能聽不懂沖這句話的意思。

「林是我的左手。」

在座的所有人終於了解了，都靜靜地笑了起來。

林也露出了苦笑，他帶著自嘲說：

「我這種身體，即使去了也未必能夠發揮作用。」

沖指示林等在藏身處，萬一發生意外時，由他負責聯絡。但其實另有原因，因為沖擔心如果警方和烈心會發現搶匪中有人少了一條手臂，很可能知道是吳寅會幹的。

「話說回來，四億、四億欸，我們真的發了！」

高木再度大叫起來。

林急忙捂住了高木的嘴。

雖然沖覺得高木有點失控，但看到夥伴高興的樣子很不錯。沖從喉嚨深處發出了笑聲，繼續喝著酒。

幾乎所有人都嘴角上揚，只有一個人緊抿著雙唇。

三島的臉上沒有笑容。

他低著頭，默默喝著酒。

自從沖開槍打死元之後，三島的臉上就失去了笑容，也不再正眼看沖，總是看著某個地方，不知道在想什麼。

林可能發現三島獨自悶悶不樂，對著三島舉起茶杯說：

「阿三，你怎麼了？怎麼從剛才就一直板著臉？」

三島轉動眼珠子看著林說：

「現在高興還太早。」

「為什麼？」林歪著頭，「現在不高興，什麼時候高興？四億欸四億！認真上班的人，一輩子也賺不到這麼多錢，為什麼不能高興？」

三島放下裝了酒的茶杯，環顧所有人的臉。

「我問你，你打算在吳原賣掉這兩公斤的安公子嗎？條子都睜大了眼睛，烈心會也在拚命找黑吃黑的人。即使去別的地方賣，如果一點一點零售，絕對會和當地的黑道發生摩擦。」

三島把頭轉向一旁說：

「所以是空有寶物，卻無用武之地。」

「怎麼會——」

高木說到這裡，說不下去了。他不知道該說什麼。歡樂的空氣一下子褪了色，沉默籠罩了小屋。

一名年輕人可能無法承受眼前的沉默，靜靜地問：

「那該怎麼辦？」

沖冷笑一聲，依次看著所有人的臉說：

「不用擔心，我一開始就想到這種情況了。」

所有人的視線都集中在沖身上。

「我自有妙計。」

「什麼妙計？」

林反問道。

「整批賣給仲介的人。」

「仲介——」

高木納悶地嘀咕。

「沒錯，就是這樣，」沖得意地笑了笑，「雖然交給仲介的人，會少賺一半的錢，但可以安全地將安公子變成現金。」

三島探頭窺視著沖的眼睛說：

「在廣島不可能辦到，消息很快就會傳開。仁正會也不可能袖手旁觀，更何況如果現在有任何行動，等於是主動送上門讓條子抓。現在和以前不一樣，車站和馬路上都有監視器。」

沖轉動了一下脖子說：

「即使我們不動也沒問題，可以讓對方上門啊。」

沖的話音未落，林急忙問：

「有這方面的門路嗎？」

沖一字一句地回答說：

「明石組啊，我找兄弟峰岸幫忙。」

三島瞪大了眼睛，似乎覺得不可能。

年輕手下戰戰兢兢地插嘴問：

「但是，峰岸哥那裡……」

沖點了點頭說：

「沒錯，明石組禁止安公子，但這只是場面話，旗下的幫派都在偷偷賣安公子，我兄弟應該有辦法搞定。」

林樂不可支地拍著大腿說：

「大哥果然厲害。」

「兄弟，」三島尖聲說道，「峰岸是執行部的人，即使你拜託他，他堂堂的太子輔佐不可能仲介安公子的買賣。」

沖瞪著三島說：

「你是怎麼回事？從剛才就一直唱反調。」沖怒不可遏地拍著地上的草蓆，「你對我的做法有意見嗎！」

沖和三島怒目相向，其他人都安靜下來。

兩個人都瞪著對方，三島先移開了視線。他用力嘆了一口氣說：

「我沒意見，你是頭啊。」

即使三島讓步，沖的怒氣仍然無法平息。他能夠理解三島對自己殺了從小一起長大的夥伴有意見，所以之前都一直很忍耐，但現在已經忍無可忍了，無法原諒三島挑剔大家拚了命完成的工作。

林察覺到空氣中的火藥味，刻意改變了聲音，用開朗的聲音說：

「今天就痛快地喝，要好好慶祝一下。」

其他人聽到林這麼說，都開始小聲說話，紛紛為彼此倒酒。

沖拿起放在地上的香菸，抽出一根，叼在嘴上。

三島遞上了點了火的打火機。

沖把頭湊了過去。

受潮的香菸發出滋滋的聲音。

三島也叼了一根菸，自己點了火。

兩個人都默默抽著菸。

沖把菸灰彈在丟棄在屋內的帆立貝貝殼內。

三島為元的事耿耿於懷很孩子氣，但自己大聲咆哮也很孩子氣。

沖在內心對自己咂嘴。

林、高木和其他人都把酒言歡，似乎忘記了前一刻劍拔弩張的氣氛，每個人都吹噓著自己的英勇事跡，吹噓自己在這次襲擊中發揮了多大的作用。

大家都喝醉了。眼睛發紅，舌頭也開始打結。

沖把香菸在貝殼內捺熄後，扯開嗓門說：

「大家聽好了，我們要用這筆錢在廣島打天下。要招兵買馬招募年輕人，把仁正會的整個地盤搶過來，要用我們的雙手拿下廣島！」

林猛然站了起來。

「對，廣島是吳寅會的！我們死的時候，要拉所有人一起陪葬！」

高木深深點頭。

「有道理，只要不怕死，沒有什麼事辦不到，大家說對不對？」

狹小的船塢內響起歡呼聲。

三島可能覺得制止也沒用，即使其他人大喊大叫，他也不再責備，只是低著頭，一動也不動地看著草蓆。

沖看向壁板的縫隙。

淡淡的曙光照在黑暗的海面上。

聊天的聲音漸漸安靜下來。

在海平線周圍亮起時，大家都醉倒了，躺在地上，發出了鼾聲。只有沖和三島還醒著。

沖為三島的杯中倒了酒。

「如果說林是我的左手，你就是我的右手。兄弟，剛才的事就一筆勾銷，別放在心上，來，喝酒！」

三島默然不語，看著茶杯中的酒。

沖拍著三島的肩膀說：

「我不能沒有你，你沒有我也不行吧？」

三島用力抿著嘴唇，閉上了眼睛，然後好像下定決心似地抬頭看著沖。

雖然三島的酒量很好，但他應該也醉了，雙眼充血而濕潤，看著沖的眼神銳利。

「小沖，要不要去外面吹吹風？」

三島用小時候的名字叫著沖，小聲說道，沒有等沖回答，就搖搖晃晃站了起來。

三島默默走向小屋門口，打開了拉門。

冷冷的海風吹進了小屋。

三島走向海邊。

沖也放下茶杯站了起來。

他跟在三島的身後走出小屋。

太陽從海平線的遠方露出了半張臉。

沖眨了眨眼睛。

暗藍色的大海和發出橘色光芒的天空。

這片景象似曾相識。

他想起來了。

那天父親喝醉酒睡著後，母親帶著他和妹妹，三個人走出家門，走了一整夜。

那是沖七歲的時候。

母親背著年幼的妹妹，牽著沖的手走向黑暗的大海。他忘了那是晚秋還是初冬季節，只記得冰冷的海風吹來。

來到沙灘後，母親讓沖和妹妹坐在她身旁，目不轉睛地看著大海。

媽媽想死。沖年幼的心靈領悟到這件事。

他擺脫了回憶。

——我這條命是撿回來的，隨時都做好了死的準備。

沖注視著三島的後背，再次下定了決心。

三島走到岸邊，緩緩轉過頭說：

「兄弟，是不是該到此為止？」

沖說不出話。

他費力地擠出幾個字：

「你到底在說什麼？」

三島轉過身，沒有回答。

周圍只有海浪的聲音。

第二十一章

日岡走出吳原東分局，立刻衝向設置在大門前的電話亭。

他急急忙忙投入硬幣，按了背下來的號碼。那是他無法在分局內打電話的對象，而且日岡的手機也可能遭到了竊聽，目前縣警正積極清查和黑道幫忙勾結的不良警察。

日岡很清楚，自己是被鎖定的頭號人物。

電話中先傳出了識別音，接著聽到了鈴聲。

對方沒有接起電話。

日岡咂著嘴，看著手錶。

凌晨兩點二十分。他在三十分鐘前才從地下賭場回到分局。

日岡從電話亭看向外面，用手指彈著電話。接電話，快接電話。他在內心祈禱著。但是，上天沒有聽到他的祈禱。

沒希望了。

正當他失望地嘆氣時，電話接通了。

『誰啊？』

電話中傳來不悅的聲音。一之瀨接起了電話。

「是我。」

一之瀨尖銳的聲音立刻平靜下來。

『原來是兄弟。我猜想你會打電話給我，沒想到這麼快。』

一之瀨還是這麼有洞察力。

「所以你已經聽說烈心會的賭場遭搶的事了嗎？」

『聽說了。』一之瀨表示同意後，用嚴肅的聲音繼續說道，『我接到年輕人的通知，剛才正在電話中談這件事。』

通常只有日岡會用公用電話打一之瀨的手機，但因為事關重大，所以一之瀨剛才無法馬上接起電話。

一之瀨冷笑一聲說：

『和我們無關，我們也大吃一驚。』

「我知道，是沖幹的。」

『沖——』

耀眼的光刺進了日岡的眼睛。那是回到分局的警車車頭燈的燈光。日岡用手背遮住眼睛，繼續說了下去。

「我看了監視器的影像，雖然他戴了搶匪頭套，只能看到眼睛，但絕對就是他。」

日岡聽到電話彼端傳來嘆息的聲音。

『果然是他啊，我原本就在猜想，只有沖虎會做這種暴力搶劫的事。』

「宮西町的事應該也是他幹的。」

『宮西？』

一之瀨似乎還不知道宮西町的事件。

「在地下賭場遭到襲擊的同時，宮西町的空屋發生了槍擊事件。烈心會的三名成員守在那棟空屋內，其中一個人中了槍，搶匪和襲擊地下賭場的人一樣，都是四個戴了搶匪頭套的人。」

電話中傳來一之瀨低吟的聲音。

『還真是厲害，所以這也是沖虎幹的。』

警車停在分局前，車頭燈熄了。日岡背對著警車，用手撐在玻璃上。

「沖虎之所以會盯上宮西的空房子──」

一之瀨不等日岡說完，就立刻回答說：

『是為了安公子吧？』

日岡點了點頭。

「我也認為是這樣。既然冒著生命危險闖進空屋，不是要取誰的性命，就是要搶安公子。」

日岡問一之瀨：

「兄弟，你知道烈心會的巢窩在宮西嗎？」

一之瀨停頓了一下說：

『不，但聽了之後並不會感到意外。』

他並不感到意外是什麼意思？一之瀨繼續說了下去。

『如果藏在事務所或是手下年輕人家裡，一旦被警方搜索就完蛋了。即使放在朋友或是女人家裡，也不知道什麼時候會洩漏出去。那一帶沒什麼人，現在很冷清，也有很多空房子，他們找到的地方很不錯。』

宮西町位在吳原的角落，以前是很熱鬧的驛站町，但隨著時代的發展，現在漸漸變得冷清了。

進入平成年代後，鄰町開了一條便道成為致命傷。宮西町並沒有任何名勝古蹟，再加上交通變得更不方便，所以原本就沒什麼人前往的地方變得更冷清了。旅館和商店紛紛歇業，就像是梳齒一根根斷裂般。如今因為人口外流的問題，那裡有超過一半以上的居民都是高齡者。

日岡問了最關心的事。

「姑且不論地下賭場的事，沖和其他人為什麼會知道安公子藏在哪裡？」

一之瀨陷入了沉默。不知道是在思考，還是在猶豫該不該告訴日岡。過了一會兒，一之瀨靜靜地開了口。

『是林，吳寅會的所有消息應該都是透過他傳入沖虎的耳朵裡。』

日岡皺起眉頭。

林的確是廣島黑道社會的消息通，但即使是林，應該也不可能打聽到敵對的烈心會把這麼重要的東西藏在哪裡。

日岡說出了自己的想法，一之瀨冷笑一聲說：

『聽說林在烈心會內養了奸細。』

「你說什麼？」

這件事太令人意外，日岡的聲音也變尖了。

林是吳寅會的幹部，雖然和三島、高木的地位相同，但因為他少了一條手臂，所以日岡一直以為他在吳寅會內的重要性不如其他幹部。

林的情報對吳寅會來說應該很重要，但是，對組織來說，能夠為組織拚命的人更重要，少了一條手臂的林無法拚命。

原本以為在吳寅會內的重要性只有第四、第五名而已，沒想到他竟然養了奸細。日岡感到很意外。

「林有這麼大的能耐啊。」

日岡忍不住嘀咕道。

一之瀨聽到日岡驚訝的聲音，用充滿確信的語氣說：

『雖然不知道林到底是掌握了對方的把柄，還是用錢養對方，總之，那個人就是林的消息來源。』

日岡說不出話。

一旦被發現將幫派內的消息告訴林，那個奸細絕對不會有好下場，一定會在受慘無人道的凌虐之後遭到殺害。無論是基於任何理由，為什麼為了協助林不惜賭上性命？

一之瀨可能從日岡的沉默中察覺了他內心的疑問，所以繼續說了下去。

『那些沒骨氣的黑道只要自己沒事就好，根本不管幫派怎麼樣，也不管自己夥伴的死活，他們覺得只要事跡不敗露就好。今朝有酒今朝醉，才不管明天會發生什麼事，太多黑道都是這麼想。』

只要事跡不敗露就好。這種膚淺的想法讓日岡忍不住咂嘴。

「那個人為什麼不把林幹掉？」

日岡說出了在內心浮現的疑問。

如果因為被別人知道了祕密而淪為奸細，只要把知道祕密的人幹掉就解決了。只要殺人滅口就安全了。

一之瀨回答說：

『別看林那樣，他可是個聰明人，一定做好了安全保障。』

一旦自己出事，他手上掌握的證據就會自動曝光嗎？

『我猜想林應該付錢給那個人，因為任何人光是被抓到把柄，不會輕易為別人做事。只有牽涉到利益得失，人才會背叛他人。林很清楚這一點，所以應該妥善運用了胡蘿蔔和棍子。』

日岡看著手錶。

這通電話已經持續了五分鐘。他盡可能不希望被別人看到自己在打公用電話的樣子。因為一旦遭到懷疑，後果不堪設想。

日岡決定結束這通電話。

「兄弟，如果有關於沖他們下落的消息——」

『我知道，』他的話還沒說完，一之瀨就回答說，『我會馬上通知你。』

日岡在內心向他鞠躬。

「謝謝你。」

『因為他們繼續在吳原為非作歹，我們當然很傷腦筋，但老百姓更加痛苦。麻煩事交給警察處理最理想。』

一之瀨說完，掛上了電話。

日岡確認四下無人後，走出了電話亭。

回到二課時，司波跑了過來，上氣不接下氣地說：

「你剛才去哪裡了？大家都在找你。」

「廁所啊，廁所。」

日岡說完這句話，在自己的椅子上坐了下來。

二課內亂哄哄的，警用無線不停地傳來各種聯絡，轄區分局的人員和從縣警總部趕來支援的偵查員忙進忙出。

「我不在的時候有什麼狀況嗎？」

日岡問司波。

「目前並沒有掌握任何有力的消息。」

日岡坐在椅子上抱起雙臂。

轄區機動隊和鄰近轄區的交通課已經封鎖了主動道路，布下了重重臨檢網。

事件發生後，東分局的偵查員都緊急出動，包括分局長在內的所有幹部也都到齊了。分局內所有的偵訊室都在偵訊地下賭場的目擊者，和在宮西町的事件現場逮捕的烈心會成員。

司波彎下身體，把嘴湊到日岡的耳邊說：

「股長指示，要你負責偵訊吉野作治。」

「由我偵訊吉野？」

日岡瞪著司波。

吉野在本地經營一家歷史悠久的饅頭店，也是地下賭場的老主顧。在沖等人襲擊賭場時，他站在最前面。

沖和其他跟在吉野身後衝進了賭場，目前懷疑他是共犯，在所有目擊者中，他被視為重要人物。

日岡移開了原本看著司波的視線。

「叫別人去偵訊他就行了。」

「但股長命令，說要由你偵訊。」

司波難得加強語氣說。

日岡轉頭看向身旁的司波說：

「吉野並不是共犯。」

司波瞪大了眼睛問：

「你為什麼這麼斷言？」

「你不是也看了沖的偵訊資料嗎？他是會手下留情的人嗎？他為了自己生存，殺人也不會眨一下眼睛。如果吉野是共犯，沖當場就會把他幹掉。」

司波聽了日岡的回答，想要說什麼，但隨即改變主意，閉上了嘴。

「臨檢的情況怎麼樣？」

日岡問。

「目前還沒有逮到人。」

「還沒有？」

日岡無奈地問，再度看向司波。

「如果還沒逮到，那就沒希望了。已經過了三個小時還沒有逮到人，意味著他們已經突破臨檢逃走了。」

偵訊完目擊者的田川坐在斜對面的座位上，用夾著筆錄的檔案夾當作扇子搧著風。可能因為人太多，空氣太悶熱了。

「組長，」田川用疲憊不堪的聲音叫著日岡，「聽說早上七點要開偵查會議，我們要熬夜參加嗎？」

坐在一旁的坂東插嘴說：

「當然啊，恐怕明天也得熬夜。」

暴對法實施後，縣內第一次有造成人員傷亡的連續槍擊事件發生，即使在全國，也是繼被認定為指定列管特別危險的黑道組織九州高倉聯合一家後，所發生的第二起事件。

警察廳已經將這起事件列為特別重要案件，指示廣島縣警必須迅速逮捕凶手。

聽說除了總部的刑警部長等大人物以外，總部長也會親自出席早上的偵查會議。

「N系統的情況怎麼樣？」

日岡看著坂東問。

「宮西町那裡是騎兩輛雙人坐的機車逃逸，偵查支援股正在分析監視器的影像，似乎拍到有機車以飛快的速度經過吉兼町的便利商店前，目前還沒有掌握他們之後的行蹤。」

目前似乎已經了解了他們逃逸的方位。

日岡轉頭看著田川問：

「地下賭場那裡呢？」

田川回答說：

「一輛黑色轎車從現場逃逸，車牌塗了泥巴，無法確認號碼，但N系統在深川町的國道發現了那輛轎車，之後無論國道還是縣道，都沒有發現那輛車子的蹤影。」

深川町那一帶有很多岔路，所以他們躲過N系統，逃去岔路了嗎？

日岡抬頭看著天花板。吳原市和其他城市一樣，一旦遠離市中心，監視器的數量就大幅減少，恐怕很難發現逃逸車輛和機車的行蹤。

如果沖打算躲藏，到底會躲在哪裡？是市內？還是離開吳原市？

「日岡！」

他的思考被怒吼聲打斷了。

他看向聲音傳來的方向，發現石川股長站在二課的門口瞪著他。

石川大步走向日岡的座位，他的臉漲得通紅，太陽穴青筋暴起。

石川來到日岡面前後，雙手拍著桌子，向日岡探出身體。

「你竟然讓我顏面盡失。」

雖然石川壓低了聲音，反而可以感受到他強烈的憤怒。

日岡瞪著石川說：

「股長，現在不是討論面子問題的時候，我們已經很拼了，到底還想要我們怎麼樣？」

「我不是說這件事！在我們的轄區內發生這麼重大的事件，我的臉都丟光了。」

「丟臉？」

石川的話激怒了日岡，他忍不住反駁。

「那又怎麼樣？比起人命，你更在乎自己的面子嗎？」

日岡之前就知道石川是滿腦子只想到自己功勞的人，但現在自己的手下已經做好了熬夜偵查的心理準備，大批偵查員都在拚命尋找沖等人的下落，在這麼緊急的狀況下，石川仍然只想到自己的事，讓日岡感到反胃。

一度湧現的怒氣無法消除，無線電對講機內不斷傳來的聲音和響不停的電話，更增加了日岡的煩躁。

「沖出獄的時候，如果有辦法把他抓起來，當然就不會有今天的事了，但沒有任何嫌疑，怎麼可能只因為他出獄，就把他抓起來？還是你要說，隨便編一個嫌疑把他抓起來就好？更何況當初是誰說要放長線？」

如果可以二十四小時監視，就可以防止沖和其他人的襲擊行動。

日岡在不知不覺中站了起來。

周圍人的視線都集中在他們身上。

石川渾身發抖，大吼著說：

「你、你……你不是說，你、你要負責嗎？」

石川激動地噴著口水。簡直就像小孩子吵架。

日岡重新坐了下來，抬頭看著石川說：

「要我負責還不簡單，只要辦完這起事件，我——」

正當日岡打算說「辭呈」這兩個字時，有人用力拉他的袖子。是司波。

司波可能察覺到日岡想要說什麼，他對著日岡輕輕搖頭，用眼神對日岡說，拜託你不要說這種話。

日岡把說到一半的話吞了下去。

現在沒時間理會石川的嘮叨，最重要的是必須趕快逮捕沖等人，避免他們再度犯案。

日岡環顧下屬的臉說：

「大家聽好了，功勞並不重要，面子也不需要，這種東西就送給總部的人，但我們必須解決這起案子，無論用任何手段，都要把沖繩之以法，聽到了嗎？」

所有下屬都同時點頭。

日岡看向石川說：

「股長，你就在那裡——」他用下巴指著上座的座位說：「繼續坐著吧。」

石川用力吞著口水。

「日岡，你……」

他沒有再說下去。

日岡不理會握著拳頭渾身發抖的石川，在桌上攤開了地圖。

第二十二章

沖繞到三島面前，壓低了聲音重複了相同的話。

「你是認真的嗎？」

三島深深嘆了一口氣，看著海平線說：

「對，我是認真的。」

一陣風突然吹來，沙子和海風吹進了張開的嘴。

為了吐出異物，沖積了一口口水，然後吐在沙灘上。

三島和元是在小學二年級的時候結交了沖這個朋友。

雖然學年和班級不同，但沖之前就知道有這兩個人。因為他們和沖一樣，都有家庭問題，和其他同學格格不入。

同學都用綽號叫元。元的綽號叫「破爛乾柴」，因為元骨瘦如柴，總是穿著破爛的衣服。他的同學都用綽號叫他後，把他推來推去作弄他。

雖然沖的身材和元差不多，身上的衣服也很破舊，但因為他很會打架，所以沒有人叫他「破爛乾柴」。

曾經有人半開玩笑地調侃衣著寒酸的沖，沖絕對不會放過那些人。無論對方是高年級的學長，還是有很多人，沖都照打不誤。雖然當時整天吃不飽，身體也很瘦弱，但他打架從來沒輸過。

雖然是小孩子打架，但沖向來毫不留情。即使被按倒在地，也會咬對方的耳朵，逮到機會就踢向對方的卵葩。即使被打被踢，滿身是血，沖也從來不放棄，每個人都對他望而生畏。久而久之，就連附近的中學生也不敢調侃他。

但是，元和沖完全相反，別說是被同學欺負，就連被學弟欺負，他也都從來不還嘴，總是蹲在地上，抱著頭一動也不動。即使遭到拳打腳踢，也只是默默忍受，等待風暴過去。

這個世界很簡單，向來都是強者欺負、吞併弱者，只不過大人用倫理和道德之類的東西，扭曲了弱肉強食的原理。

看到別人有難，我們就要伸出援手——每次聽到老師這麼說，沖就在內心吐口水。人不是神仙，道德可以填飽肚子嗎？無論說再多漂亮話，人終究只是為了私欲私利而活。這就是人類。

看父親就知道了，他可以滿不在乎地用暴力對待原本該由他扶養的老婆和孩子，就連家裡僅有的積蓄、小孩子的營養午餐費也都毫不猶豫地搶走。周圍的人雖然深表同情，卻不會伸出援手，把他們從整個人都會被捲入的悲慘漩渦中拯救出來。每個人都只愛自己。

但是，大人懂得戴上名為偽善的假面具，或許還不至於太可惡。

小孩子都憑著本能行動，所以比大人更加惡劣，他們會憑著感情，若無其事地傷害別人。

沖偶爾見到元時，他每次都被人欺負。大部分霸凌都根本沒什麼理由，雖然霸凌者會異口同聲地罵被霸凌者很髒、很臭，或是很噁心，但這並不是本質問題。真正的目的只是為了塑造出地位不如自己的蔑視對象，和霸凌同夥之間建立同伴意識，沉浸在優越感之中。

那一天，元也被人欺負。

沖放學後，準備從後門回家時，聽到校園角落的飲水處傳來啜泣聲。元被四個同學包圍，那幾個同學把水澆在他頭上，用拖把擦元的全身。在臘月的寒冷季節，竟然為他洗全身。

沖自己也搞不懂為什麼會在這天想要救元。是因為自己心情不好，還是看不慣那幾個霸凌者？總之，他內心湧起了難以克制的暴力衝動。

當他回過神時，發現已經從背後踹倒了揮舞拖把的同學。

那個同學摔了個狗吃屎，轉頭看著沖，立刻張開嘴巴，露出了驚愕的表情。那是同學年中的頭號壞學生，計程車行老闆的兒子。

其他三個人都是那傢伙的跟班。

沖揚起了嘴角。

之前從來沒有和這傢伙打過架。那傢伙個子很高，也很結實，看起來像高年級的學生，正是紓解暴動衝動的最佳對象。

沖認定那傢伙在跟班面前不會輕易罷休。

果然不出所料，車行老闆的兒子一站起來，立刻發出吼叫聲，朝向沖撲了過來。

沖低下頭，一把抱住對方的腿。

對方倒地後，他騎在對方身上，揮拳猛揍。

沒想到車行老闆的兒子用粗壯的手臂擋住了沖的右手。

接著，又憑著體格的優勢，閃過沖的拳頭，反而把沖壓倒在地。

那三個跟班按住了沖的手腳。

沖無法動彈，車行老闆的兒子雙手掐住了沖的脖子。

沖的意識漸漸模糊。

——完了。

正當他閃過這個念頭時，掐住他喉嚨的雙手突然鬆開了。

沖大口吸氣。

他急促呼吸的同時抬起頭。

他看到車行老闆的兒子流著鼻血在地上打滾。有人踢了他的臉。

轉頭一看，旁邊站了一個以前見過的少年。那就是三島。

如果說，元在學校是大家討厭的對象，三島就是獨行俠。沖從來沒有看過他和任何人在一起。雖然不知道是別人都不和三島當朋友，還是三島不願意和別人交朋友，總之，三島從小就散發一種拒人千里的感覺。

沖站起來後，和三島聯手把那四個人痛打一頓。當他們倒在地上時，對他們又踢又踹，即使他們大聲哭喊，也絕不饒過他們。沖和三島完全沒有停手，直到那四個人倒在地上動彈不得。

元只是茫然地看著他們打架。

當那四個人倒地不起時，沖對著三島露出了笑容。

三島輕輕點了點頭，也對他露出了笑容。

元仍然坐在地上，沖輕輕拍了拍他的頭。

「喂，回家了。」

那一架之後，他們三個人開始形影不離。三個人不約而同地聚在一起，每天都會見面。在廣島的藏身處遭到逮捕之前，他們都一直在相同的地方，呼吸著相同的空氣。他們的關係比有血緣關係的親人更親，可以說是彼此的分身。

然而，元最終還是背叛了自己，而且三島現在也想離開。

憤怒、懊惱，還有近似殺機的憎惡，以及無盡的孤獨——各種感情在內心翻滾，腦袋快要沸騰了。

「為什麼？」

沖終於擠出聲音問道。

三島用下巴指向海灘前方的松林說：

「這裡很冷，要不要稍微走一走？」

松林內藏了一輛Land Cruiser。那是林偷來的。

為了躲避警方的偵查，他們搶劫地下賭場後，把原本的轎車丟棄在產業道路上，換了這輛Land Cruiser。

殺了元之後，也是用這輛車子搬運屍體。

元從這個世界消失好像是遙遠過去的事。

那天晚上，這輛車子載了元的屍體。沖坐在副駕駛座上，故意開玩笑說：

「現在的日子真的比以前好過多了，以前沒有車子，這座山上也沒有路，只能用拖車搬運我爸，一路上拖得上氣不接下氣。」

三島在夜晚的山路上時左時右地轉動著方向盤，用沒有感情的聲音問：

「小沖，你還記得地點嗎？」

沖望著漆黑的車外回答說：

「你忘了嗎？就是有一棵很大松樹的地方。」

他們在山頂附近下了車，尋找成為記號的松樹。

月光映照在山崖下方的大松樹上，和埋葬父親的二十八年前相比，松樹長高了不少，而且樹幹也變粗了。沖再度體會到歲月的流逝。

在殺害元之前，沖就已經決定，要把折磨自己的人、背叛自己的人都埋在同一個墳墓內。

沖和三島走下山崖，用鐵鏟在那棵松樹下挖了起來，然後埋葬了元。

那是十天前的事。

來到海灘的盡頭，走進松林後，看到了黑色的車子。這輛Land Cruiser是他們目前唯一的交通工具。

三島默默無言地走在沖的前面。

沖跟在三島身後，腦海中想著插在皮帶後方的手槍。

三島用車鑰匙打開了車鎖，坐上駕駛座，沖坐在副駕駛座上。車內冰冷，三島發動了引擎，沖打開了暖氣。車內響起送風的聲音。起初冰冷的風漸漸變成了溫風。

三島把右手放進西裝口袋，語氣沉重地開了口。

「我說兄弟啊。」

沖看著擋風玻璃前方，冷冷地應了一聲：

「什麼事？」

「你聽我說。」三島把身體轉向沖，「即使安公子的交易順利，我們也必須遠離廣島。這兩起案子都是我們幹的這件事遲早會曝光，因為警察和黑道都不是笨蛋，他們知道只有我們會這樣做事不考慮後果。」

三島嘆了一口氣，加強了語氣：

「我們已經把整個廣島的黑道和警察都推到了對立面。」

沖用鼻孔噴氣說：

「不需要你提醒，我也知道這種事，姑且不論黑道，警察對我們無可奈何。既然沒有證據，就無法申請到逮捕令。即使遭到通緝，只要躲藏一陣子就好。」

「你要仔細想清楚，」三島用循循善誘的語氣說：「一旦遭到通緝，就無法再回到廣島，這樣要怎麼奪取廣島的天下？」

沖說不出話。

奪取廣島的天下是沖的野心。三島說的沒錯，一旦遭到通緝，這個野心就無法實現。但是，沖不能就這樣退縮。

他把內心臨時想到的想法說了出來。

「我們可以躲到地下，只要指使年輕人消滅仁正會就好。沒錯，地下帝國，要建立我們的地下帝國！」

隨口說的話頓時帶著真實感盤旋在沖的腦海中。

「潛入地下，支配地上的壞蛋。你想想看，根本可以為所欲為了，對啊，簡直就像閻羅王。地獄將成為我們的天堂！」

沖忍不住大笑起來。

當沖笑完之後，三島無奈地說：

「我在認真和你談這件事。」

沖火冒三丈，大聲反駁說：

「我也很認真！」

三島露出同情的眼神看著沖的臉。

「小沖，你已經完蛋了。」

三島的話刺進了沖的內心。他臉色發白，頭皮一陣發冷。

「完蛋？我嗎？」

三島看著下方，好像在點頭般低下了頭。

「對，你已經完蛋了。」

沖咆哮道：

「如果我完蛋了，你跟著我，不是也完蛋了嗎？」

三島小聲嘀咕說：

「對，我也完蛋了。」

沖瞪著三島。

如果自己完蛋了——到底是從什麼時候開始？是殺了元的時候？還是殺了父親的時候？或是一出生就已經完蛋了？

三島抬起頭，看著沖，眼神中帶著憐憫。

三島的眼神嚴重傷害了沖的自尊心。他帶著怒氣大叫著：

「誰完蛋了！我才沒有完蛋，現在才要開始！接下來是我的時代！」

三島心灰意冷地嘆了一口氣，把左手臂放在方向盤上，凝望著遠方。

他的右手仍然放在口袋裡。

「這種事，你還打算持續多久？」

「這種事？」

沖陷入了混亂，不知道三島在說什麼。

三島用另一種方式表達。

「你以後還要殺幾個人才善罷甘休？」

人數並不重要。沖向三島的方向探出身體說：

「只要是妨礙我的人、背叛我的人都格殺勿論！」

三島的左手從襯衫胸前的口袋拿出了香菸，左手靈活地抽出一根叼在嘴上，然後用車上的點菸器點了火。

「你以前說你爸是魔鬼，是為了個人的欲望，可以連老婆和孩子都照殺不誤的人渣。」

三島為什麼現在聊起沖的父親？

三島用眼角看著沖說：

「你現在為了個人的欲望，可以殺了從小一起長大的玩伴——你現在就是這種人渣。」

「才不是！」沖反駁三島的話，「元才是人渣！他因為貪生怕死，出賣了我們！而且還搶走別人的女人——難道你要我忍氣吞聲嗎？」

三島用力吸著菸，然後吐了一大口煙。

「你為什麼認定元是叛徒？」

沖忍不住咂著嘴。

「我已經說了好幾次，在我蹲苦窯期間，只有他從來沒有來看過我。我出獄的時候也一樣。因為他背叛了我，所以沒臉來見我。」

「難道你沒想過嗎？」

「想什麼？」

三島故弄玄虛的語氣讓人火大。

「元不是叛徒的可能性。」

沖感到內心七上八下。

喉嚨深處湧現了夾雜著寒意和不安的酸楚。

「你想說什麼？」

三島一字一句地說：

「二十年前，大上得知我們打算襲擊笹貫時說，這是救那個傻瓜一命的唯一方法。」

怎麼可能？

沖的心臟劇烈跳動。

「你——為什麼知道大上說的話？」

三島緩緩轉頭看著沖的臉說：

「你真的傻到連這種事也不知道嗎？」

沖的腦袋一片空白。

雖然不願承認，但往這個方向思考，就可以理解沖出獄之後，三島的所有言行。三島在袒護沅。

「三島——」

沖氣得聲音發抖。

沖用力吐了一口氣，把手伸向皮帶後方。

「為什麼——你為什麼？」

三島目不轉睛地看著沖的眼睛。

「二十年前，我們因為坐牢而活了下來。原本以為你會回心轉意，沒想到好不容易撿回一命，你恢復自由之後，還是重蹈覆轍。我無法繼續追隨你，一切就到此為止。」

沖咬緊牙關。

「你就眼睜睜地看著元送死嗎？」

三島面不改色地說：

「是你殺了他啊。」

「你竟然——」

沖繞到身後的手用力。

他拔出手槍，扳開擊錘。

黎明時分的海邊響起了槍聲。

第二十三章

日岡在桌上攤開地圖後，用紅筆圈起了遭到襲擊的地下賭場，和發生槍擊事件的空屋所在的地點。

「現場位在吳原市區的東端和西端，相距大約五十公里。」

接著，他又標示了N系統最後確認到事件相關車輛蹤影的地點。

「襲擊地下賭場的黑色轎車最後的蹤影，出現在深川町四丁目的人行陸橋，目前在那座陸橋前方的產業道路上發現了那輛車。從空屋所在的宮西町逃逸的機車，被吉兼町二丁目超商的監視器拍到之後就不見蹤影了。目前只能根據這些線索，推測他們潛伏的場所。」

在一旁探頭張望的司波把手伸向地圖，指著人行陸橋和超商說：

「用直線連結這兩個地方，高松町剛好位在中間。他們約在中間地點見面的可能性應該很高吧？」

日岡抱著雙臂說：

「直線連結的話，的確是這樣，問題是偵查工作沒這麼簡單。」

日岡看著圍在桌旁的下屬，摸著下巴說：

「事件發生之後，警方很快就發布了緊急動員，主要道路設置了重重臨檢，他們無法輕易突破，他們至少並沒有離開本市，還在吳原市內。」

日岡用手指在人行陸橋和超商周圍畫了一大個圈。

「高松町、多島町、廣瀨町，這一帶都可能是他們潛伏的地方。」

站在日岡對面的坂東重重地嘆了一口氣。

「如果包括空大樓、空屋和偏僻地方的小屋在內，應該有好幾百個地方。」

日岡在椅子上坐了下來，從懷裡拿出香菸，用手指把玩著。

「組長！」

司波立刻發出了責備的聲音。他可能想提醒日岡，分局內禁菸。

日岡露出了苦笑，用嘴唇叼著香菸。

「我知道，我不會點火。」

他用嘴唇搖晃著沒有點火的香菸，看著天花板。

——如果自己要躲藏，會選擇躲在哪裡？

日岡閉上了眼睛。

最重要的是避人耳目，所以不會選擇住宅和商店密集的地方，否則即使躲進空大樓、空倉庫或是空屋，只要一出門，就可能會被人發現。

如果是自己，會選擇別人不會去的地方。遠離住宅區的地區。比方說，山上已經廢棄的小屋，或是船塢。

高松町、廣瀨町位在扇山的山麓，多島町離海岸很近。

——到底是山上還是海邊？

「日岡。」

有人叫日岡的名字，打斷了他的思考。

他睜開眼睛，看向聲音傳來的方向。

叫他的是鑑識股的木佐貫。木佐貫的肩膀起伏，用力喘著氣。

木佐貫剛才前往現場勘驗了犯案所使用的黑色轎車，看他上氣不接下氣，顯然一路急著趕回來。從他氣喘吁吁的樣子，日岡猜想一定查到了什麼。

原本靠在椅背上的日岡坐直了身體問：

「是不是發現了什麼？」

木佐貫露齒一笑，點了點頭。

「發現了，發現了，發現了有趣的東西。」

司波在一旁插嘴問：

「發現了什麼？」

木佐貫對著司波露出得意的笑容。

「沙子。」

「沙子？」

司波還來不及開口，日岡就問道。

木佐貫恢復嚴肅的表情，回答了日岡的問題。

「從他們丟棄的黑色轎車中發現了沙子，駕駛座、副駕駛座和後方座椅的腳踏墊上都有，我猜想應該是沙灘上的沙子，附著了氯化鈉。」

「鑑定結果已經出來了嗎？」

司波驚訝地看著木佐貫。

「我才剛回來，怎麼可能這麼快就出來？」

木佐貫露出一副「別明知故問」的表情瞪著司波。

「那你為什麼說氯化鈉——」

坂東的話還沒說完，木佐貫就伸手制止了他。

「只要舔一下不就知道了嗎？」

「舔一下？你舔了重要的遺留品嗎？」

坂東目瞪口呆，驚訝地問。

「用來做試驗的樣品多得用不完，所以我舔了一粒。」

木佐貫絲毫不以為意地回答。

「所以——味道很鹹。」

日岡向他確認。

「沒錯，上面絕對附著了鹽分。」

木佐貫頻頻點頭，臉上帶著確信。

日岡在腦海中分析了目前的情況。

只要蒐集吳原市內主要海岸的沙子，進行詳細的鑑定，就可以在某種程度上查明地點，只不過至少需要一個星期的時間。

——目前只能孤注一擲。

「司波！」

日岡大聲叫著站在他身旁的司波。

「有、有！」

不知道是否被日岡加強語氣的聲音嚇到，司波的表情很緊張。

「你去找多島那一帶的空拍照。」

司波露出困惑的表情問：

「要去哪裡找空拍照？」

日岡咂著嘴說：

「分局內應該有吧，你去總務課問一下！」

司波慌忙衝出辦公室。

「坂東！」

日岡又接著叫了身後的坂東。

坂東繞到日岡面前問：

「有什麼吩咐？」

「你用警用電話把多島地區的駐在所員警都叫起來，問他們哪裡有廢棄的小屋。」

坂東點了點頭，跑回自己的座位，拿起電話。

日岡一口氣接連向下屬發出指示後，再度問木佐貫：

「還有其他明顯的線索嗎？」

木佐貫轉動了一下脖子，好像在放鬆肩膀的肌肉。

「雖然留下了很多指紋，但恐怕無法期待是歹徒留下的指紋。目前只掌握了這些情況。」

日岡用手指敲著桌子。他也不認為能夠在車上發現歹徒的指紋，在「Le Bron」的店內，也沒有發現沖等人的指紋，他們應該戴了手術用的薄手套。

正在打電話的坂東用手按住了電話聽筒叫著日岡。

「組長！」

日岡大聲問離他有一小段距離的坂東：

「什麼事？」

「多島港東出地區的海岸有這樣的小屋！」

日岡從椅子上站了起來，低頭看著桌上的地區，確認東出地區所在的地點。

從發現黑色轎車的產業道路，和最後發現機車蹤影的超商，有一條目前幾乎沒有使用的市建道路通往東出地區。

基本上，臨檢是防止歹徒發生事件的市、町、村逃走，通往東出地區的市建道路並沒有通往外縣。由於歹徒無法從那裡逃去外縣市，所以那裡並沒有安排人員臨檢。不知道沖是否想到了這件事，總之，他們應該就是從這條市建道路逃出了臨檢網。

「組長！」

辦公室內再度響起了緊張的叫聲。

是司波。他從門口跑到日岡身旁，遞上了手上的地圖。那是市內的空拍照。

「你說的沒錯，總務課有空拍照。」

日岡從司波手上搶過空拍照，尋找了那個地區。

找到之後，翻開了那一頁，放在桌子上。

狹窄的沙灘旁有一個防風林密集的地方，離多島港有相當一段距離，也沒有碼頭。防風林內有一棟小屋。

——就是這裡。

日岡確信道。他並沒有特別的理由，只是憑著至今為止建立的直覺。

他站了起來，用力拍著桌子說：

「找到沖和其他同夥了！大家做好準備！穿上防彈衣，帶上手槍！」

辦公室內的氣氛頓時緊張起來。

所有下屬都同時行動起來，個個跑出了辦公室。

日岡看向上座。

坐在股長座位上的石川一臉事不關己地低頭看著手上的資料。

一切都是日岡獨斷獨行，不關自己的事——他臉上這麼寫著。

日岡將視線移向上方，看著掛在牆上的時鐘。

凌晨五點四十分。

只要開著警車一路飆速，二十分鐘就可以抵達東出地區。

他迅速穿上掛在椅背上的上衣。

日岡想起了在大上墳墓前見到的沖。

沖的雙眼中燃燒著暗火。從他的眼神中所感受到的並不是希望或是野心，而是無處宣洩的憤怒。

沖自己可能並沒有察覺，但那並不是對別人的憤怒，而是對於自己面對人生的無奈和不合理束手無策的憤怒。

即使他憎恨、報復別人，也只是他內心真正憤怒的替代品，無法消除他內心的飢渴。相反地，就像一旦有吃飽的經驗之後，會比之前更害怕飢餓一樣，他的暗火會燃燒得更旺，最後他會被自己的火燒死。

大上一定也這麼想，所以才會把沖送進監獄。

日岡的腦海中浮現了沖的末日。

灼熱的感情在內心沸騰。那是他自己也無法理解的感情。

日岡情不自禁踹向牆壁。

身後傳來石川短促的尖叫聲。

日岡默然不語地走出辦公室。

尾聲

一輛Land Cruiser離開國道，駛向通往扇山的岔路。

幾輛警車鳴著警笛聲，閃著紅色警示燈經過國道，駛向後方。

警笛聲越來越遠。

開車的男子瞥了一眼後視鏡，重重地吐了一口氣。

男子將視線移回前方，打開了遠光燈。

燈光照在蜿蜒曲折的山路上。這個季節的清晨，天剛濛濛亮。

山路上沒有其他車輛。

整座山都靜悄悄。

來到彎道時，男子放慢了速度。他定睛看向前方，小心翼翼操作著方向盤。

來到山頂附近時，男子停下了車，熄了引擎。

男子下了車，隔著凹凸不平的護欄往下看。下方是陡坡，好像山壁被削掉了。

男子確認四下無人後，打開了後車廂。

後車廂內有一具滿身是鮮血的屍體彎成了く的形狀。

男子把屍體從後車廂抱出來後，先放在地上。

然後拉著屍體的雙手，把屍體拖到護欄旁。

男子長長地吐了一口氣，好像肺裡積了很多空氣。他彎下身體，拍了拍腰。

回到車子旁，他從後車廂內拿出了鐵鏟和手電筒。

他緩緩走向屍體。

男子打開手電筒，再度探頭看向下方。他可能確認了什麼事，輕輕點了點頭。

他把手電筒和鐵鏟放在地上，抱起屍體，把上半身放在護欄上。

然後，他抓住屍體的腳踝，把屍體抬了起來，丟下山崖。

屍體從樹木之間滾落下去。

不一會兒，停在一棵巨大的松樹樹根下。

男人把手電筒夾在腋下，跨過護欄。

他把手上的鐵鏟當作拐杖，沿著斜坡往下走。

來到屍體旁時，他把手電筒放在照向松樹的位置。

他從上衣內側口袋拿出了香菸，用打火機點了火。

抽了兩、三口後，把叼在嘴上的菸吐在地上。

菸蒂掉落的松樹樹根周圍的泥土很黑。

周圍沒有枯葉。

男子把鐵鏟鏟向地面。

他挖出泥土，開始挖洞。

挖了五十公分左右，看到了一隻手。那隻手的小拇指被剪掉了。

男人停下手，把屍體丟進洞裡。

他的右手伸進西裝的口袋。

口袋布上有一個好像燒焦的洞。

他從口袋裡拿出那把打中對方的手槍，丟在屍體身上。

然後脫下被鮮血弄髒的上衣，一起丟進洞內。

他緊抿著嘴唇。

男子俯視著屍體。

「怎麼樣？和自己殺害的父親和好朋友——和這兩個人躺在同一個洞裡的心情怎麼樣？」

男子說完後，默默把泥土填了回去。

把泥土都填回洞裡之後，男子抬頭看著天空。白色的月亮浮在漸漸亮起的天空中。

他把鐵鏟插在地面，坐在泥土上，叼著香菸，用打火機點了火，慢慢抽到底。

當香菸只剩下濾嘴後，他把菸蒂丟在地上。

不知道是否煙吹進了眼睛，他的眼眶濕潤。

（完）

KADOKAWA 文學放映所123

最後的證人

發售中 **定價：300 元**

柚月裕子◎著
林冠汾◎譯

一對男女在飯店的密室中，發生感情糾葛進而釀成刺殺案件，這樁凶手呼之欲出的情殺案，背後卻隱藏了比男女愛恨更深層的欲望……如果對檢察官來說，正義就是不顧一切地揭穿真相，那麼對律師而言，正義究竟是什麼？

©Yuko Yuzuki 2010,2011,2018

錯視畫的利牙

發售中 **定價：360 元**

塩田武士◎著 大泉洋◎主演
王華懋◎譯

在大出版社擔任雜誌總編的速水，是言行魅力十足的萬人迷。當負責的雜誌決定廢刊，速水近乎異常的「執念」逐漸浮出檯面……對西山日薄的出版界露出利牙的男子，將改革整個業界！

©Takeshi Shiota 2017 ©Yo Oizumi 2017

國家圖書館出版品預行編目資料

暴虎之牙 / 柚月裕子著 ; 王蘊潔譯 . -- 一版 . --
臺北市 : 臺灣角川股份有限公司 , 2022.08
　面 ;　公分
譯自 : 暴虎の牙
ISBN 978-626-321-708-9(平裝)

861.57　　　　　　　　　　　　111009428

暴虎之牙

原著名＊暴虎の牙

作　　者＊柚月裕子
譯　　者＊王蘊潔

2022 年 8 月 24 日　一版第 1 刷發行

發 行 人＊岩崎剛人
總　　監＊呂慧君
總 編 輯＊蔡佩芬
特約編輯＊林毓珊
美術設計＊李曼庭
印　　務＊李明修（主任）、張加恩（主任）、張凱棋

台灣角川

發 行 所＊台灣角川股份有限公司
地　　址＊104 台北市中山區松江路 223 號 3 樓
電　　話＊（02）2515-3000
傳　　真＊（02）2515-0033
網　　址＊http://www.kadokawa.com.tw
劃撥帳戶＊台灣角川股份有限公司
劃撥帳號＊ 19487412
法律顧問＊有澤法律事務所
製　　版＊尚騰印刷事業有限公司
I S B N＊ 978-626-321-708-9

※ 版權所有，未經許可，不許轉載。
※ 本書如有破損、裝訂錯誤，請持購買憑證回原購買處或連同憑證寄回出版社更換。

BOKO NO KIBA
©Yuko Yuzuki 2020
First published in Japan in 2020 by KADOKAWA CORPORATION, Tokyo.
Complex Chinese translation rights arranged with KADOKAWA CORPORATION, Tokyo.